Ein Mann geht ins Kino und sieht einen Film. Es ist Pier Paolo Pasolinis ›Il Vangelo secondo Matteo‹. Dem Film liegt ein Buch zugrunde, und nicht irgendeines: Das Matthäusevangelium aus der Bibel, das folgenreichste Buch der Weltliteratur. Pasolinis Film öffnet dem Helden die Augen und verändert sein Leben. Wenn er dies alles auch nicht glauben kann, so ist er doch erfüllt von einer Sehnsucht danach, dass dies die Wahrheit sei. Stadler und der Leser folgen Pasolini und seinem Film, dessen Kraft jedem, der religiös nicht ganz unmusikalisch ist, das Gefühl des Aufbruchs zurückgeben kann. Pasolini hat aus einem Buch, dem Evangelium, einen Film gemacht, Arnold Stadler macht aus diesem Film wieder ein Buch, das von der Sehnsucht nach dem ganz anderen erzählt.

Arnold Stadler wurde 1954 in Meßkirch geboren. Er studierte katholische Theologie in München, Rom und Freiburg, anschließend Literaturwissenschaft in Freiburg, Bonn und Köln. Er lebt seit 2000 in Sallahn/Wendland und vom ersten Tag an in seinem Elternhaus, einem Bauernhof aus dem 18. Jahrhundert, in Rast über Meßkirch. Stadler wurde neben zahlreichen weiteren Preisen 1999 mit dem Georg-Büchner-Preis ausgezeichnet. Zuletzt erschienen »Komm, gehen wir«, »Salvatore«, »Einmal auf der Welt. Und dann so« und »New York machen wir das nächste Mal«.

Weitere Informationen, auch zu E-Book-Ausgaben, finden Sie bei www.fischerverlage.de

Arnold Stadler

Salvatore

FISCHER Taschenbuch

Erschienen bei FISCHER Taschenbuch
Frankfurt am Main, Mai 2015

Satz: Pinkuin Satz und Datentechnik, Berlin
Druck und Bindung: CPI books GmbH, Leck
Printed in Germany
ISBN 978-3-596-17573-4

Für Hans Bender zum 90. Geburtstag und
für die mit der Sehnsucht nach dem ganz anderen.

Gerade hatte er Jericho verlassen.
Auf dem Weg an der Straße sah er zwei Blinde,
sie hatten gehört, dieser Mann komme vorbei.
»Kyrie eleison! Hab Erbarmen!«, riefen sie.
Die Leute zischten sie nieder: »Ruhe jetzt!
Haltet endlich euer Maul!«
Also schrien sie nur noch lauter: »Sohn Davids,
hab Erbarmen mit uns!«
Da blieb er stehen und fragte sie:
»Was erwartet ihr von mir?«
Sie sagten: »Herr, wir möchten, dass du uns
die Augen öffnest! Wir möchten sehen!«
Da hatte er Mitleid mit ihnen und berührte ihre Augen.
Auf einmal sahen sie wieder, und auch sie folgten ihm.

Mt 20, 29–34

I. Salvatore

1. Am Tag einer Himmelfahrt. An der Elbe, morgens.

»Daraus könnte ein ganzes Buch werden!«, sagte Bernadette immer dann, wenn sie nicht mehr weiterwusste. Und Salvatore? Immer noch wartete er, wenn er auch schon lange nicht mehr genau wusste, worauf.

Aber das war es ja gerade, was sein Warten ausmachte. Das hatte Salvatore mit der Zeit herausgefunden. Er wartete auf alles, als wäre es auf nichts. Als wäre es nicht nichts, sondern etwas. Und dieses Etwas wäre nicht nichts, sondern alles. Worauf er wartete. Je mehr er wartete, desto mehr wartete er. Jeder Tag konnte der erste sein. So wartete Salvatore immer noch, wenn er seine Tage hatte. Und doch mit einer Ungeduld: Noch bei der einen Zigarette, dachte er schon wieder an die nächste. Und so ein Tag war wieder einmal heute.

Wie jeden Morgen, wenn er nicht zu Hause war, rief er Bernadette an, um sich mit einem schönen Gedanken von ihr in den Tag hinein zu verabschieden – und auch, um ihr und sich Mut zu machen, als wäre das Leben etwas, das nur mit Mut und einer richtigen Verhaltenstherapie bewältigt werden könnte. Und das richtige Verhalten benötigte die richtige Einstellung: das positive Denken. Heute Morgen hatte er ihr gesagt: »Ich sehe auf einen blühenden Kirschbaum!«, und sie hatte geantwortet: »Und ich sehe auf ein schmutziges Fenster. Ich werde heute ranmüssen!« So war sie. Und so war er. Linkshändig und ein Träumer, schon am Morgen. So einer wie er liebte so eine wie sie. Auch das war ihm wieder eingefallen. Zunächst war noch gar nichts gewesen. Zeit des inneren Auges, voller Nachtgespenster. Es war noch stockfinster gewesen in seinem Zimmer, und auch in ihm, als er beschloss, aufzustehen, damit es mit dem Sich-hin-und-her-Wälzen ein Ende hätte. Oftmals war er ganz schnell eingeschlafen, und dann aber, besonders wenn es ein Alkoholabend gewesen war, den Bernadette, die sich mit dem Trinken zurückhalten konnte, »schön« nannte, schon nach einer Stunde aufgeschreckt, und ihm war alles eingefallen, wer alles dabeigesessen hatte, wie mit ihm wieder einmal die Pferde durchgegangen waren, wie er sich um Kopf und Kragen geredet hatte, ja, er kam sich immer sehr ausgelauscht vor, die anderen sagten nichts, er sagte alles, je weniger die anderen überhaupt etwas sagten, desto mehr sagte er alles, gab er alles bekannt, bis hin zur Höhe seiner Schulden bei der Sparkasse und bis hin zu der Partei, die er gewählt hatte, nämlich: gar keine. Um seinen exhibitionistischen Übermut zu krönen, sagte er zum Abschluss einer solchen Volte, dass er seit fünfundzwanzig Jahren nicht mehr wählen gewesen war. Und da er doch sehen konnte und einen Blick hatte für den Blick und die Mienen der anderen, hatte er ganz schnell widerrufen und seine Verlautbarungen und alles, was er gesagt hatte, als Scherz ausgegeben. Das war glatt eine Notlüge, um sich von der Welt zu distanzieren, wie sie war. Und außerdem: Er wollte nicht auch noch für die Politik der vergangenen fünfundzwanzig Jahre mit zur Verantwortung gezogen werden. Aber er hatte auch Mitleid, besonders mit jenen, die ihm die ganze Arbeit, den Regierungsdreck, abnahmen und so zu leben verstanden, als hätten sie trotz allem die Hoffnung niemals aufgegeben, mit den Frauen mehr als mit den Männern. Dafür bewunderte er sie.

Meist war es für Salvatore zu spät, die eigenen Dummheiten als Missverständnis oder Scherz auszugeben. Salvatore hatte es einfach nicht geschafft, sich rechtzeitig die Political

Correctness wie ein zweites Hemd anzueignen und überzustreifen und so ein Doppelleben zu führen. Er trank ja nur, weil er Angst hatte vor ihnen. Er flüchtete in den Alkohol ja nur aus Furcht, dass ihm die richtigen Wörter nicht kämen. Und er redete ja nur so viel, weil er nicht wusste, was er reden sollte. Vielleicht war es bei den anderen ja auch so. Aber immer noch saß einer oder eine dabei, die nicht trank, übrig blieb, sich unberauscht an der Berauschtheit der Berauschtesten berauschte und sich alles merkte. Wofür? Wozu? Wovon? Als wären dies Wörter aus dem Lateinunterricht. Oder aus der Welt der Logik oder einer Theologie, die Glaube und Vernunft versöhnen sollte – »werch ein illtum!« –

Sie sehen schon: Dieser Salvatore war ein Theologe, der an der Theologie und den Theologen, und ein Mensch, der an den Menschen gescheitert war. Er hatte es nicht geschafft. Und vielleicht galt das jetzt schon über diesen Tag hinaus.

Am anderen Morgen fragte Salvatore seine Bernadette, ohne die er an einem solchen Morgen schon gar nicht mehr leben wollte, dann immer: »War es sehr schlimm?« (Eigentlich hätte Salvatore »ich« sagen müssen.) Und sie hat immer »Nein« gesagt. Und nach einer solchen Auskunft konnte das Leben weitergehen.

Oftmals schreckte er nach so einem Abend schon nach einer Stunde wirren Schlafes auf, und nichts half, außer dem süßen Gedanken daran, dass es einmal aus sein würde mit allem, auch mit solchen Abenden. Er hätte es auch schlicht »Kater« nennen können, wie das gewöhnliche Menschen, zu denen freilich auch Salvatore zählte, taten. Aber an diesem Morgen und in dieser Nacht war es kein Kater. Er hatte, es war dieses Mal bei den Rotariern, seinen Vortrag über Refinanzierungsmodelle gehalten. Schnell hatte er sich in dieses Thema eingelebt und eingelesen gehabt. Salvatore wusste von vielen Pleiten, angefangen mit der eigenen. Doch das meiste an Informationen kam von seinem Schwager, einem Sichersteller namens Gabor, der im Auftrag der Banken schon manche Praxis hatte schließen müssen.

»Und was ist mit den Zahnärzten? Das läuft doch immer noch, oder?«

»Der Zahnarzt ist ein Auslaufmodell!«, sagte Gabor.

Salvatore könne mehrere komplett eingerichtete Praxen von ihm haben, die er habe sicherstellen müssen; und nun wisse er auch nicht so recht, was er damit anfangen solle. »Versuch's doch einmal im Domina-Gewerbe!«

»Stell sie doch ins Internet, das doch nicht viel mehr ist als eine einzige Kontaktbörse.«

Salvatore sagte oder behauptete nun, er kenne einen Mann, der nicht mehr zum Zahnarzt gehen könne, denn kaum sei er in einem solchen Zimmer, und noch mehr auf einem solchen Stuhl, quälten ihn schon wieder ganz und gar heimatlose Erektionen, und sie lachten. Gabor sagte: »Leute laufen auf der Welt rum!« Und Bernadette sagte: »Es gibt Sachen, die gibt es nicht«, und Salvatore lachte an diesem Tag nun zum ersten Mal, als er an diese Geschichte dachte. Da hatte Salvatore den Mann wieder einmal auf eine Geschäftsidee gebracht, und er wurde zu einem Abendessen geladen dafür. »Bring deine Frau mit.« Das war Bernadette, Gabors Schwester. Das tat Salvatore auch. Es war dann ein schönes Abendessen mit Gabor, seiner Chantal, Bernadette und ihm. Da Salvatore schon einmal Konkurs hatte anmelden müssen, schlicht pleite gewesen war, wusste, was ein Offenbarungseid war, und auch in der Schufa gelandet, wusste er auch am besten, wie man es nicht machen musste, sondern, wie man es machte. Ohne dass er gesagt hätte, mit welcher Autorität er über diese Dinge sprechen konnte, sprach er eigentlich mehr davon, wie man es nicht machen sollte, als darüber, wie man es machen sollte. Freilich war sein Vortrag nur zum Teil aus eigenen Quellen gespeist, eigentlich stammte nur die Captatio Benevolentiae, das einladende, abschreckende Beispiel, wie er es in seinen Rhetorikkursen gelernt hatte, und überhaupt die Anekdoten und die Beispiele, all die Katastrophen, die zu einem Witz geworden waren, von ihm.

Der Rest, den die Experten *the beef* nannten, war komplett von Bernadette und ihrem Bruder, dem Sichersteller. In eine solche Familie hatte Salvatore eingeheiratet.

Sie war Wirtschaftsprüferin und sorgte für einen gewissen ökonomischen Mindeststandard im Haus, mindestens so lange, bis Salvatore finanziell wieder auf eigenen Beinen stehen, er also komplett entschuldet sein würde. Das würde aber noch bis über sein fünfzigstes Jahr hinaus dauern. Vielleicht schaffte er es dahin überhaupt nicht mehr, und er würde zeitlebens ein Sklave sein des herrschenden Joint Venture aus Geld, welches durch das Recht geschützt war mehr als das Leben, und einem Recht, welches gekauft werden konnte.

Das (sein) Leben war also ein klassischer Circulus vitiosus. Trotzdem blieb sie bei ihm. Es war wohl Liebe, anders konnte er sich das Verhalten seiner Frau nicht erklären. Und vielleicht war auch noch folgende Überlegung dabei: dass sie nämlich, anders als einen schönen Mann, diese hochverschuldete Existenz ganz für sich haben würde, wenigstens würde ihr keine andere diesen Salvatore streitig machen. Es sei denn, es wäre eine gewesen, die Bernadette ihren Salvatore abkaufen wollte für viel Geld. Aber das war äußerst unwahrscheinlich, so unwahrscheinlich wie ein Lottogewinn, und außerdem liebte Salvatore seine Bernadette mehr als am ersten Tag, als er noch ganz schuldenfrei war und von Bernadette nichts anderes wollte als Liebe. Wenn er auch mehr als je zuvor ganz und gar abhängig war von seiner Frau, und er wusste es auch. Es war seit dem ersten Tag auch eine irrsinnige Schuldenlast dazugekommen, und sein bester Freund, das war immer noch Uwe, Uwe von Schmieheim, ein Ungläubiger wie er, nach außen hin (den er allerdings seit fünf Jahren nicht gesehen hatte; Telefon und E-Mail verhinderten ein tatsächliches Wiedersehen), gab ihm, als er zum ersten Mal von seiner Lage hörte, in die er freilich selbstverschuldet, wie könnte es anders sein!, gekommen war, den guten Rat: »An deiner Stelle würde ich mich sofort erschießen!« Salvatore nahm davon Abstand, weil er nicht auch noch in die Hölle kommen wollte, als wäre er nicht manchmal schon in ihr. Der freiwillige Tod wurde nämlich von der katholischen Kirche mit dem ewigen Leben in der Hölle bestraft. Und Salvatore war trotz allem immer noch katholisch, wenigstens auf dem Papier. Außerdem wusste er als geschulter Theologe, dass er gar nicht hätte austreten können, niemals wäre das möglich gewesen, denn durch die Taufe hatte er den *character indelebilis* bekommen, ein unauslöschliches Merkmal, die Taufe, selbst Gott wäre das nicht möglich gewesen, nicht einmal dem Papst. Der eine hätte Salvatore höchstens exkommunizieren können und der andere ihn in die Hölle verfrachten. Aber Gott war nicht so. Andererseits musste Salvatore zugeben, dass er überhaupt nicht wusste, wie er war. Also lebte er vorerst trotz allem lieber hier weiter. Und am Ende würde er sich einmal sagen können, dass er sein Leben mit nichts anderem als mit dem Gedanken verbracht habe, wie er diesem Leben, das nicht viel mehr als ein Schuldenleben war, entkommen könnte.

Das Wort Schulden hing doch irgendwie mit Schuld zusammen – mit Sünde. So viel wusste er noch aus seinem früheren Leben, beendet oder gekrönt durch ein abgebrochenes Theologiestudium. Doch in seinem ersten Leben war er unter anderem auch Ministrant gewesen und hatte einst den Priester, den er sehr mochte, dem er hätte ein Denkmal setzen wollen und ein Buch widmen, wie einem, dem das Geld noch nicht etwas Göttliches war oder Gott selbst, immer wieder sagen hören »Lavabo inter innocentes manus meas«, und Salvatore hatte dabei an der richtigen Stelle seiner Worte das Richtige tun müssen: Genau dann, wenn der Priester »lavabo« sagte, musste er das Wasser aus der kleinen Kanne über seine Zeigefingerspitzen und die Daumen gießen – das hatten sie so geübt im Ministrantenunterricht und auch das, was er auf Lateinisch zu sagen hatte. Und das Wasser floss dabei (meist) in die Schale unter diesen Händen, die Salvatore auch noch nach kultischer Vorschrift richtig halten musste. Es war also vieles auf einmal, das er im Auge haben und tun musste, wie im Leben auch, damit es glückte.

Und auch die Antwort gegeben hatte er darauf, wenn auch nicht ganz verstanden. Die Hauptwörter »Hände« und »waschen« und »Unschuldige« (das waren wohl Uwe und er) hatte er aber ganz und gar verstanden. Vielleicht etwas mehr als Uwe, denn Salvatore hatte immerhin eine Großmutter in Neapel, die einen spätlateinischen Dialekt redete, angefüllt mit Albanischem, Katalanischem, Griechischem – und was weiß ich, dachte Salvatore.

Latein fiel ihm von da an leicht in der Schule, und auch das Stufengebet und die wichtigsten Gebete konnte er bald auswendig auf Lateinisch und hat dafür auch einmal zur Belohnung eine Tafel Milka bekommen, weil er das Paternoster fehlerfrei und ohne steckenzubleiben aufsagen konnte.

In der Kirche war Uwe Salvatores Assistent, der ihm im rechten Augenblick das kleine weiße Handtuch reichen musste, und er reichte es weiter, hielt es hin, denn Salvatore war schon Oberministrant. Es geschah alles zum rechten Zeitpunkt, beziehungsweise: So hätte es sein sollen, denn manchmal gab es ein Missgeschick. Gemeinsam, wie es vorgeschrieben war, zu zweit, assistierten sie dem Priester und sie ministrierten. Das mit den »Unschuldigen« mochte gerade noch so hingehen, eigentlich passte das Wort nicht mehr so recht zu ihnen, schließlich konnten sie längst sehen und blond von braun unterscheiden, und sie hatten schon ihre Vorlieben und konnten, damals, als man noch singen konnte und durfte, ohne Anstoß zu erregen, schon singen – damals waren es noch Schlager wie *Ob blond, ob braun, ich liebe alle Frau'n*-, wenn auch vorerst nur im Feld der Sehnsucht. Der Rest war Handwerk.

Sie, diese Hände, waren also so wenig »unschuldig« wie der Priester »schuldig« war, dachte Salvatore im Nachhinein. Bald war die lateinische Messe verboten, und Salvatore hatte, wenn er an seinen Priester dachte, Mitleid mit ihm, wie der noch auf seine alten Tage die neue Messe einüben musste, vom Allerheiligsten abgewandt, und das, was ihm lieb war, verboten: So herzlos war die Kirche mit ihm. Er schlurfte dann noch ein paar Jahre zum Altar, so wie Onkel Hannemann zu seinen Tischen, der eine vom übrig gebliebenen Tischwein, der andere vom Messwein Alkoholiker geworden, aber die Gäste waren nicht mehr zufrieden mit der neuen Art: Es schmeckte ihnen nicht. Also blieben sie bald weg, dann, als Onkel Hannemann aufhörte oder aufgab und durch einen Albaner ersetzt wurde, der schon durch sein falsch ausgesprochenes *Prego* als Mogelpackung durchschaut wurde. Und der Priester starb, mehr ein Martyrer als sonst etwas.

Und dann – es war lange her, und noch lange vor dem Tod seines Priesters – das Herzstück der heiligen Messe, die Eucharistie. Es war noch nicht das hässliche Wort Gottesdienst, sondern eine einzige Danksagung: die Heilige Messe. Das deutsche Wort Gottesdienst war geschult am Preußischen, Militärdienst, Staatsdienst. Die römisch-lateinischen Wörter der katholischen Kirche stammten zumeist auch aus dem römischen Militär, aus der Verwaltung, waren Verwaltungssprache von einst. »Wie immer«, dachte Salvatore. Das Wort Gottesdienst hatte jedenfalls mit dem Wort Evangelium nichts zu schaffen und erinnerte Salvatore an Wilhelm II., der ja auch evangelischer Bischof gewesen war, was auch kaum einer noch wusste. Und mit dem Unwissen des Menschen, der Größe der Welt und der Kürze seines Lebens konnte der Mensch in Schach gehalten, ausgebeutet und regiert werden.

Als Salvatore das durchschaut zu haben glaubte, sagte er sich: »Niemals mehr Gottesdienst, nur noch Eucharistie, auf Deutsch: Danksagung.«

Es war also die Eucharistie, welche zum Gedächtnis an das Leiden und den Tod des Erlösers gefeiert wurde und den Menschen immer mehr erlöste, bis der Messias, der schon einmal gekommen war, wiederkommen würde. Und so lange würde er bei ihnen sein, wie am Ende des Matthäusevangeliums fest versprochen. Dies war ein Kinderglaube, und der stand nicht zur Disposition.

Und damals war er bis in die Seele hinein ergriffen von diesen Worten und Zeichen und Wundern und Dingen. Doch das war lange her. Heute hatte Salvatore einmal im Jahr noch eine Sehnsucht danach, ergriffen zu sein. Er konnte sich noch daran erinnern, wie es war, auch an jene Sehnsucht nach dem Ergriffensein, die mit dem Ergriffensein zusammenfiel.

Salvatore war mit seinem Latein immer wieder bald am Ende gewesen. Auch wenn er dieses und jenes Wort und Ding verstand.

Immerhin hatte er einen Vater, der aus Kalabrien kam, eigentlich aus der Basilicata, doch das war zu kompliziert in Leer, wenn er den anderen erklären sollte, woher er mit seinen dunklen Augen und seinem Namen kam, als müsste er sich dafür rechtfertigen, ausgerechnet in Leer, wo von seinen Verwandten nur noch seine Tante übrig geblieben war. Sie lebte mit Onkel Hannemann zusammen, der noch mit sechzig in der Pizzeria Da Giuseppe arbeitete und die Pizzas an den Tisch brachte, fast schon missmutig heranschlurfte, sehr einleuchtend, und auch etwas gebeugt, und doch machten die Gäste ein Gesicht, als wäre es das erste Mal und etwas Großes begänne nun. Doch spätestens als Onkel Hannemann wiederkam, um zu fragen: »Hat es geschmeckt?« und ohne hinzuhören, ja hinhören zu wollen, schon dabei war, abzuräumen, waren die Pizzaesser wieder die alten und saßen so da, als wäre nichts gewesen, waren wieder die alten Kartoffelesser wie auf dem Bild von Van Gogh, und bald sagten sie, vielleicht etwas enttäuscht: »Gehen wir?«

In diese Welt, wo es so war, wie es war, wuchs Salvatore hinein, immer mehr. Und nun saß er an der Elbe auf jenem Bänkchen, diesem Bänkchen und sah ins Wasser und sah die Wellen, als kämen sie auf ihn zu. Doch immer noch glänzten seine Augen (was er freilich nie sah, nicht einmal im Spiegel), wenn er an seine Großmutter dachte, die die Sprache von Matera sprach: ein für alle außer ihm völlig unverständliches Italienisch, gerade in der Zeit, als Salvatore sprechen lernte und das Fernsehen der alten Sprache ein Ende machte und durch ein Fernseh-Italienisch ersetzte. Und auch dem alten Leben, den Sommerabenden, zum Beispiel, im Freien, auf einem Stuhl vor dem Haus, mit all den anderen, dem anderen, alten italienischen Leben hat das Fernsehen ein Ende gemacht und durch das Fernsehleben ersetzt, ob das der Mensch wusste oder nicht. Dazu brauchte es keine Menschen mehr. Es konnte überall geführt werden. Auch in New York, auch in Leer. Ein TV-Gerät und etwas Geld für den Strom genügten, und eine Satellitenschüssel. Und einer oder eine, die für alles bezahlte.

Die Höhlenstadt Matera war mittlerweile komplett mit Satellitenschüsseln versorgt.

Matera war einmal sein Jerusalem gewesen, hoch oben: Da wohnten einige wenige Verwandte immer noch in den Höhlen, in die sie zurückgekehrt waren, nachdem Mussolini sich für diese Höhlen geschämt hatte – und die ganze Höhlenstadt in den Bergen umgesiedelt wurde in schöne neue

Wohnblocks im Tal, unweit des neuen Bahnhofs, alles im *stile faschista*.

Zurück zur Zentrale!

Es war Liebe, welche Bernadette dazu trieb, für ihren Salvatore einen kompletten Vortrag, den sie vom Internet heruntergeladen hatte, auch noch zu strukturieren. Vermehrt um ein paar Sätze aus Salvatores Leben, die er selbst beigesteuert und erlebt hatte. Damit es mit ihm weiterginge und auch er seine kleinen Erfolgserlebnisse hätte im Leben.

Salvatore hatte sich diesen Vortrag also eigentlich erschwindelt. Man hätte ihn selbst in dieser Gesellschaft von Hochstaplern und Experten einen Hochstapler nennen können, das war er aber gar nicht. Er war nur ein Mann mit Phantasie und wenig Fortune, und er war glücklicherweise so geartet, dass er diesem »wenig« immer noch ein »bisher« hinzufügen konnte. Dabei war Salvatore damals, als er durch die norddeutsche Tiefebene tingelte, längst alt genug zum Sterben, und innerlich, wie Tante Mausi gesagt hätte, fast am Verhungern. Salvatore hatte schon so viel erlebt, die Mondlandung zum Beispiel, und den Leuten wurde damals gesagt, dass das Leben nun nicht mehr weitergehe wie bisher.

In der vergangenen Nacht war es zunächst auch nicht dunkel gewesen, bis Salvatore die Rollläden zum Anschlag herunterließ. Aber auch dann war es noch nicht ganz dunkel gewesen: nur so lange, bis sich seine armen, guten, grünen, blauäugigen, bestechenden und eigentlich unbestechlichen Augen an die Mogelpackung gewöhnt hatten, und doch wieder eine Idee von Licht von draußen durch eine einzige Ritze des nicht recht schließenden Rollladens drang. Und dann war es auch jener böse rote Punkt, genannt *Stand-by*, der ihn nicht schlafen ließ, bis er schließlich den Stecker ziehen wollte, was streng verboten war und was das System zum sogenannten Absturz gebracht hätte. Aber das TV-Gerät hing freischwebend im Raum, ohne Steckdose etc., mit einer unsichtbaren Zentrale verbunden. Und Salvatore blieb nichts anderes übrig, als die schwere Polyester-Überdecke über das Gerät zu werfen, was auch nicht einfach war, so glatt war sie und es, und rutschte mehrfach und fiel auf den Boden. Schließlich hatte er es geschafft. Er musste nicht frieren. Aber das war auch schon fast alles. Aber das half auch nichts. Denn er, der, was das Elektrische anging, auch kein Experte war, aber hellhörig und mit den verschiedensten Ängsten ausstaffiert, hatte Angst, die Decke könnte Feuer fangen und er würde überleben, und alle anderen, an die er dachte, die in dieser Nacht in diesem Hotel Ruhe gesucht und wohl auch gefunden hatten, würden in ihrem Hotelbett verbrennen; er aber einen Prozess bekommen, für alles zur Verantwortung gezogen werden, verurteilt werden, gevierteilt werden und sterben.

Also war er so aufgeregt, dass an Schlaf in dieser Nacht nun gar nicht mehr zu denken war.

Das musste man sich zu allem dazudenken. Zu Bernadette aber, die er jeden Morgen mit einem freundlichen Wort in den Tag entlassen wollte, wie er es bei seinem katholischen Verhaltenstherapeuten, der damals eingeschaltet wurde kirchlicherseits, gelernt hatte, erzählte er von seiner Schlaflosigkeit und womit sie gefüllt war, kein Wort. »Bin etwas gerädert«, sagte er nur. »Sehe auf einen blühenden Kirschbaum.« Und den Brunnen im Garten hörte er auch, der die Verbindung von Tag und Nacht herstellte, von immer und nie.

Mit der Zeit mischten sich Stimmen dazu. Kinderstimmen von nebenan und Vogelstimmen durcheinander. Und dann das Licht. Und dann war es hell.

Das alles war das Gegengewicht zum Tod: Das Leben war das.

Salvatore hatte noch seinen Kaffee zu Ende getrunken, um dann einen freien Tag zu verbringen, erst morgen ging es weiter, als wäre es das Leben, und auch nicht so recht gewusst, wie es nun weiterginge.

»Erst einmal an die Elbe!«, hatte er sich gedacht, hatte seine Sachen in den Wagen gepackt, den Schlüssel abgegeben, das Telefonat mit Bernadette, seiner Frau, die so hieß und nicht wusste, warum, bezahlt, bis ihr Salvatore den Hintergrund ihres Namens erklärte, und war mit seinem uralten Wagen, der zehn Jahre zuvor ein Angeberschlitten gewesen wäre, mit dem nachträglich eingebauten Navigationssystem, an die Elbe gefahren, die er auch so, aus einem ihm angeborenen Orientierungssinn, dem eine Liebesbeziehung zwischen der Sonne und ihm zugrunde lag, gefunden hätte. Er hatte sie lange nicht gesehen und kannte sie so gut, als wären sie per du.

Sie, Bernadette, war mit ihrem Namen gar nicht glücklich und hatte bis dahin ein Leben lang geglaubt, ihre Eltern hätten aus einer Laune heraus, nach einem schönen Mädchen aus einer Vorabendserie, nach diesem Namen gegriffen – oder schlimmer noch, sie nach ihrem Vater genannt, der Bernd hieß. Aber keinen Tag gab es, an dem sie sich nicht eine gute Nacht gewünscht hätten, und dennoch war das Leben vielleicht nichts anderes als ein Geschwätz, wie es in Psalm 90 hieß. »Wir beenden unser Leben wie ein Geschwätz.« So etwa stand es bei Luther, den er widerwillig zitierte, weil er diesen Luther gar nicht leiden konnte. Aber Salvatore musste doch zugeben, dass dieser Mensch eine Sprache hatte für das Sprachverschlagende.

Nun saß Salvatore auf diesem Bänkchen, das auf diesem Deich stand. Alles auf demselben Bänkchen.

Auf dem Weg zu jenem Bänkchen auf dem Deich hatte Salvatore eine Weile bei der Schifflände gestanden, und das war auch seltsam: Denn das Stehen auf dem Boden erweckte in ihm immer diese Sehnsucht, zu gehen, während das Wasser und das Fließen in ihm viele Wünsche auslösten, am meisten vielleicht jenen: zu bleiben, und wäre es für immer.

Und wie ein Virus schlich sich mit diesem Verlangen (das sie Sehnsucht nannten) schon wieder, abermals der Gedanke ein, dass er sterblich war und dass sein Leben nichts als ein Geschwätz war, über das er nie hinauskam. Das war ja, wie der Wind, die Gewalt von nichts über etwas, so diktierte ihm das seine linkshändige Großhirnrinde. Salvatore glaubte indes, beim Thema seines Tages wie Lebens angekommen zu sein. Sehnsucht, was für ein Wort! Wie aufrecht stand es vor ihm.

Mit solchen Gedanken im Kopf, seinem Glücks- und Unglücksdepot, seiner Schaltzentrale, die doch nicht recht funktionierte, und eigentlich nicht mehr als sein Sehnsuchtsspeicher war, dachte Salvatore, sein Leben (und alles) in die dritte Person umzuschreiben, damit es für alle wäre.

Salvatore hatte Ende des zwanzigsten Jahrhunderts Theologie studiert. Was unweigerlich zum Ende des Glaubens geführt hatte. Allein die Sehnsucht blieb, wie du und ich.

Doch mit seiner Sehnsucht konnte Salvatore in der Kirche, in einem Unternehmen, das sein Heil bei Unternehmensberatern suchte, nichts werden. Bei Leuten, Bischöfen, Theologen, die ihr Glück auf den gesunden Menschenverstand setzten (*fides quaerens intellectum*). Für seine Sehnsucht gab es in den sogenannten Kirchen keinen Platz. Salvatore suchte aber, selbst nach Erlösung, immer noch. Und er wusste das, was er längst vergessen hatte, nun mit einem Mal wieder. Solche Menschen gab es, immer noch, auch wenn sie in den Bilanzen nicht vorkamen, wo der Mensch ja gar nicht als Mensch, sondern als Verbraucher geführt wurde und galt.

Doch schon der Name, mit dem er auf der Welt herumlief, deutete darauf, dass dies, was ihm hier an Leben und Ausleben geboten wurde, nicht alles war. Ja, seine Sehnsucht ging über jedes Ausleben hinaus.

Zwei Männer, die auch nicht zum Vatertagspublikum zählten, kamen mit ihrem Golf GTI angefahren, Einheimische, am Verlauf ihrer Gesichtszüge zu erschließen. Die Gegend war vor kaum mehr als tausend Jahren noch von slawischen Seminomaden bewohnt, doch mit ihren ausrasierten Nacken entsprachen sie nicht dem Schönheitsideal der Zeit, als Salvatore sehen lernte.

Das war in den Ferien bei seiner Großmutter, zu der er *Nonna* sagte mit fehlerfreiem Akzent, die damals schon in Neapel lebte. Erst sah er den Vesuv von ihrem Fenster aus und dann den Schnee und sagte »Aaaaaaaaaaaa!« – und dann kam das andere dazu, was er sah. Das war auch zu einer Zeit, als er allmählich braun von blond unterscheiden konnte und zu unterscheiden begann und er immer noch Ministrant war und von seinem Kinderglauben noch nicht abgefallen.

Sie nahmen sich für den Tag mit, was sie für den Tag brauchten. Und aus dem Kofferraum, was sie für die nächsten Stunden brauchten. Ihn übersahen sie. Er war ja kein Fisch.

Es waren zwei Angler, Fischer wie Petrus und Andreas, Johannes und Jakobus, nur zweitausend Jahre später und mehr als zweitausend Kilometer von jenem Ort entfernt. Petri Heil! – mehr wussten sie aber von Petrus nicht – Kafarnaum wahrscheinlich nie gehört … Und doch:

Sie wussten, was es war, was sie brauchten. Und warteten auf nichts, außer auf Fische. Diese Fischer wuchsen noch in ihr Glück hinein. Es gab also noch Sehnsucht.

Und Salvatore begann so langsam wieder an Dinge zu glauben, die es gab und die trotzdem nicht sichtbar waren. Denn diesen Glauben hatte er eigentlich nie aufgegeben.

Die Hoffnung und die Liebe waren ja auch nicht sichtbar

oder nur ganz selten wie ein Wunder. Und er hoffte nun mit einem Mal wieder, dass das Unsichtbare mehr wäre als das Sichtbare.

Ohne dass sie es je erfahren hätten, war er schon dabei, für ein volles Netz zu beten. Alles war möglich. Das Bild brauchte vielleicht gerade ihn und seine Sehnsucht. Das, was er sehen konnte, war wenig und doch so viel, es reichte an den Saum des Unsichtbaren. Und das Wasser war an diesem Tag ein Spiegel. Es war der Himmel mit seinen Wolken, der sich in allem spiegelte.

Das, was er sehen konnte, war nicht viel. Und das meiste, was er von der Welt sah und sehen konnte, war auch nicht viel, und grauenhaft. Oder nicht?

Waren die Bilder, die ihm von der Welt gezeigt wurden, vom dem, was sichtbar war und im Fernsehen zu zeigen war, etwa nicht grauenhaft? Und was er zu Hause gesehen hatte, die Orden und Auszeichnungen auf dem Samtkissen in der Vitrine im Jagdzimmer unter dem ausgestopften Auerhahn und den Eulen? Einst waren sie ein Stück weit geflogen, unweit der Erde, aber von unten gesehen war es doch ein Stück weit auf der Seite des Himmels, bei Nacht.

Die armen Fische. Sie glaubten, auf der Landseite hätten sie nun einen Freund fürs Leben. Sodass sie ganz zutraulich wurden und schon dabei waren, mit der Angel eine Freundschaft fürs Leben zu schließen. Doch es wartete nur eine Begegnung, die zum Tode führen würde.

Doch jene Fischer, die Salvatore, nun vom Parkplatz weg an dieser schönen Stelle seiner Geschichte angekommen, etwas weiter flussabwärts mit seinen Augen, seinen ersten Waffen, entdeckte, wie sie da im Wasser standen, bekamen an diesem Tag eine erste Wut, schon als sie Salvatore entdeckt hatten, wie er immer näher kam und die Fische störte und davon abhalten würde, in ihre Angel zu beißen, und »Petri Heil« zu verunmöglichen. Ganz anders als ihre Kollegen am See Genezareth, als Jesus auf sie zukam und sagte: »Kommt, gehen wir!« Und keinen Augenblick lang mussten sie überlegen. Das war lange her.

Die Fischer von heute – es war am Tag einer Himmelfahrt, der nun »Vatertag« hieß –, sie bekamen geraume Zeit später, schon fast Mittag, erst recht eine Mordswut, als ein erstes Vatertagsrudel auftauchte, sich ihnen in den Weg stellte. Eine Wut wie Jäger auf dem Hochsitz bekamen sie, denen ahnungslose Wanderer, die sich unterhielten, als wären sie auf dem Weg nach Emmaus, die Wildschweinjagd, wenn nicht den Tag, wenn nicht das Leben verdarben. So schauten sie wenigstens.

Und dann war es wieder still. Und sie beruhigten sich wieder wie sein Onkel, ja Freund Hannemann bei der transzendentalen Meditation.

Wann war eigentlich Fischerzeit? War es, wenn sie (die Fischer, wie auch die Fische) frei hatten? Oder konnten sie sich im Prinzip immer ans Wasser stellen? Oder hing es von der Stelle ab, ob es ein Fluss, ein See oder ein Meer war? Gab es für sie eine richtige Tages- oder gar Jahreszeit? – Das alles hätte er nachlesen können, aber so war es immer bei ihm. Immer wenn so eine Frage auftauchte, auf die es sicher eine Antwort gab, dachte er daran, wenn er zu Hause wäre, wollte er nachlesen, wie es war. Und dabei blieb es.

Und erst die Fragen, die in seinem linkshändigen Hirn auftauchten, auf die es definitiv keine Antwort gab, zum Beispiel nach dem Warum der Freude auf den Fisch auf dem Tisch und wie das richtige Essen war, bestehend aus Festem, Halbfestem und aus Flüssigem, bestehend aus etwas und aus nichts: Das waren die Pausen zwischen Gabel und Mund, die den Menschen so glücklich machen konnten, und wäre es nur eine Pizza gewesen und zwei, drei gute Pils wie eine Vorfreude und das Vorspiel und wie alles, was der Mensch nicht nachlesen konnte. Und auch nicht kaufen. Das war die Freude des Bankrotteurs.

Nun wissen Sie es: Salvatore war ein promovierter Träumer. Und wollte, wenn es mit dem Schreiben nichts würde, auf Fliegen umsatteln, um richtig abstürzen zu können. Denn dass er endlich sein Buch schreiben müsse, also etwas, in dem alles stand und gesagt war – mit diesem Gedanken lief er eigentlich seit seiner Turnhallen-Zeit herum – wie sie per Trillerpfeife im Kreis herumgescheucht wurden. Den anderen war dies anscheinend egal, sie hatten mittlerweile schon Kinder gemacht und in die Welt gesetzt; er aber konnte das so sehr nicht vergessen, dass er sogar mit dieser Nichtigkeit das erste Kapitel seines Buches bestreiten wollte.

Dieser Fluss war noch schöner als sein Name, die Elbe, und bald sah Salvatore auf das Geländer der Schiffanlegestelle, welche im Sommer zweimal am Tag, einmal hin, einmal zurück, diesen Ort mit der Welt verband, von hier nach Bitter ging es und zurück. Das Stehen der Angler, die ihn nun schon vergessen hatten, aber auch das Sitzen auf dem Deich, waren etwas Seltsames, das Kommen und das Gehen, wie auch das Leben und der Tod, dachte er, etwas Seltsames waren, wie alles, das einen Anfang und ein Ende hatte: nur die Wurst hatte zwei, Apage, Satanas! Weiche, Satan! Schon die Wörter für die Dinge und Sachen zerbröselten ihm manchmal zu einer völligen Bedeutungslosigkeit, zu etwas, das nichts war, zum puren Wort. Und Salvatore bekam manchmal an dieser Stelle des Sich-Auflösens einen Kalauer-Anfall.

Manchmal hatten seine Kalauer Hoheit über sein Leben, zum Glück hielt er sich bei seinen Vorträgen ganz an den Text von Bernadette, der Wirtschaftsprüferin, nur in den Nebenbemerkungen, quasi zur Seite hin gesprochen, durften sie dabei sein zur Aufmunterung. Und dann gab es Gelächter: Das war das Geheimnis seines (relativen) Erfolgs seiner Vortragstätigkeit – eine Melange aus Ernstem und Erheiterndem, aus Fakten und Leben. Aus seinem Kopf ließen sich aber diese unseriösen Wortspielereien nicht so einfach vertreiben. Es hätte eines Exorzisten bedurft, oder sagen wir lieber: eines Therapeuten, und manchmal war viel zu viel in seinem Kopf, manchmal zu wenig und manchmal gar nichts, manchmal schien ihm, er habe alles vergessen, und manchmal war es nichts, das er vergessen konnte, das ihn seit der Turnhallen-Zeit quälte, so war es – es! –, und Freud hätte seine Freude gehabt mit so einem Kopf wie seinem und hätte so einen Kopf wie den seinen als krank bezeichnet. »Apage, Satanas!«, sprach er vor sich hin, und er meinte damit seinen Kopf, aus dem manchmal nur Schlechtes kam, als wäre er eine Kloake.

So saß er immer noch und lehnte und schaute und sah immer nur einen Teil von sich: seine Beine und dann das Wasser, direkt hinter diesen Beinen, ein Bild vor seinen Augen war es, und das war seltsam. Er stand kurz wieder auf, damit seine Beine nicht einschliefen; und auch zum Beweis, dass er jederzeit gehen konnte.

Schon lange nicht mehr war es wie am ersten Tag gewesen, ein Morgen. Wie an diesem Morgen. Mit seinen Schöpfungsgeräuschen, der Stille als Tonart und Grundakkord, darüber sich der Hahnenschrei erhob und »Ich werde dich verraten«. Und diesen Angeln, die das Glück des Fischers waren.

Schon lange nicht mehr hatte er gehört, was unbedingt dazugehörte, Tage wie am ersten Tag, da selbst die Motorsäge Klang war, ein Jubilieren aus dem Wald, von der Waldseite her, der ihn mit Freude erfüllte, und auf der Himmelseite das Flugzeug dort oben, als wäre es ein Echo des Himmels, zurückgelassen von einem, der längst woanders war; und auch das Krähengeschrei war noch ein Jasagen, zu allem, auch dass es einmal ein Ende hätte mit allem. Ja, die Welt war Klang. Er vernahm, wie sich in junger Ferne die hörbaren Hähne um das Leben stritten und freuten. Wie sie das Leben und das Sterben übten, spielten, und wie beides zusammenfiele, ein letztes Mal, dann beim Finale ganz zum Schluss.

Das war (wäre, würde gewesen sein) auf der anderen Seite des Flusses, so hörbar still war dieser Tag. Im Grunde konnte Salvatore bis China hören, bis Laotse und dem entsprechenden Spruch (so etwa: »Ein Leben lang die Hähne vom anderen Ufer des Flusses hören, und niemals hinübergehen wollen.«).

Bis dahin hatten sein Tag und Leben noch Zukunft, doch das »Ich werde dich verraten haben«, das war die Melodie danach, das Aprèslude. Und so ein Tag danach war heute.

Es war am Tag einer Himmelfahrt, aber er lebte in einer Welt, in der das Wort »vernünftig« regierte. Fast sein ganzes Leben lang, das noch lange nicht zu Ende war und sein würde, wie er sich auf seine linkshändige Art in seinem Kopf dachte, in dem es immer wieder etwas zu lachen und zu lieben gegeben hatte, auch hatte er oftmals einen Appetit bekommen, einen Hunger ohnegleichen, auf alles, dass es zum Kopfschütteln war, hatte er gedacht, dass sein Leben ein Leben am falschen Ort und zur falschen Zeit war. So hatte er sich oftmals denken müssen, aber dem sich sofort ein handgemachter Trost zugesellte, sich einstellte, dass nämlich zwei Unglücke nicht so schlimm waren wie eines, denn so konnte er es verteilen, je nachdem, wenn er Zahnschmerzen hatte, versuchte er sich mit dem Gedanken an seine Schulden abzulenken, so war beides halb so schlimm, als gäbe zweimal Unglück ein Glück, als wäre es wie in der Mathematik, und wenn er an sein Leben dachte, konnte er an seinen Tod denken. Das war sein linkshändiger Trost. Doch tatsächlich war es so: Glück und Unglück ergaben ein Ganzes, und das war das Leben mit seinem Tod, so fern, so nah.

Salvatore lebte wohl am falschen Ort, zur falschen Zeit.

Und doch war auch so ein Leben möglich. So war es wohl bei den meisten. Es sei denn, sie wären zu Tode therapiert gewesen, bis hin zur Selbstbewusstseinslosigkeit sediert, beraubt auch noch um die Möglichkeit eines tief empfundenen Unglücks, dem der Kopf den Gedanken, ja die Sehnsucht nach dem süßen Tod verdankte, welche zwei die Gefährten seines Lebens waren, die einzigen vielleicht. Soeben noch hatte er neben dem Kaffee her in der *F. A.Z.* von gestern *Natur und Wissenschaft* gelesen, dass die gemeine Fruchtfliege (Drosophila), die gerade vor ihm auf seinem Knie saß und die er erschlagen wollte, einen freien Willen habe. Und er erschlug sie. So begannen auch diese Geschichte und dieser Tag mit einem Mord, und wenn es kein Mord war, dann war es doch der Tod, der hier an diesem Tag seinen ersten Auftritt hatte. Und so war auch seine Geschichte eine Kain-und-Abel-Geschichte. Aber kein Gott kam mehr, um ihn nach seinem Bruder oder seiner Schwester, der schönnamigen Drosophila, zu fragen. Gott war ihm mit der Zeit irgendwie abhandengekommen, so wie auch die Zeit und das schönnamige Leben. Drosophila hatte es nun zum Glück schon hinter sich, alles, das Ganze, und wie es heißen mochte: Es. Das, wofür der Mensch doch keinen Namen hatte. Das Leben und den Tod, das Sterben.

Auch Salvatore wusste irgendwie, dass auch ihm das Ende noch bevorstand, wenn er auch lebte, als wäre es ganz anders. Auch er wusste, dass das Glück nur die halbe Wahrheit war. Das Wahre war aber das Ganze. Und sein Kopf war vieles, wie er gesagt bekommen hatte, und wusste, zum Beispiel ein Unglücksspeicher, dessen Vorrat täglich größer wurde, auch wenn ihm die TV-Bilder vorlogen, dass es einfach Spaß war, viel Spaß, was das Leben war und sein musste; und was den Leuten eine unglaubliche Befriedigung verschaffte, so wie das Hinein-Klatschen in die letzte Stille beim letzten Konzert von Horowitz in Moskau, genau in dem Augenblick, als er mit der *Träumerei* zu Ende war. Als wäre es das erste Mal gewesen. So hatte er die *Träumerei* gespielt. Und in die Stille hinein platzte der unanständigste und gröbste Applaus, zu dem der Mensch fähig sein konnte. Das war seine Zugabe gewesen. Und Horowitz, dachte Salvatore, dachte an dieser Stelle wohl: »Nie wieder! – Ein Glück, dass es nun aus ist mit den Konzerten.« Und verneigte sich tief und lächelte in die Kameras, denn es war für immer. Und Salvatore hätte jenes Publikum am liebsten umgebracht, aber dafür war es nun zu spät. Ihm blieb gerade, die CD mit dem Applaus, welcher der Stille am Ende dieser Musik der Morgenfrühe, der Musik vom ersten Mal, ein Ende machte, wegzuschmeißen.

Das war Salvatore nun auch wieder eingefallen – oder hätte er lieber: »in den Sinn gekommen« gesagt?

Außerdem:

Er hatte sein bisheriges Leben mit Nachdenken und Träumen und Legenden verbracht, die immer wieder falsifiziert werden mussten, unter anderem jener, dass in Moskau die Taxifahrer ihren Puschkin gelernt haben und das Leben über auswendig hersagen können während ihrer Fahrten, und dass ein Russe seinen Wodka hat und, statistisch gesehen, die geringste Lebenserwartung von Europa, und sich vor dem Tod nicht fürchtet und ein Leben lang ein geduldiges Lamm ist, dem Leben gegenüber, und sich hineinschickt, und dass die Welt groß ist und den anderen gehört, und dass er nur manchmal aufsteht und die Wodkaflasche nimmt und im Liebeswahn seinem Nachbarn auf den Kopf haut, um anschließend weinend und liebend über ihm zusammenzubrechen. Eine solche Geste hätte sich Salvatore niemals getraut. Bei Salvatore war es viel weniger, sein Leben war klein und klein geblieben.

Als Kind hatte er Angst vor dem Tod und vor dem Scheintod. Es war die Angst, lebendig begraben zu sein. Nun war er mit Bernadette verheiratet und hatte Angst davor, den Vatertag allein verbringen zu müssen. Aber zunächst wusste er ja gar nicht, dass heute Vatertag war. Und die Amseln sangen, als blühten sie.

In der Schule hatten sie, bald nach der Ministrantenzeit, einen Aufsatz schreiben müssen, so mit fünfzehn, sechzehn, noch vor dem Mopedführerschein: »Das Gesicht des Todes«.

Salvatore hatte nun eine Lust bekommen, zu schreiben, über alles, was einst fern war, mit einer Sicherheit ohnegleichen. Vielleicht war der Lehrer damals pervers (und jetzt tot), und er versuchte, aus den Lieblingsschülerinnen herauszukitzeln, wie sie über das Leben dachten, Tina zum Beispiel, mit ihrem Gesicht, die Schönste von allen, und ihren Augen, die fragten, als wäre es die Welt. Und so, als wäre er die Welt, Salvatore. Sie hatte das Leben mit einer Zigarette verglichen. Die einen rauchten sie hektisch und schnell und hatten nichts davon. Die anderen gingen das ganze bedächtig-genießerisch an. – So hatte sie geschrieben und für die Letzteren votiert, und eigentlich das Thema verfehlt und dafür vom Lehrer, der sich in Tina hineinversetzte, wie sie das Leben genoss, eine Eins bekommen. – Salvatore aber hatte bis zu diesem Augenblick am Fluss hinter dem Flugzeug, in dem Tina saß, hergeschaut, das bald in Amerika war. Amerika? Das war vor Jahrzehnten: »Und was lernen wir daraus?«, hatte der Lehrer gefragt, nachdem Tina ihren Aufsatz ihnen allen vorgelesen hatte: »dass es lang oder kurz ist, das Rauchen, und die Zigarette irgendwann, aber spätestens nach fünf Minuten, aus ist«. So die Nachricht, die Salvatore ins Leben mitnahm, wo er sie nie vergessen konnte. Tina sollte für immer in Amerika verschwunden bleiben und war für dieses Leben für ihn wohl verloren. Das war Tina. Warum nicht ihren Namen nennen!

Man durfte im Übrigen noch rauchen, selbst im Kino,

selbst im Krankenhausbett, ob Sie es glauben oder nicht! (wohin Tante Mausi noch drei Packungen mitgenommen hatte, und dann starb sie, aber nicht an Lungenkrebs), und es war eine Freude, wie Salvatore eine Zigarette nach der anderen rauchte. Das kam zum Träumen und Schauen hinzu, nein: Wahrscheinlich verdankte Salvatore dieses Denken, Träumen und Schauen allein diesem Rauch, der mit der Welt und dem Tag verschmolz und in ihm aufging, ohne jeden Verstand.

Dem späteren Terror gegen die Raucher späterer Zeiten lag ja noch eine Irrlehre der heutigen zugrunde, angeführt von Medizinern, die fast schon Scharlatane waren.

Noch vor drei Jahren hatten sie das Trinken von Rotwein gerade den Herzpatienten strengstens untersagt, und vor hundert Jahren führte Selbstbefriedigung zum Tod. Und seine Mutter fiel Salvatore an dieser Stelle auch noch ein: Sie hatte den Nerz und den Persianer von Tante Mausi nicht annehmen wollen, und schon gar nicht tragen, weil sie befürchtete, ihr Tod sei ansteckend. Mausi war an Brustkrebs gestorben.

Ach, Tina. Auch verschwunden. Das Letzte, was er von ihr gehört hatte, war, dass sie Zwillinge geboren hatte. »Jungs oder Mädchen oder beides?«, hatte Salvatore Susi gefragt, noch so ein Mensch. Und sie antwortete mit einer bestimmten Begeisterung: »Zwei Mädchen!«, mit einem vieldeutigen Lächeln, als wollte Susi Salvatore schon mit jener Vorfreude auf das Eine, wie jene es nennen, die … – lassen wir es!, dachte er sich – versorgen. Aber ihm war ein »Schade« herausgerutscht, denn er hatte schon weitergedacht, an die fünfzehnjährige Tina und an seine erste Liebe, und die Gliederschmerzen und all dies, und dass er nichts mehr davon haben würde – dass er dann schon fünfzig wäre oder tot, und außerdem war Salvatore an dieser Stelle wieder »Das Gesicht des Todes« eingefallen, den alle drei im Alter von fünfzehn, sechzehn Jahren zu schreiben hatten, als die Welt hätte noch heil gewesen sein können, wäre die Liebe nicht gewesen.

Zu diesem Thema gab es in den südlichsten Bergen ein altes Lied, das mehr geweint als gesungen werden musste: *Hed i dia nia xenang kehenz noiolla wai so sei.*

»Mensch, du bist der alte Blödmann geblieben.« – Das war das Letzte, was Salvatore von Susi gehört hatte, und auch von Tina.

… So war sein Leben voller Menschen und die Welt voller Geschichten. Und das Wahre war das Ganze.

Salvatore hatte glatt vergessen, was er damals in diesem Aufsatz geschrieben hatte, er wusste nur noch, dass ihm das, was Tina geschrieben hatte, einen ungeheuren Eindruck gemacht hatte, sie war der Platzhirsch des Lebens. Seines Lebens.

Das Gesicht des Todes war, dass der Tod gar kein Gesicht hatte. Dachte er nun, fast schon zu spät. Das war das Gesicht des Todes. Und so hätte auch das Aufsatzthema heißen müssen: »Die Gesichtslosigkeit des Todes«. Aber für diese Entdeckung war es nun zu spät. Selbst die Note, das Einzige, was oftmals noch von seinen Aufsätzen blieb, hatte er vergessen. Und wahrscheinlich war es so, dass jener Lehrer, der vielleicht doch noch am Leben war, seine Sätze zu »Das Gesicht des Todes« gar nicht gelesen, sondern nur auf Rechtschreibefehler hin überflogen hatte.

Platzhirsch meines Lebens … »Wie der Hirsch Durst hat nach frischem Wasser, so habe ich Durst nach dir«. Das war der Sehnsuchtspsalm 42, den er aus seinem irgendwann abgebrochenen Studium der Bibel noch kannte, Salvatore aber meinte Tina.

Die ersten Fischer – es waren ja mit der Zeit noch weitere dazugekommen – packten schon wieder ihre Sachen zusammen, gerade noch hatten sie dagestanden, mit zwei Füßen im Wasser, und er hatte sie beobachtet, beobachten dürfen, dachte Salvatore, denn die Augen waren ja ein Geschenk des Himmels, vielleicht das schönste, und er teilte es mit allen, die Augen hatten, auch mit den Fischen, die aufpassen mussten, sich vor der Angel in Acht nehmen, und deswegen waren sie da. Was Sehen wirklich ist, da müsste ich einen Blinden fragen, der einmal sehen konnte. Oder einen Fisch. Aber der müsste schon ein Dichter sein, um die richtigen Worte dafür zu finden, was Salvatore so schön fand. Das meiste war ja nur gedacht. Und gelacht.

So langsam war er auch an diesem Tag in eine Melange hineingekommen, in der Helles und Dunkles zu einem Clair-obscur wurden, die Vergangenheit mischte sich mit der Zukunft und das Leben mit dem Tod und die Lust mit dem Schmerz, das Leichte mit dem Schweren, das Heimweh mit der Sehnsucht, das Nicht-mehr-warten-Können mit dem Nicht-mehr-warten-Wollen und so fort. So verbrachte er seine Tage: Es war ein ganz gewöhnliches Zusammenleben dieser verfeindeten Hausgenossen in seinem Kopf, so war es immer, immer schon. Und vielleicht nicht nur bei ihm, dachte er, als wäre dies, das Glück und das Unglück der anderen, ein Trost gewesen für ihn. Das Glück war nur die halbe Wahrheit, und am Ende würde der Mensch nicht einmal mehr wissen, dass nichts gewesen war, unbarmherziger ging es nicht. Das konnte nur für einen Zyniker ein Trost sein. Und für alle, die gar nicht getröstet werden wollten.

Immer noch wartete er, wenn er auch schon lange nicht mehr genau wusste, worauf. Manchmal wartete er auf alles. Manchmal auf nichts. Das unterschied ihn vielleicht doch von den anderen. Immerhin hatte er schon weit mehr als die Hälfte des Lebens hinter sich. Es konnte gar nicht anders sein, dass es bei ihm nicht wie bei jenen war, die 129 Jahre alt wurden und vom Oberbürgermeister einen Geschenkkorb bekamen, und alles wäre zusammen auf dem Foto: die Alte, die immer noch lebte, und der schöne Bürgermeister, wie er am Leben war, zum Beweis, wie groß der Abstand war zu denen, die nicht viel mehr noch, die immer noch wussten, dass sie am Leben waren, das wusste Salvatore aus der Zeitung. Und auch im Fernsehen hatte er – ganz unfreiwillig, wie das meiste, den 102-jährigen Johannes Heesters gesehen. So etwas wollte er nicht. Immer noch wartete er. –

Salvatore hatte es immerhin bis zu diesem Bänkchen geschafft und war jener Gestalt zuvorgekommen, die er zwischen Himmel und Erde entdeckte, in sichtbarer Ferne, noch ununterscheidbar, ob Mann oder Frau, und die anscheinend auch Kurs hierher genommen hatte, zu diesem einzigen Bänkchen hin, und es doch nicht schaffte, Erste zu sein. Das war dieses Mal, war ausnahmsweise er. Das war real existierender *Struggle for life*. Und *Survival of the fittest*. Darwin war oder galt auch als ein Philosoph, zumindest in England und bei den Darwinisten und Hirnforschern. Mancher Philosoph hatte seine Gedankenblitze im Gehen leicht bergauf.

Da saß Salvatore nun doch als Erster, und der andere – es war ein Mann, wie Salvatore bald sah, ein weißhaariger Alter, doch im einheimischen Friesenpelz, trotz des Wetters, man weiß ja nie – musste sich mit dem zweiten Platz zufriedengeben, der gar keiner war.

Man konnte von hier hinausschauen, auf alles. Die Welt war ja hier so dreißig Meter über dem Meer, das nicht mehr weit sein konnte. Dann hatte sich der andere doch neben Salvatore gesetzt, auch wenn er lieber allein gewesen wäre. Hatte sich einfach neben ihn hingesetzt, gleichzeitig mit der Frage, ob der Platz frei sei. Und es hatte Salvatore nicht mehr geholfen, sich als eine Vogelscheuche zu gebärden und ganz schnell eine Zigarette anzuzünden und das Päckchen Pall Mall demonstrativ neben sich zu legen, so, dass es einen ganzen Platz in Anspruch nahm, um ihn von seinem Plan abzuhalten, von dem aber, wie die Gehirnforscher sagen, zu diesem Zeitpunkt der Geschichte keinerlei Abweichung mehr möglich war. Der Herr hatte sich auf seine Schachtel gesetzt, ja auf Salvatores Hand. Die Pall-Mall-Packung war dahin, und seine Hand hatte nun eine ungewollte Begegnung mehr. Und Salvatore entschuldigte sich. Ein Buch, ebenfalls als Vogelscheuche gedacht, hatte eh nichts geholfen. Es handelte sich im Übrigen nicht um Johannes Heesters, wie er im ersten Augenblick des Schreckens gedacht hatte, so von der Seite. Die alten Ufa-Stars hielten sich ja gerne in dieser Gegend auf, die Lüneburger Heide war auch nicht fern. »Ist das nicht Heesters?«, hatte Salvatore gedacht.

Immer noch wartete er.

Mancher Philosoph hatte seine Gedankenblitze beim Gehen leicht bergauf, andere wiederum warteten auf so etwas – oder nicht? – auf einem der Bänkchen an einem der Seen oder gleich am Meer, nach einem Deichspaziergang, vielleicht noch mit einem Hund als einzig verbliebenem Freund und Zuhörer, denn manchmal war es einfach zu viel für die anderen, auch das Zuhören, ganz wie bei der neuesten E-Musik, der neuesten Komposition, die auch erst in hundert Jahren in den Ohren der Menschen ankommen würde, ja, es war eine große Ungleichzeitigkeit auf der Welt. Und dann streckten sie ihr Ganzes der Sonne und dem Meer entgegen, als käme von dort her Hilfe. Und der Nachbar auf dem Bänkchen, der ein wenig sehr aussah wie Johannes Heesters und auch seine Geschichte haben mochte, empörte sich darüber, dass Salvatore (der zu seiner Ersatzpackung gegriffen hatte, die er immer wie ein lebenswichtiges Medikament mit sich führte) in aller Öffentlichkeit eine Zigarette rauchte, und dachte nun, nachdem ein empörter, mit Abscheu gemischter Gesichtsausdruck nichts gefruchtet hatte, vielleicht, dass aus Leer noch nie etwas Rechtes gekommen war, und Salvatore dachte, dass das Entscheidende immer am Wasser geschehen war. Es hing alles vom rechten Einfall ab, und dem arbeitete das Meer zu. Dachte er.

Warum mussten die großen Dinge immer am Wasser geschehen?

An einem Meer oder wenigstens an einem Fluss oder einem See? Aus dem immer wieder gerade im Sommer Leichen auftauchten und mit Luftmatratzen zusammenstießen und mit Köpfen, in denen immer noch böse Gedanken möglich waren wie auch Alpträume und Träume.

Kaum war der Mensch geboren, so konnte er, zum Beispiel, schon sterben, und wenn nicht, bald vom Meer träumen, wohin er es vielleicht niemals schaffen würde. Doch das Wasser würde niemals eine Enttäuschung sein, so wenig wie die Wärme und das Licht – nur der Rest wäre vielleicht eine Enttäuschung dereinst. Wo alle Sehnsucht endete. Als wäre das Meer schon ein Teil des Jenseits, von dem sein Priester einst gesprochen hatte und dabei schaute, als träumte er. Und nicht so, als löge er. Als glaubte er es, was er seinen Schafen zu sagen hatte. Ja, einst hatte Salvatore in den Augen seines Priesters die Nahtstelle zwischen hier und dort entdeckt, ein Glänzen und einen Glanz, der nicht von hier war. Das war ein Horizont am Beginn einer anderen Welt, die auf ihn wartete oder nicht. Das Meer!

Und würde es und alles, worauf er gewartet hätte, nicht wahr geworden sein, so wäre wenigstens seine Sehnsucht nach ihm, vielleicht sogar nach jenem Ihm, dem ganz anderen, wahr gewesen. Wenn er seine Tage hatte. Und ein solcher Tag war heute.

Doch vorerst war das Wasser etwas, an dem der Mensch, auch dieser, Salvatore, zur Ruhe kommen wollte. Und später einmal wäre er doch nur Asche, von Spezialbestattungsunternehmen dahin verfrachtete Asche, die sich bald auflöste und die Fischmäuler durchschwebte wie Plankton.

War das Meer nicht einfach ein großer Bauch, in dem alles verschwand? Auch dieser Fluss war schon ein erstes Beispiel und ein Beweis, dass es zu Ende ging. So hätten es doch wenigstens die Zyniker unter den Vernünftigen sehen müssen.

Mancher Mensch kam vom Meer und machte sich nichts daraus. Es gab Menschen, die hatten keine andere Verbindung dazu als die Angst, die sie vor dem Meer hatten: alte Griechinnen, die ihr ganzes Leben auf einer Insel verbrachten und nicht schwimmen konnten, so wenig wie ein richtiger Seemann, dessen Heimat das Meer war, wie er von Lolita wusste.

Die Meeressehnsucht war wahrscheinlich etwas für solche, die keine Ahnung vom Meer hatten. Und für jene vielleicht, die nicht vom Meer kamen.

Und die kleine Variante dieser Sehnsucht war, dass etwas fließen musste, dass *es* fließen musste. Wenigstens an einem kleinen See oder an einem großen Fluss musste es sein, wollte so ein sehnsuchtsbegabter Mensch leben.

Dabei lebte Salvatore in einer Zeit, deren Lieblingswort »ausleben« war. Er hatte dieses Wort erst gestern Abend, nach seinem Verbrauchervortrag bei den Rotariern, vor dem Zubettgehen noch durch die Kanäle zappend, mindestens dreimal live gehört, – ja: gesehen: wie da die Menschen sich ausleben wollten. Sie sagten sich alle »Ich will endlich leben!« (wie Salvatore sie verstand!). Aber vielleicht war es nur ein Missverständnis, und sie meinten nur »ausleben«. Als Bauchtänzer in Istanbul. Als rüstige Witwe, die bis dahin einen Mann zu pflegen hatte, und nun arbeitete sie als Domina in einem Studio und empfing Exmönche, die eigentlich zu spät kamen, um sich richtig auszuleben. Das wusste Salvatore alles aus den Talkshows. Dort gab es Menschen, die bedauerten, ja bereuten, dass sie dies bisher nicht getan hatten oder tun konnten. Dass ihr Leben kein Leben war, weil sie sich nicht ausgelebt hatten. Hätte »leben« nicht genügt?

Kurz: Dies alles wusste Salvatore aus allen Kanälen. Und

ein wenig auch aus dem Leben. Sein Leben war nämlich für Salvatore der entscheidende Beweis, dass das Glück nur die halbe Wahrheit war.

Und eine Enttäuschung konnte selbst das Meer sein. Einmal ans Meer gekommen, hatte Karen eine Ansichtskarte geschrieben, »ganz hübsch hier, doch ich hab's mir hübscher vorgestellt«. Ein wenig so wie die Putzfrau von Thomas Mann, die das angeblich auch schon gesagt hatte, und vielleicht auch nur eine Erfindung Thomas Manns war, kam sich nun auch Salvatore vor.

Kurz: Das Meer war für Salvatore niemals enttäuschend gewesen. Nur der Rest (seines Lebens) war irgendwie enttäuschend. Angefüllt mit Leben, aus dem er manchmal am liebsten geflüchtet wäre. (Free Climbing eines verqueren Kopfes, mit dem kein Hirnforscher fertiggeworden wäre.)

Die Elbe floss mit ihrem Wasser an ihm vorbei, als wäre es ein Kinderspiel.

Bitte keine Midlife-Crisis! – Denn dafür war es nun zu spät, Salvatore war längst alt genug zum Sterben und bekam von Menschen, die es nicht besser wussten und immer noch leben wollten, immer noch Komplimente, die mittlerweile doch schon ganz zweifelhaft waren. Er musste nun schon für so etwas bezahlen. Jessica, seine Friseuse, »brachte es auf den Punkt«, wie Bernadette gesagt hätte: »Haben Sie Enkel?«, hatte sie ihn schon vor drei Jahren gefragt, da war er fünfundvierzig gewesen, »wohlgemerkt: Enkel, nicht Kinder!«, so versuchte Salvatore sein Leben in einen Witz zu verwandeln; und sie, vielleicht neunzehn, lobte wie nebenbei das schöne vollgraue Haar, das sie später zusammenkehrte und zum Sondermüll tat. Das wahre Leben schien bei Jessica zu sein, die der Platzhirsch im Salon war, in dem es die ganze Zeit irgendwie unstatthaft roch. Bei Menschen, die das Zeug zum Rollmopsverkäufer hatten, und bei DDR-Schlusen, Angelicas, transusigen Schriftstellern, deren Erzeugnisse an

Orten platziert waren in Feuilletons, deren Rückseiten aus Todesanzeigen bestanden. Das wollte Salvatore auch nicht.

»Solang ich mich erinnern kann, fing das Wünschen immer wieder von vorne an«, hatte er gerade in Radio Brocken gehört, das den »besten Mix aller Zeiten« bot.

Und doch. Die Aussicht war schön. Auf der anderen Seite des Wassers duckten sich die Marschhöfe wie in einem Gedicht von Ingeborg Bachmann. Das Bänkchen war nun schon seit einer Stunde sein Lebensmittelpunkt.

»Was willst du denn!«, hatte eine ganz bestimmte Frau, warum immer Bernadette sagen!, ihm gerade in seiner hoffnungslos veralteten Einsamkeit vorgeworfen, die allmählich die Form einer Erektion gegen ein schwarzes Loch hin annahm, so zeigte sie geradewegs bis zum Himmel. Das Bild stimmte. Fast.

Da rannte schon wieder einer an ihm vorbei. – Der übte wohl für einen Semimarathon und konnte sich eine Störung nicht erlauben. Vielleicht hielt der ihn für einen Sittenstrolch oder sonst etwas oder einen. Also … er rannte mit seiner Enttäuschung im Gesicht an ihm vorbei – und Salvatore sah es mit der Enttäuschung im Gesicht, in seinem.

Das Bänkchen, von dem aus Salvatore fast alles sehen konnte, stand im Übrigen unweit der Stelle, wo Eckermann Studien für das Ende von *Faust II* für Goethe gemacht hatte, der dann seine Tragödie mit dem Wort »hinan« krönte, keine 150 Jahre vor der Mondlandung. Als wäre der Ort nicht genug gewesen: da kamen die Herren von Bitter her. Und dann sah Salvatore unten am Wasser, am Steg, Menschen, die ließen trotz allem die Beine baumeln, als wäre es die Seele, und er bekam an diesem Tag ein erstes Mal eine Gänsehaut beim Gedanken, dass es Menschen gab, welche die Seele baumeln ließen, oder dies wenigstens unbedacht sagten oder dachten.

Es war ein richtiger Himmelfahrtstag geworden aus diesem Tag, das Blau über dem Tiefland sah aus, als wollte es sich mit den Wolken vermählen, die aussahen, als wären es sehr hohe Berge, in blauen Fernen. Es war wie Gold, und es glänzte auch.

Aber was er für den Rest des Tages machen sollte, wusste er noch nicht so recht. Er hatte heute noch einen freien Tag, den ganzen Tag. Es war noch nicht einmal zehn! Er hatte noch viel Zeit. Das harte Leben ginge erst morgen weiter.

Er dachte nun, schon ein Jahr auf diesem Bänkchen zu sitzen. Lebensbedrohliche Erinnerungen, Telefonrechnungen mit Amerika waren ihm eingefallen, 400 Mark für Fernverbindungen mit Amerika im Jahr 8 nach der Mondlandung in einem einzigen Monat, es war Liebe, die erneut eine Panikattacke auslöste, die Angst, nicht zu wissen, was aus ihm noch werden sollte. Salvatore hatte sein Blutdruckgerät nicht dabei, er hatte nur seine Zigaretten, und rauchte und hätte die Messungen durchgeführt, gleichgültig, was die Welt von ihm gedacht hätte. Einst war es Liebe, und es folgten die Telefonrechnung, die Sperrung des Telefons und bald darauf das Ende der Liebe, zur Strafe dafür, dass er sich so eine Liebe nicht leisten konnte. Und doch waren das selige Zeiten, mit dem plötzlichen Schmerz im Bauch, zum Beweis, dass es Liebe gewesen war.

Eigentlich war heute Vatertag, was er glatt vergessen hatte, bis er dachte: »Wo kommen denn die her? Was sind denn das für welche?« Es war eine Kleingruppe von Männern in seinem Alter im Fahrradrudel eingetroffen, welche sich vielleicht schon aus Kindergartenzeiten kannten, die ein Leben mit dem Schwanz voran führten. Einmal im Monat eine Begegnung auf »Ruf mich an!«-Niveau. Geschlechtsverkehr!

Männer. Was sich die Frauen alles so vorstellten! Mehr als der Vatertag blieb ihnen nicht. Salvatore hatte Erbarmen mit ihnen, nun meist mit dem Schwanz nach unten, zu nichts anderem mehr gut, als das Bier wieder loszuwerden, das war alles. Und sie hatten, kaum angekommen, schon ein Bier bestellt. Also brachte die Bedienung ein »erstes Bier«. Da war ihm eingefallen: Vatertag!

Jesus hatte einst zu solchen »Komm!« gesagt, die schon eine Schwiegermutter hatten, und die Fische wurden auch immer weniger im See Genezareth. Aber dann kam er vorbei, und Petrus, zum Beispiel, machte doch noch etwas aus seinem Leben.

Der Gesang der Amsel war vielleicht das Einzige, was ihm vom Frühjahr von einst geblieben war. Ihm schien, dass sie, die Amseln, immer noch so aussahen wie im Frühjahr seines Lebens, während jenen zwei von einst, die das für Liebe gehalten hatten, »das Gesicht längst verreckt war«, wie sie für so etwas zu Hause sagten. Damals war es Sehnsucht. Nun war es Heimweh.

Ihm war so, als sängen sie um die Wette mit ihm und seinem Heimweh, und er schaute dabei aufs Wasser hinaus, als ginge es heim. Heimweh, noch so ein unmögliches Wort: Das hatte er auch schon zu Hause, lange bevor Salvatore das erste Mal weggefahren war, es musste nur Frühjahr sein. Kaum dass sie zu singen begannen, kaum hatte er etwas Schönes aufgelegt. Je schöner die Musik war, die damals von seinem DUAL-Plattenspieler kam, desto mehr sangen sie mit. Und desto größer wurde sein Heimweh. Bei Bach vielleicht am meisten. Man konnte auch Sehnsucht sagen dafür. Die Amseln waren ganz unverdorbene Zuhörerinnen und Sänger – Sängerinnen gab es nicht – es gab keine Callas, denn wie bei den Nachtigallen, den Celli unter den Sängern, so war es auch hier: Nur die sogenannten Männchen konnten singen und sangen. Und alles »dem Einen« zuliebe, wie Tante Mausi dafür sagte.

Es war Vatertag.

Doch kein Spaß der Welt konnte seine Sehnsucht ersetzen, das Verlangen, ein anderer zu sein, an einem anderen Ort, zu einer anderen Zeit. Und dann gab es noch das Verlangen nach dem ganz anderen, als wäre dies der neue Name für Gott.

Gerade noch hatte er im Garten der kleinen Pension Schacht gesessen und hatte an Onkel Hannemann gedacht, der sein Pizzaleben hinter sich hatte und nun am Roman seines Lebens schrieb, an den Salvatore immer nur dachte. Der Garten der Pension Schacht, die nun von den Erben von Hitlers Geldmensch betrieben wurde, grenzte an jene so gotische wie berühmte Backsteinkirche. Von drinnen war tatsächlich Bach gekommen. Sie hatten noch für den Himmelfahrtsauftritt geübt. In dieser Kirche hatte der fünfte Evangelist selbst gesungen, musiziert und gelebt und war weitergewachsen, zwei Jahre lang, fast noch ein Kind, zu Fuß hatte er nach Lüneburg gefunden, wahrscheinlich über Uelzen und das schöne Wendland, und in dieser Zeit, während er in dieser Kirche sang und lebte, hatte er sich vielleicht auch das erste Mal verliebt. Das hässliche Wort Frühstück gab es noch nicht, und schon gar nicht das Frühstücksbuffet.

Bei Bach und geöffnetem Fenster war es gewesen. Denn jede Liebe begann mit einem Blick. Auf die eine Melodie folgte. »Singet dem Herrn ein neues Lied!«, hatte er durch die Oberlichter gehört. Salvatore versuchte nun, die unvergleichliche Aufnahme von 1954 mit Günther Ramin nachzusummen, der in Leipzig gute zweihundert Jahre nach Bach an der Reihe war zu dirigieren, zu singen und zu spielen und zu leben.

Die Amseln sangen mit ... Oder waren es die drinnen, die mitsangen? Oder sangen alle zusammen? Es war das alte

Lied. Und die Nachtigallen, die er erstmals gehört hatte im Alter von über dreißig Jahren – zu Hause hatte es so etwas nicht gegeben. Er war davon, in einer anderen Nacht, in einem anderen Hotelbett aufgewacht. Und er wusste alles. Wenn auch nur für eine Ewigkeit und drei Sekunden.

Die Nachtigallen brauchen eigentlich gar nicht viel, sagen die Ornithologen. Es genügen ein paar Büsche, das Wasser, eine gewisse Wärme und die Nacht; und dann noch die Sehnsucht. (Es konnte auch an einem Tag wie heute sein.) Nur Männchen singen, und nur solange sie keine Frau haben. (Das sollte kein Vögel-Exkurs sein.)

Erst gestern Abend noch hatte er vor den Rotariern seinen Vortrag gehalten, für die Rotarier im Nebenzimmer dieses Hotels, wo dieselben ihr monatliches Treffen abhielten und einmal im Jahr ihren Frauen etwas bieten wollten. Das sollte Salvatore sein.

Immer wieder hatte sein Rechner seinen Namen als »unbekannt« markiert.

Als »fehlerhaft« und »unbekannt« – so wurde er in die Welt entlassen. Das konnte nicht alles sein. Das, was seither gewesen war, als er zum letzten Mal richtig geglaubt hatte, konnte Salvatore mit einem Mal nicht mehr genügen.

»Das ist die Sonne von Boitzenburg!«, sagte er sich nun, warum, wusste er auch nicht, vielleicht weil er an Austerlitz dachte, aber warum er an Austerlitz dachte, wusste er auch nicht. Wahrscheinlich war es nur das Schild, an dem er vorbeigefahren war auf dem Weg hierher. »Boitzenburg 46 km« hatte er gelesen. Die Sonne hatte mit ihrer urtümlichen und undurchschaubaren Gewalt auch noch ihre Macht über ein kleines Verkehrsschild zum Vorschein gebracht – und gezeigt, bis hin zu den kleinen Geistesblitzen Salvatores. All diese Wörter hingen ganz an ihr, kurz, sie hatte derart geschienen und reflektiert, so, dass er schon auf dem Herweg beinahe einen Verkehrsunfall riskierte, und dann wäre alles aus gewesen, auch die folgende Geschichte.

Sie, die Sonne, hatte im Übrigen, was bisher war und gewesen war, ermöglicht, den ganzen Morgen, auch das Aufwachen, und war der Grund für sämtliche Binsenwahrheiten. Und jetzt schien sie wieder und zeigte sich Salvatore über die Messingbeschläge eines Elbkahns, der in fünf Stunden in Hamburg war, dem Tor zur Welt, vor der er wie der Ochs am Berg stand. Oder saß.

Salvatore erhob sich mit einem Mal, stand auf, sodass nur die Hirnforscher hätten sagen können, warum, erhob sich von seinem Bänkchen, einfach so, ging am Buschwerk und seinen Lebewesen vorbei, zu seinem Fahrzeug, das ihn auch nicht vermisst hatte, und wollte eigentlich nur, ja: was wollte er eigentlich?

B. war an und für sich ein Ort, der kaum drei Sterne im Michelin bekommen hätte (extra hinfahren). Nicht einmal zwei (Umweg lohnt). Nicht einmal einen Stern hätte es bekommen (ganz hübsch hier, mit irgendetwas Bedeutendem). Wohl keinen Stern. Gar keinen Stern. Was dies bedeutete, konnte sich der Leser wohl denken. Und doch. Nachts ein Sternenhimmel, wie nirgendwo auf der Welt. Und tagsüber eine Sonne war das! Was für ein Himmel.

Sie (die Sonne) und er, auch eine Liebesgeschichte. »Aber bitte niemals direkt hinein mit den Augen! – Liebe macht blind.« Wusste er von Tante Mausi. So viel eingebildete Liebe. Aber das war eine andere Geschichte. Und Salvatore fuhr in die Stadt zurück. Es war Zeit für die Himmelfahrtsmesse.

2. Introibo.
Ich gehe hinein. Werde hineingehen. Hineingegangen sein.

Salvatore hatte sich nach seinem gescheiterten, das heißt abgebrochenen Theologiestudium, welchem ein Abbruch des Glaubens vorangegangen war, zunächst als Grabredner versucht. Grabredner war sozusagen die natürliche Lösung.

Das war verschuldet durch die modernen Theologen, welche wie Automechaniker den Text zerstört hatten, auseinandergenommen wie ein altes Auto, und gerade noch zwei Wörter Jesu waren übrig geblieben, welche diese Frisierer als »echt« gelten ließen: »abba« und »amen« – das war alles. Diese zwei Wörter blieben aus allen Evangelien zusammen übrig. Glaubte man den Theologen. Also pro Evangelium ein halbes Wort. Das war Salvatore entschieden zu wenig. Gerade jetzt.

Nun war er schon fast wieder zurück in B. Versehen mit einer an diesem Morgen gar nicht plötzlich zurückgekehrten Sehnsucht, Sehnsucht nach dem ganz anderen, wie er sie einst in der Messe erlebt hatte, einst, als das Verlangen mit der Erfüllung zusammenfiel.

»Zurückgekehrt« klang sehr ebenerdig. Seine Sehnsucht jedoch hatte eigentlich eine andere Himmelsrichtung. Sie hatte eine Himmelsrichtung. Und auch sein Heimweh ging wieder nach oben.

Es war am Tag einer Himmelfahrt, der Himmelfahrt Christi im Jahr 33 NdM (nach der Mondlandung). Er wusste nichts, er wusste nur, dass der Unglaube auch ein Glaube war. (Das hatte er vor kurzem in sein Tagebuch geschrieben, und Bernadette hätte ihren blitzgescheiten Bruder gefragt: »Verstehst du das?«, und vielleicht auch noch den Kopf geschüttelt und gesagt: »Ich mach mir schon Sorgen!« Es war wirklich keine Eifersucht. Und nicht wie bei den Müllers, die einst als Vorzeige-Ehepaar gestartet waren, Frau Hermine aber bald einer neuen Liebe verfiel, und das war Jesus, auf den sie an der Ecke Hegau-/Erzbergerstraße gestoßen war in Singen am Hohentwiel in Form eines Satzes: »Gerade du brauchst Jesus!«, und ab da war es für Sigmar aus mit der Liebe. Ab da musste er sich mit diesem Jesus um die Liebe Hermines streiten, aber es war eigentlich nur noch Eifersucht. Vielleicht aber wollte sie durch ihre Flucht zu Jesus nur ihrem Mann entkommen, und Jesus wurde zu Hermines Frauenhaus, in dem sie Ruhe hatte vor ihrem Erotomanen und seinen Absonderlichkeiten, die nicht abgedeckt waren vom katholischen Ehesegen.

An einem Tag wie diesem hatte sich Jesus einst mit den Worten »Seid gewiss: Ich bin bei euch alle Tage bis zum Ende der Welt« verabschiedet von seinen Menschen und ward seither nur noch von ihnen, die es glaubten und wirklich selig wurden, seliger als sonst etwas, gesehen.

»Ich bin bei euch«, hatte er gesagt. Und damit war jenes Buch und jene Geschichte zu Ende, die mit Moses begonnen hatte, wie der gesagt bekam, wer das war – aus dem Dornbusch heraus –: Jahwe, d. h.: »Ich bin, der für euch da ist.« Die Menschen wollen ja immer alles wissen, und Moses war auch so einer und hatte, nach einem ersten Schreck über dieses Feuer und Licht im Dornbusch, gefragt, und immer alles wissen wollen. Wie Onkel Willy, der die unmöglichsten Fragen mit seinem »Man wird ja mal fragen dürfen« quittierte. Es waren auch Menschen dabei, die es wirklich wissen wollten. Denen Moses dann Rede und Antwort stehen musste, als er von seinem brennenden Dornbusch zurückkam.

Und so ein Schlusswort – geschult an Exodus 3,14 – gab Jesus ihnen, ja ihm auf den Weg. Salvatore hatte das auch im Radio hören können, im Deutschlandfunk, der jeden Sonntag von zehn bis elf einen Gottesdienst übertrug, mit oftmals haarsträubenden Predigten und einen Menschen wie Salvatore abschreckenden Beispielen aus dem täglichen Leben. Nur das Evangelium des Tages mussten sie so stehen lassen, ob katholisch oder evangelisch.

Und das war an diesem Tag Matthäus, Kapitel 28, Ende des Evangeliums, gipfelnd in diesem Schlusssatz »Ich bin bei euch alle Tage bis zum Ende der Welt«. Dem Menschen, dem das nichts sagte, konnte er auch nicht mehr helfen, dachte Salvatore. Das fiel ihm nun auf dem Rückweg auf dem Fahrersitz seines gehobenen Mittelklassewagens ein, in dem er träumend die bald schönhügelige Landschaft, die wie nebenbei hinter der Elbe an der Nahtstelle von Wasser und Land, Himmel und Erde lag, durchfuhr, fast ferngesteuert, wie von selbst. Denn er war ganz woanders, in einer anderen Welt, war irgendwo mitten in seinem Kopf, der auch die Form einer Kugel hatte und so groß war wie jener Globus, den er sich zum Weißen Sonntag gewünscht hatte, um allzeit sehen zu können, wo er gerade war. (Einen Globus! – wo es doch zu Hause am schönsten war, wie alle sagten und was Salvatore nicht glauben konnte! Da wollte einer, kaum dass er hier war, schon wieder weg – und die Verwandtschaft war bestimmt beleidigt.) So hatte er damals seinen Wunsch erklärt und damit gar nicht zum ersten Mal auch Onkel Willy verstört, der mit einem Träumer in der nächsten Generation gar nichts anfangen konnte. Zum Glück müsste er die schlimmsten Auswüchse dieses Träumerhirns nicht miterleben, dachte Onkel Willy damals, war schon bald fünfzig und behielt recht. Nun war er längst tot.

Dieser Jesus im Matthäusevangelium kannte die Bibel, und was hatte nicht alles Platz in so einem kleinen Theologenhirn. Salvatore wusste nur, dass, am Ende der Geschichte angekommen, diese nicht zu Ende wäre, und dass … am Ende des Evangeliums das Evangelium stand, dass diese Geschichte niemals zu Ende wäre.

Und mehr als auf den Fahrersitzen dieser Welt wurde ja überhaupt nicht geträumt auf der Welt. Ein Wunder, dass bei all diesem Träumen auf den Straßen nicht noch mehr passierte.

Es war aber, als kehrte er gar nicht nach B. zurück, sondern in sein erstes Leben.

Salvatore lebte in einer Welt, in der längst das Wort »vernünftig« regierte. Also wurde er zunächst Grabredner. Vernünftig – aber die Welt und die Menschen, die sie regierten, sahen gar nicht danach aus. Aber von irgendetwas musste er schließlich leben, also war er nach der Grabrednerzeit, nur ein Intermezzo, das nichts für ihn war, in das Beraterfach eingestiegen: Erst telefonisch, dann begann er mit seinen Vorträgen. Zuletzt spielte er mit dem Gedanken, eine Unternehmensberatung aufzubauen oder Managertraining oder Art-Consulting für das Luxussegment? Wenig später wäre es ein Call-Center gewesen oder ein Flohmarktstand, ins Internet gestellt. Das Internet war nämlich vieles, auch ein globaler Flohmarkt. Eine Zeit lang war er mit Lichtbildervorträgen unterwegs, von seinen Reisen und den Gefahren im grünen Bereich – von einem Lichtbildervortrag über das Ozonloch bis hin zu »Die schönsten Oasen und Resorts der Welt«. Und dann kam auch bald der Offenbarungseid, als wäre er hineingeschneit. Und eine gewisse gesellschaftliche Marginalisierung (Soziologensprache), wenn Bernadette nicht gewesen wäre. Denn sie war zweifellos das erfolgreichste Joint Venture, das Salvatore jemals glückte. Hätte Salvatore seinen aktuellen gesellschaftlichen Standort angeben müssen, dann wäre es »In der Schufa« gewesen. Die Gesellschaft selbst sprach ja wieder von den Schichten, der Verrohung der Unterschicht, dem drohenden Abstieg der Mittelschicht und von der Schere, welche immer weiter wurde, und die Oberschicht wurde nun, ganz wie in Amerika, nach dem Kontostand definiert. So gesehen war Salvatore eigentlich kastenlos. Er wusste nur, dass er im Besitz dieses Staates war, ein Objekt. Schon lange war er eigentlich nur noch wegen seiner Schulden am Leben. Er wusste, dass man ihn nur deswegen am Leben ließ. Dass man an ihm noch ein Interesse hatte, war die Sorge, er könnte seine Schulden unbeglichen zurücklassen und ins Jenseits (von dem sein Priester immer so schön gesprochen hatte) desertieren. Aber selbst dazu fehlte ihm das Geld, Sterben war teuer, redete sich der Feigling ein, und um vor sich selbst zu vertuschen, dass es eigentlich nur der Mut oder der Mumm war, der Salvatore dazu fehlte, wie Onkel Willy gesagt hätte.

Lange nicht mehr hatte er von einer großen Reise geträumt, auf der das Fahren mit dem Leben zusammenfiele, und der Gedanke »Ich will endlich leben!« mit dem Leben selbst. Das musste am Meer sein.

Da es Feiertag war, Vatertag, hatten die Reisebüros geschlossen, also morgen, Bali. Er träumte von der Businessclass, sodass er im Schlaf dahinkäme, träumte er. Nie mehr Schweineklasse! Denn, als Salvatore die Tarifsysteme der Verkehrsmittel auf sich zu übertragen versuchte, kam er darauf, dass er in der Schweineklasse lebte: dass es die Schweineklasse war. Und aus der Traum. Er war wieder da. Wo er hingehörte.

Doch vorerst kam Salvatore an einer Ampel zu stehen. So klein der Ort war, er hatte Ampeln, zum Beweis, dies wäre die große Welt, das Zeichen, dass auch hier etwas los war. Keine Klimaanlage, und es war schon wieder ziemlich schwül, drinnen und draußen. Er öffnete die Seitenfenster, wenigstens das ging automatisch. Eine Folge eher kleinerer einstöckiger Häuschen, das war die Hauptstraße, gebaut einst von Menschen, die es geschafft hatten, in denen längst andere Menschen wohnten, die es nicht geschafft hatten, aus aller Welt vorerst hierher. Und doch: Nur die Stärksten von jenen, die es aus den Hunger- und Kriegsgebieten dieser Welt schaffen wollten, waren überhaupt hier angekommen, es war wie bei Darwin: jene am unteren Ende des grünen Zweiges fehlten, waren dort erst gar nicht aufgebrochen, Darwin hatte recht. Und Salvatore hätte darüber verzweifeln können. Alte, Kranke und bald Lebensmüde, kurz: solche wie er, schafften es nimmer. Die Stärksten, die es von, sagen wir: Afrika hierher geschafft hatten, wohnten nun Wand an Wand neben Menschen, die es nicht geschafft hatten, von hier wegzukommen. Das waren die einheimischen, die eingeborenen Looser, die Randfiguren, noch ein paar Alte und Alkoholiker, Menschen, die auf dem Land! zur Miete lebten, die das Sozialamt überwies. – In der Stadt war das ja etwas Selbstverständliches, aber wie weit musste der Landmensch gesunken sein, bis er sich zum Sozialamt wagte?

Es dauerte eine Ewigkeit, bis diese Ampel endlich wieder auf Grün schaltete, und bis dahin konnte Salvatore einen Blick in jenes Zimmer tun, das im Übrigen auch über keine Klimaanlage verfügte, mit Menschen darin, die es auch nicht geschafft hatten. Allerdings waren sie nicht zu sehen, vielleicht schliefen sie noch. Salvatore entdeckte aber am Ende der Wand ein Bücherregal, und es stand da auch so etwas, das wie Bücher aussah. Ach, dachte er: hier wird auch gelesen, siehst du. Aber dann sah er, dass er die Bücher mit Video-Kassetten verwechselt hatte. »Wer weiß, vielleicht sind es ja Literaturverfilmungen.«

Wie auch immer:

Es war eine Tatsache, dass der Mensch Sehnsucht hatte. Unabhängig davon, ob das Ersehnte einen Sinn hatte, und auch davon, ob es das überhaupt gab, wonach sich einer sehnte. Sodass es zu erreichen gewesen wäre mit etwas Glück, wie beim Fischen.

Mitten in dieses Leben hinein traf ihn der Satz: »Ich werde bei dir sein«. – Er kam aus dem Radio. Einem modernen Gläubigen, einem Theologen, der auf die moderne Theologie hereingefallen war, einem Bultmannschüler, blieb eigentlich gar nichts übrig als dies: als Grabredner zu enden, als ungläubiger, gottloser, katholischer oder evangelischer Konkursverwalter mit A-14-Bezügen und Rundumversicherungspaket.

Oder auszusteigen aus allem, und sich auszuleben, statt zu leben. Eine gewaltige Asymmetrie: Das war es. All diese Kirchen, denen der Papst selbst noch ihren Namen strittig machte, erschienen auch Salvatore in den Jahren danach nicht viel mehr als gigantische Bestattungsunternehmen mit Immobilien in 1-a-Lage. Das wollte Salvatore nicht. Für einen anständigen Beruf war es gewiss zu spät, er nannte sich »Journalist«, was ihm niemand verbieten konnte. Die Frage, was mit ihm werden sollte, zielte, in seinem Alter gestellt – und ein wenig auch an diesem Tag –, schon über das Leben hinaus.

Kein Wunder hatte ihn bisher erreicht. Das Buch *Gott existiert. Ich bin ihm begegnet*, das André Frossard den Franzosen, die an den Satz »Was nicht klar ist, ist nicht französisch« glaubten, vorgelegt hatte, über ein mystisches Lichterlebnis mitten in Paris, hätte er nicht schreiben können. Auch konnte er mit keinem Erweckungserlebnis kommen, wie er den Teufel besiegt hatte, wie der heilige Antonius, zum Beispiel, zum Beispiel. Aber Salvatore war doch kein Einsiedler, sondern suchte sie, die Menschen und Teufel dieser Welt und ihre Nähe. Und auch nicht schreiben über all diese Dinge und den heiligen Antonius konnte er, nicht souverän schreiben und leben wie Gustave Flaubert, zum Beispiel, der in seiner *Versuchung des heiligen Antonius* alles aufs plausibelste löste und erklärte.

Nicht einmal eine Marienerscheinung hatte er bisher gehabt, obwohl er sich als Kind, zu Hause, im Mai, vor dem Marienaltar im elterlichen Schlafzimmer aufgestellt hatte und dann auch gekniet … alles umsonst, vergebens.

Salvatore, wie er nach seinem Vater aus der Basilicata genannt wurde, fädelte sich mit seinem Fahrzeug wieder ins Leben ein. Und nun lebte er mit diesem Namen in der das Jahr über schönen Norddeutschen Tiefebene, einer einzigen Diaspora bis zum Meer hin. Christus war nur bis Hildesheim gekommen. Um 10.45 Uhr die Nachrichten in NDR Info. Gesamtmetallpräsident Kannegießer war hinsichtlich der Tarifverhandlungen optimistisch.

Und die Militärausgaben wuchsen auf 858 Milliarden Euro im vergangenen Jahr. Grubenunglück im Ural. In 750 Meter Tiefe entdeckten die Rettungstruppen ein Todesopfer. Erdbeben in Griechenland. Das Epizentrum lag nahe bei der Stadt Patras. Zwei Astronauten hatten ihre Wartungsaufgaben erfolgreich durchgeführt und kehrten morgen zur Erde zurück.

Um elf Uhr begann die heilige Messe.

Er fand die Kirche, auch wenn sie nicht im Navigationssystem zu finden war. Arme Kirche: Wie sollte einer noch Heil bei ihr finden, die ihr Heil bei Unternehmensberatungen suchte. Und doch! Salvatore suchte vorerst mit seinem Auto die Kirche. Denn ausgetreten aus seiner Kirche war Salvatore nie.

Die Kirche stand in einem Neubaugebiet, gebaut für die katholischen Flüchtlinge und Vertriebenen, mehr ein Würfel als ein Haus, im Treppenhausstil, ein Post-Mies-van-der-Rohe (der eigentlich nur Mies hieß, seinen Namen aber mit dem Instinkt für den Klang aufstockte), der wenig Hoffnung ausstrahlte.

Salvatore war noch etwas zu früh. Auch hier stand schon wieder eine Bank, als müsste er sich nichts als ausruhen. Als hätte er ein Recht darauf. Oder als wüsste er nichts Besseres. Er setzte sich auf das Bänkchen mit dem Rosenbeet davor. Die Rosen, besonders jene, die rührige Fremdenverkehrsvereine nun auf jeder Verkehrsinsel anlegten und die auch die Freizeit-, Sport- und Fitnessanlagen umzingelten, galten manchem Auge schon als Unkraut, das Unkraut vor den Fitnesstempeln der Freizeitgesellschaft. Aber die Amseln in den Bäumen, die sich längst an alles gewöhnt hatten und überall waren, um jeden Abfalleimer an der Schnellstraße herum, welche manche Stadt nicht verband, sondern teilte, sangen trotzdem so schön wie immer und galten immer noch nicht als Ungeziefer wie diese Industrierosen. Und auch von drinnen kam Musik. In der kleinen Diaspora-Kirche übte ein vielleicht blinder, nie gesehener Organist noch die Passacaglia c-Moll bis hoch in ein nie gesehenes Blau.

In den evangelischen Gebieten war nach dem Krieg überhaupt keine Kirche mehr gebaut worden. Also immerhin, dachte er. Wer weiß, wer weiß, auch in dieser Gegend waren nach der Reformation überhaupt keine Kirchen gebaut worden, die katholischen wurden einfach übernommen – und nun wieder so langsam verkauft. Im benachbarten Holland gab es schon eine Real-Estate-Agentin, die ausschließlich von der Provision lebte, die sie für jede verkaufte Kirche bekam. In Holland gab es nun definitiv mehr Kirchen als Gläubige.

Und im Grunde: Der schöne Norden war heidnisch geblieben.

Der Mensch vor Ort musste also immer mit dem Schlimmsten rechnen, sonst war ja nicht viel mehr außer dem Schlimmsten: dass es ein Ende hatte mit uns zwei, mit dir, Leben, und mit mir. Aber so dachten sie ja nicht, so dachte ja nur Salvatore, der Mensch vor Ort hingegen war stillschweigend und sprachlos darauf eingestellt, dass es hier immer erst im nächsten Jahr blühte und dass er das Leben versäumen konnte, passte er nicht ganz genau auf, wann es kam und war. Und wann er an der Reihe war. Nun sah er auf einmal den Priester aus der Tür herauskommen, im Ornat, wie ein evangelischer Geistlicher, der jeden Einzelnen begrüßte, so viele waren es ja nicht mehr.

Dieser Mann war wohl so alt wie Salvatore, aber der überschätzte leicht, da er alle, die einen Bart hatten und nach dem Aussehen zu urteilen nicht mehr so viel hergaben, die dafür eine Autorität ausstrahlten, die sich so gaben, als wüssten sie Bescheid und auch, wo es langging, gerne für zwanzig Jahre älter hielt, hineingewachsen in ein zeitloses Leben und eine zeitlose Autorität. So stand er am Portal, hatte sich aufgestellt und sah für Salvatore aus wie einer von ihnen. Es war Herr Müller.

Salvatore hätte es gerne gehabt, dieser Priester hätte »Gelobt sei Jesus Christus« gesagt statt »Guten Tag«. Und er hätte »du« zu ihm gesagt, wie zu Hause, denn er sehnte sich nach einem Menschen, der »du« sagte zu ihm. Ihn meinte. Das war vielleicht Salvatores Hauptsehnsucht an diesem Tag. Und Salvatore hätte auch nicht »Guten Tag« sagen müssen, und er hätte »In Ewigkeit. Amen!« geantwortet. Denn so weit ging die katholische Zeitrechnung, einst, als das Leben noch einen Sinn hatte. »In Ewigkeit. Amen!« Gott war noch der Einzige, mit dem er per du war. Und ganz kumpelhaft. Aber das klang gar nicht vertraut, sondern eher von oben herunter, so wie eine wichtige Person ihren Arm um eine wenig wichtigere Person legte. So wie er manchmal von Menschen, die es gut meinten mit ihm, in und auf den Arm genommen worden war. Auch das gefiel ihm überhaupt nicht. Denn Salvatore war Gott bisher nicht begegnet und konnte nicht du sagen zu jemandem, den er überhaupt nicht kannte, wenn er sich auch nach ihm sehnte wie nach niemandem sonst.

Salvatore hatte es längst aufgegeben, in Gesellschaft mit jemandem über Gott reden zu wollen, ja, gar nicht erst begonnen damit. Wenn er sich nun an sein Theologiestudium erinnerte, so konnte er sich an kein einziges Gespräch erinnern: »Wo zwei oder drei in meinem Namen versammelt sind« – das hatte es nie gegeben. Nur Diskussionen hatte es gegeben.

Und sonst? Er wusste, dass unter Theologen praktisch nichts peinlicher war als Gott, zu dem ihnen so viele Bücher eingefallen waren, der ihr Objekt und Lieblingsspielzeug und ihre diesseitige Lebensversicherung war, der Fetttrog, aus dem sie wunderbar lebten, und wäre ausgelacht worden, hätte er über Gott reden wollen, außer von Karen, die gar nicht an Gott glaubte, sondern an den Menschen vielleicht und daran, dass es Salvatore schaffte.

»Du schaffst es!«, hatte sie ihm manches Mal gesagt. Und er hatte diesen Satz nie verstanden. Zum Glück konnte sich Salvatore an seinen Priester erinnern, der auch kein Theologe war, der ihm dringend von diesem Studium abgeraten hatte, um den Glauben nicht zu verlieren … »du schaffst es schon«. Mit diesem Satz, in den er passte wie in einen Schuh, in den er überhaupt nicht passte, war Salvatore beim fatalsten Satz dieses Tages angekommen – dessen Inhalt zugleich Bedingung der Möglichkeit für viele weitere Sätze war. Gipfelnd vielleicht im Satz »Kommt her, ihr, die ihr es nicht geschafft habt, ich werde eure Freude sein«.

Diese Stelle im Matthäusevangelium liebte sein Priester besonders und zitierte sie, auch wenn sie im Kirchenjahr gar nicht an der Reihe war, und in unsäglich einfältigen, das Herz ergreifenden Predigten sagte er Dinge, als sagte er sich das selbst, nicht wie die anderen, die Theologen, die ihre Weisheiten aus den Büchern nahmen. Salvatores Priester konnte noch mit Gott per du sein: »Lieber Gott, ich kann nicht mehr, ich schaffe es nicht mehr. Jetzt bist du an der Reihe!« Mit solchen Sätzen hatte er einst sein bescheidenes Publikum erreicht.

Wie er die beiden nun vermisste! Und Salvatore hätte nicht sagen können, welchen mehr: Gott oder jenen Menschen. Der längst tot war. Mit dem anderen hätte er noch ins Gespräch kommen können. Das war, wie ein Wunder, nicht ausgeschlossen, solange er lebte und sich den Kopf zerbrach, der weniger war als Terracotta, so zerbrechlich.

Wie er sich wenigstens nach einem Menschen sehnte, der mit Gott per du war! An Gott selbst mochte er gar nicht denken. Es hätte ihm genügt, nun einen Menschen zu haben, der, ohne verrückt zu sein, an etwas glaubte, was gar nicht zu sehen war, ja vielleicht sogar mit ihm sprach. Er hatte es bisher nicht geschafft, seither nicht mehr geschafft, einen solch einfältigen Menschen zu finden, dass ihm die Augen aufgegangen wären wie den beiden Blinden an der Straße von Jericho nach Jerusalem, die in Richtung Jesus geschrien hatten: »Kyrie eleison«, »Hosianna«, »Hilf uns!« Und er fragte sie: »Was wollt ihr?« Und sie sagten: »Wir möchten sehen!« Und sie sahen. Das war im Matthäusevangelium.

Kein einziges dieser drei Wörter hatte er, genau besehen, jemals verstanden: weder »du«, das an zweiter Stelle gleich nach »ich« kam in der Tabelle, noch das Tuwort »schaffen«, noch das mysteriöse »es«. Und außerdem hatte er keine Ahnung von dem, was er schaffen sollte. Er wusste nur, dass er es nicht geschafft hatte. Bisher. Und dass er so gut wie blind war. Dass er immer noch in der Schufa war, und dass einmal im Quartal die Bank anrief, um sich nach ihm zu erkundigen. Dass es längst aus gewesen wäre mit ihm, hätte es Bernadette nicht gegeben. Bernadette war (bisher) seine Rettung. Gerade er musste sich gerade an diesem Tag sagen, dass er es nicht geschafft hatte. Doch wie immer, so fügte er dieser Verneinung sein einschränkendes, seiner lebenslänglichen Sehnsucht verschuldetes »vorerst« und »noch nicht« hinzu.

Und doch hatte er ein Leben lang mit diesen Wörtern zu leben. Und lebte er. Und die anderen auch. Mit einer Sprache, in einer Sprache, die sie nicht verstanden. Mit ihrem in die Wiege gelegten Wortbesteck. Und später mit jenem der Theologen. Das Erstaunlichste für Salvatore, fast schon ein Wunder und ein erster Schritt zu einem Gottesbeweis, war, dass trotzdem, bei all diesen Menschen, die mit und aufgrund von etwas lebten, das sie nicht verstanden, dennoch die Welt nicht längst zusammengebrochen war.

Salvatore wusste nicht viel, er wusste nur, dass ihr und sein Unglaube auch nur ein Glaube war.

Und dass er gerade der Richtige war. Für diesen Satz. Dem er aus dem Besteck seiner theologischen Erinnerung nun auch noch Teresa von Ávila hinzufügte, die eine große Dichterin war und gesagt hatte: »Gott, du und ich ... Wir zwei sind immer in der Mehrheit.« Zusammen sind wir stark, wir schaffen es – als wäre es eine Art Weltmeisterschaft. Oder *Hinterm Horizont geht's weiter* von Udo Lindenberg.

Wie allein mussten sie gewesen sein.

Gott war vollkommen und vollkommen unsichtbar, das wusste er aus dem Katechismus und aus Erfahrung, unsichtbar, wie alles Große, das er nicht sah und das es dennoch gab: da war, wie sein Glaube und sein Unglaube, seine Hoffnung und seine Hoffnungslosigkeit, seine Liebe und seine Lieblosigkeit an den Werktagen seines Lebens.

»Wann war die Himmelfahrt eigentlich? – Ich meine: Zu welcher Tageszeit?« – erklärte er seinem Kopf, gewissermaßen sich bei sich selbst entschuldigend. Die meisten Gespräche, die Salvatore führte, waren ja Selbstgespräche. Seine Tage waren ja oftmals nichts als ein einziges Selbstgespräch. Da ging es her! Da ging es zu! – als hätte auch dieser Kopf ein

Treppenhaus und eine Nachbarin, die alles, was es hier zu hören und zu sehen gab, an die Welt weitergab, entschuldigen Sie den Vergleich – wie unter Karin Hempels Sofa. Man hatte ihm eingeredet, dass der Kopf die Hoheit habe. Über das Herz und alles. Die Armen! Hirnforscherexistenzen! Da wussten sie, wie man zum Mond kommt, aber was in ihrem Kopf war, wussten sie doch nicht, eine Kopftransplantation wäre auch schon jederzeit möglich gewesen. Manchmal wünschenswert.

Auch diese Kirche, die keine Geschichte haben würde, verdankte ihre Existenz der Tatsache, dass die Welt voller Flüchtlinge und Vertriebener und Mitläufer war. Und voller Menschen, die nicht wussten, wo sie hingehörten, und trotz allem noch etwas suchten, auf etwas warteten und immer noch die Hoffnung nicht aufgegeben hatten. Unglückliche Menschen gab es genug auf der Welt. In diesem Fall waren es nur noch wenige, die meisten waren schon tot oder hatten aufgegeben oder waren von hier weggezogen oder weitergezogen. Anders konnte sich Salvatore nicht erklären, dass es nur zwölf waren, den Priester, den Küster und die Organistin mitgezählt, die sich hier eingefunden hatten, um Christi Himmelfahrt zu feiern.

Es war eine Organistin, und blind war sie auch nicht. Das konnte er sehen. Sie spielte virtuos. Das konnte er hören. Auch war sie ziemlich korpulent, sie spielte mit Händen und Füßen und auch mit Kopf und Herz, mit Haut und Haar. Sie war nämlich nicht irgendwo oben, sondern vorne rechts, und beim Wort »korpulent« und bei diesen wogenden Brüsten über den Pedalen musste er sich in Acht nehmen, dass sie sich nicht als unkeusche Nachtgespenster und Unwörter einschlichen. (Da fiel ihm wieder Christa Wetter ein.) Salvatore wäre nun lieber gewesen, er wäre blind gewesen oder die begnadete Pianistin hätte hinter einem Tuch oder einem Vorhang gespielt, wie man es in den Kathedralen machte, denn schließlich wollte er nicht abgelenkt werden, und so sollte auch nicht ein neuer Roman beginnen, so einer, den die Schriftsteller von Liebesromanen einst noch gerne in eine solche oder ähnliche Situation beim Beten ansiedelten.

»Apage, Satanas!«, sagte er unhörbar vor sich hin. Dachte er in der hintersten Reihe, seiner Lieblingsreihe, einer wenig angesehenen Reihe, bis zum heutigen Bundestag, wo keiner ein Hinterbänkler sein wollte. Schon in der Schule, wo ihn keiner sah, wie er errötete, außer dem Lehrer, und die anderen nur wegen seiner Antworten hätten lachen können, war das seine Reihe. Andere quittierten ihre Ratlosigkeit mit einem aggressiven, frechen Gelächter. Er errötete.

Auch in der Kirche saß er, sobald er erwachsen war, am liebsten in der hintersten Reihe, von der aus er alles überblickte und hätte fliehen können, einst, als die Flucht noch eine Möglichkeit war. Salvatore wäre bei diesem Thema ausgelacht worden: Wenn er mit irgendjemand hätte reden wollen über jenen, den er gar nicht kannte. Daher verzichtete er in dieser Gesellschaft darauf wie der Teufel auf das Weihwasser, wie seine zweite katholische Großmutter aus der Gegend von Ahaus noch gesagt hätte in ihrem Münsterländer Platt, in dem sie sich auch mit den Bauern auf der holländischen Seite der Welt unterhalten konnte wie in einer Muttersprache.

Da war er nun, und für das kleinste Wehwehchen gönnte er sich ein Aspirin 500, heute Morgen beim Aufstehen war es das Knie gewesen, welches das Leben über wunderbarerweise meist unbemerkt nach Art des Mauerblümchens seinen Dienst tat.

Bald saß und stand und kniete, antwortete und bekreuzigte er sich an der richtigen Stelle. Salvatore wusste, wie es ging. Das verlernte man nicht, so wenig wie das Schwimmen und das Fahrradfahren. Salvatore war ungewollt (ein Wort, das es sonst nur in Verbindung mit dem Wort Schwangerschaft gab) mit seinen richtigen Antworten und Handlungen bald ein Stützpfeiler dieser Veranstaltung. Manche wussten auch die Antworten nicht oder machten einfach nicht mit, vielleicht auch nur insgeheim, weil sie zu schüchtern waren, ihre Stimme in aller Öffentlichkeit zu erheben. Die hatte Salvatore aber irgendwann doch abgelegt, konnte sogar das Gloria auf Lateinisch mitsingen. Es kam auf ihn an, denn alle zusammen, das waren keine zwölf, Salvatore hatte noch einmal durchgezählt. Und von ihnen machten nur drei mit. Und von diesen dreien war er der einzige Mann. Einen Kirchenchor gab es nicht, hatte es vielleicht nie gegeben hier, dafür die Organistin, die neben dem Spielen und wohl unbeabsichtigten Aussenden von Reizsignalen auch noch mitsang wie einst Christa Wetter, deren jubilierende Stimme über alle Maiandachten hinweg ins Zentrum seines Universums vorstieß, seine Großhirnrinde, in jenes Blau der so himmlisch irdischen Liebe, in jenes erektionsfreundliche Blau, und da hängenblieb, verzeihen Sie die Poesie. Und nun?

In den großen Kirchen wurden um diese Zeit an diesem Tag Festmessen und Kantaten, Himmelfahrtskantaten gegeben, um Gläubige anzulocken. Aber es kamen trotzdem keine Gläubigen mehr, sondern nur noch Publikum, wegen der Kantaten und der Hohen Messen und Solisten, denen das Ganze mehr oder weniger gefiel beziehungsweise glückte. Und nachher gab es Spargel.

Hier waren wenigstens die Gläubigen unter sich, wenn Salvatore sich selbst vielleicht immer noch nicht dazugezählt haben sollte. Und den Pfarrer vielleicht auch? Und was war mit der Organistin? Die Texte und Lieder kannten sie alle. Aber das war vielleicht schon alles. Mitsingen ging nicht mehr. Wäre vielleicht Karaoke gewesen für die meisten. Und damit wäre Salvatore mit seinem Japanisch schon am Ende gewesen.

Aber nun kam das Evangelium des Tages (das er schon einmal im Radio gehört hatte): die letzten Sätze des Matthäusevangeliums, das berühmte Kapitel der Botschaft des Engels am leeren Grab sowie das Erscheinen des Auferstandenen vor den elf Jüngern in Galiläa. Der arme Judas war ja nicht mehr dabei, hatte sich getreu der Heilsgeschichte an jenem dafür vorgesehenen Baum erhängt.

Dieses Evangelium gipfelte und endete mit einem Jesus, der »mir ist alle Macht gegeben, im Himmel und auf der Erde« sagt. Und dann hörte Salvatore noch, wie der Priester das Schlusswort Jesu wiedergab: »Seid gewiss: Ich bin bei euch alle Tage bis zum Ende der Welt.«

Das hätte eigentlich jeden Menschen umhauen müssen. Aber an diesem blauen Tag war es wahrscheinlich nur Salvatore, den es umhaute.

Es folgte eine beschämende Predigt, die Salvatore getrost hinnehmen konnte. Denn er hatte ja das, worauf er gewartet hatte, nun schon zum zweiten Mal gefunden: den Satz des Tages und Lebens: »Ich werde bei dir sein, gewesen sein, bin bei dir.« Seine Theologen hatten daraus und aus allem ein Märchen gemacht, als wäre es für Kinder und die dummen Gläubigen, die so etwas für wahr halten wollten, nicht aber für aufgeklärte Theologen, die sich zu den Wissenschaftlern rechneten. Das war Lyrik, eines der Schmähwörter aus der Politik, dem dummen Feind an den Kopf geworfen. So hätte er mutterseelenallein in der letzten Reihe gestanden, hätte es diese wunderbare Himmelfahrtsprosa nicht gegeben.

Es gab heute Bücher, in denen von Anfang bis Ende kein einziges Mal geweint wurde. Das war auch nicht besser. Die Worte dieses armen Priesters waren ein Versuch, alles, die ganze peinliche Geschichte dieser Himmelfahrt, diesen Tag zu entschuldigen, das Peinlichste, was es gab, bis zur an Peinlichkeit lange nicht überbotenen Himmelfahrt Mohammeds, der vom Felsen aus, auf dem nun der Felsendom auf dem

Tempelberg in Jerusalem stand, in den Himmel geritten war. Aber darüber durfte und musste zum Glück in der Öffentlichkeit nicht mehr gesprochen werden, bei Androhung der Todesstrafe für den aufgeklärten Menschen.

Und vorher hatte es ja auch schon Himmelfahrten gegeben, in der Bibel, aber auch in der großen Welt der Antike, die alle erklärt werden konnten damit, dass der Mensch damals noch nicht so weit war und in Bildern reden musste. Nun lebten sie in einer Welt der Tatsachen und Beweise, der Faktizitäten. Und Salvatore dachte, dass er in eine falsche Welt hineingeboren war – es war zwar der richtige Körper, aber das falsche Leben –, sodass, gefragt: »Welcher historischen Person hätten Sie begegnen wollen?«, seine Antwort »Dem Jesus vom 28. Kapitel im Evangelium des Matthäus« gewesen wäre, und dann dachte er noch, dass es dem Pfarrer Müller lieber gewesen wäre, Matthäus hätte diese Geschichte besser nicht geschrieben und hätte für sein Buch einen anderen Schluss gefunden, mit dem die aufgeklärten Gläubigen hätten leben können, und der kein solches Fressen für die Kritiker gewesen wäre. Und überhaupt: dass Matthäus lieber ein anderes Buch geschrieben hätte, das derart voller Widersprüche, Fehler und Phantastereien und Wunder war und ihn in einen derartigen Erklärungsnotstand brachte. Müller versuchte, alles zu erklären, ja zu entschuldigen, als hätte es der Evangelist Matthäus nicht besser gewusst. Der war ja kein Theologe, hatte nicht einmal Abitur. Kein Wunder, dass dieses Buch bei seinen Kritikern so schlecht wegkam.

Das, was der Priester nun sagte, hatte mit dem Evangelium eigentlich nichts mehr zu tun und begann wie am Tresen mit dem Wort »neulich«:

»Neulich hörte ich zwei Möbelpacker, wie sie sich unterhielten.

Sie waren gerade mit ihrem Klavier im zehnten Stock in einem Haus ohne Aufzug angekommen. Der eine sagte zum anderen: ›Ich habe eine gute Nachricht und eine schlechte. Die gute zuerst: Wir sind im richtigen Stock. Die schlechte: Wir sind im falschen Haus!‹

So mögen wir uns manchmal auch vorkommen.« Da schaute er auf und sah Salvatore direkt ins Gesicht.

Der konnte diesen Blick nicht mehr für einen Zufall halten. Es war, als hätte er »Komm, gehen wir!« gesagt. Zu ihm. Doch bald sah er den Armen wieder dastehen und herumfuchteln, wie er (und – lange her – auch Salvatore) es im Predigtseminar mit Beamer und Overheadprojektor gelernt hatte. Da fiel Salvatore wieder ein, dass er mit diesem Blick gar nicht gemeint war, sondern: dass es so in den rhetorischen Anweisungen für eine gute Predigt stand.

Gewiss, der arme Mann war nicht Priester geworden, weil er sich schon als Kind auf eine Obstkiste gestellt hatte, »Alle mal herhören!« gerufen hatte und im Hof vor den Nachbarskindern zu predigen begann, oder wie der Schulsprecher vom Gymnasium, der sich lange nicht entscheiden konnte, ob er in die Politik gehen sollte oder evangelischer Stadtpfarrer von Karlsruhe werden, was praktisch auf dasselbe hinauslief.

Aber vielleicht war er so einsam, dass er zuweilen vor Einsamkeit starb. Salvatore wollte also nicht so streng sein. Er hatte schon Mitleid mit ihm und auch mit seinem spärlichen Publikum. Dennoch stimmte hier irgendetwas nicht mehr.

Denn Salvatore war wieder auf den Himmel gekommen. Er hätte nun wieder »Himmelfahrt« gesagt, und nicht mehr »Vatertag«.

So hieß der Tag ja offiziell immer noch. Auch wenn sich vor allem die sogenannten Kirchen, die evangelische noch etwas mehr als die katholische, zu schämen schienen an diesem Tag, den sie auch noch feiern sollten.

Warum wollten selbst die Kirchen den Menschen die

schöne Vorstellung, dass ein Mensch in den Himmel gekommen war, wegnehmen und wegerklären, als wären sie der Aufklärung (die doch den Himmel verdunkelt hat, wie die Sehnsüchtigen unter den Reaktionären sagten) verpflichtet und den neuesten Forschungsergebnissen.

Salvatore wusste nichts. Doch so viel wusste er jetzt: »Habe Mut, dich deines eigenen Verstandes zu bedienen.« So kam er darauf, dass – kurz: Er wusste nur, dass der Unglaube auch ein Glaube war.

Bitte keine Wunder! Als wäre dies nun das Gebet der wundergeplagten Theologie, die sich mit der wundervollen Heiligen Schrift zu befassen hatte. – Als wäre die Tatsache, dass der Mensch hier war und sehen konnte, und an Gott glauben oder nicht, nicht das größte Wunder gewesen.

»Was ist der Mensch, dass du an *ihn* gedacht hast? Dieses Menschenkind, dass du es *machen* lässt?«, hatte einer vor mindestens 2500 Jahren gefragt. (Dagegen die Theologie von heute. Sie war nichts als Scholastik.)

War den Menschen mittlerweile die embryonale Stammzellenforschung verständlicher als Christi Himmelfahrt und andere Wunder? Ihnen, den Menschen, blieb doch gar nichts anderes übrig als all die neuesten Forschungsergebnisse anzunehmen wie früher einen Glauben. Christi Himmelfahrt war eine schöne Vorstellung. Und ein schöner Genitiv – oder nicht? So dachte und fragte Salvatore nun.

Auch wenn er das Jahr über nicht daran geglaubt hatte, so hatte er nun doch Sehnsucht nach dem Glauben von einst, als er so groß wie eine Schwertlilie war und in der Frühmesse in einer schönen Sprache, die er nicht so recht verstand, auswendig *Introibo ad altare dei ad Deum qui laetificat iuventutem meam* (zu Gott, der meine Jugend schön macht) aufsagen konnte. Und alles so klar wie wahr war. Und es Menschen gab, die noch glaubten. Aber nicht an *Fit for Fun* und den Gesundheitswahn, der fast jeden Menschen erfasst hatte, als könnte er damit den eigenen Tod verhindern. Doch der Tod war ein zweifelhafter Besitz: Der Mensch konnte »mein Tod« sagen, das war alles, und er hatte nichts davon. Nichts blieb.

Er verließ die Kirche »erfüllt von dir nur, und von nichts begnügt«, ernüchtert und euphorisch, verloren und gerettet, noch gescheiter und noch dümmer als je.

Aber seine Sehnsucht wog nun schon, sagen wir: »zweiundeinhalb Zentner« oder so viel wie in *Einsamer nie*. Das war Salvatores Lieblingsgedicht, das er in jeder Jahreszeit aufsagen konnte. Das immer passte, wie ein richtiger Schuh. So ging er nun auf sein an sich treues Auto zu, das ihn bisher nur ein einziges Mal im Stich gelassen hatte. Doch alles, selbst der Tod, hatte nun wieder einen Sinn, wenn Salvatore auch immer noch nicht wusste, welchen.

Es war am Tag einer Himmelfahrt, er wusste nun, was *by heart* war, mitten im Juni seines Lebens. Verstehen Sie?

3. Die große Flut, Cordon bleu in der Lindenschänke.

Das 1. Evangelium – Matthäus,
ein Schwarz-Weiß-Film, las er

Auch hatte er Hunger. Trotzdem, »auf Taubenfüßen«, kam er, als wäre er gar nichts Großes. Er sehnte sich nach einem Schnitzel, so sehr, dass es auch hätten zwei sein können.

Dass er allein essen würde, dafür bräuchte er, anders als wenn er Bernadette gewesen wäre, keine Entschuldigung. Er würde hier vielleicht als etwas Besonderes gelten, ja vielleicht Großes, und nicht als etwas Unanständiges, Unvollständiges, im besten Fall: Einsames.

Auf dem Weg zum Essen kam Salvatore mitten im Ort wieder an diese Tafel, wo die Leute vorbeigingen, die darauf warteten, dass etwas los war, um dann wieder nach Hause zu gehen und weiterzuleben, als wäre nichts gewesen. Da las Salvatore von der *Großen Flut*.

Die große Flut. Das war ein Film von den Überschwemmungen und den Deichbauten, mit dem das gar nicht verwöhnte Publikum verwöhnt und auch aufgeschreckt werden sollte, die Kurgäste und all die Sommerfrischler.

Die große Flut kam aber für ihn nicht in Frage.

Denn an diesem Himmelfahrtsnachmittag, an dem sich, spätestens am Himmelfahrtsabend, der Mensch irgendwie zurückgelassen, geradezu verlassen vorkommen musste, und der Mensch, der Christenmensch in eine ganz gefährliche Stimmung geraten konnte, gab es noch einen Film: *Das 1. Evangelium – Matthäus*, eine Verfilmung in Schwarz-Weiß. Las er.

Der Film stammte aus dem Jahr 1964 und sollte am Nachmittag im katholischen Gemeindesaal neben der Kirche gezeigt werden. Ach ja, Pfarrer Müller hatte in seinen Bekanntmachungen auch schon auf diesen Film hingewiesen. Und nun wissen Sie, was Salvatore an diesem Tag noch gemacht hat.

Warum sie diesen Film an Himmelfahrt zeigten? Vielleicht, weil sie gerade an diesem Tag reagieren mussten, weil sich gerade an diesem Tag nicht verbergen ließ, dass der Mensch sehr allein war auf der Welt. Und gerade der Christenmensch konnte an so einem Tag in eine gefährliche Stimmung geraten und sich fragen: »Und was ist mit mir? Was wird aus mir?«

Vielleicht hatten sie nur eine Filmrolle, welche im Erzbistum Hamburg die Runde machte, das es seit geraumer Zeit wieder gab. Gestern noch hatte er eigentlich morgen, das war heute, einen Swingerclub bei Fallingbostel anpeilen wollen, und sein nachträglich eingebautes Navigationssystem hätte auch dorthin gefunden und Salvatore dorthin gebracht, wie das Brauereipferd den trunkenen Kutscher nach Hause. Früher hat sich der katholische Mensch die Seele gewaschen; sooft es ging, beichtete er. Heute duschte er sich, vorher und nachher. Und die Evangelischen lasen noch die Bibel, wie man sagte. Und alle trafen sich in den Swingerclubs dieser Welt, katholische und evangelische und solche, die gar nichts waren, die ihre Geschlechtsteile nur noch für das Eine brauchten, wie die freche Tante Mausi sagte. Menschen, die noch vor hundert Jahren »Nur Geduld, mein Herze, es ist eine böse Zeit!« gesungen hätten.

Aber statt nach Fallingbostel, musste er nun in diesen Film. Er kannte sie, die Hauptpersonen und die Statisten, und wenn Salvatore es recht besah, waren eigentlich alle Statisten, außer der einen, einzigen Hauptperson.

Es war auch Neugier dabei, und Angst, weil Salvatore

wusste, was aus ihnen geworden war, die in diesem Film mitgespielt hatten …

Das Cordon bleu in der Lindenschänke war anständig. Eigentlich wäre es nun Zeit für einen Mittagsschlaf gewesen.

Aber nun saß er schon wieder in der hintersten Reihe. Ein Moskito kam verzweifelt auf ihn zugeflogen. Andere hätten dieses Verhalten aggressiv genannt. Das Lebewesen musste ganz ausgehungert sein und am Verdursten. Sehr verzweifelt, um sich so aufzuführen. Die Pharmaindustrie war schon lange dabei, ein Mittel gegen diesen Schmerz zu finden und das Leben immer schöner zu machen. Doch statt ihm das zu geben, was dieses Lebewesen zum Leben gebraucht hätte, sein Blut, nahm Salvatore seine linke Hand, sehr geschickt, versuchte, sie vor seinen Augen und Sinnen, die es auch gab, in etwa an der gleichen Stelle wie bei ihm, oben vorne, zu verbergen, heimtückisch wie das Leben. Und mit einem Mal kam Salvatore sehr schnell aus einem für das Radarsystem nicht erreichbaren Winkel und tötete und vergaß ihn, den Moskito, der es beinahe geschafft hätte.

Das Leben war ein Schwarz-Weiß-Film, das Matthäusevangelium von Pasolini noch ein Schwarz-Weiß-Film und Salvatore ein Mörder und wusste es nicht einmal.

Salvatore. Matadore.

Im Film hatte seine halbe Verwandtschaft mitgespielt, Statisten zumeist, doch auch die Kinder am Palmsonntag beim Einzug in Jerusalem zum Beispiel, so frech und herzzerreißend, in der einen Hand den Olivenzweig, mit der anderen zupften sie am Gewand Jesu herum. Salvatore erinnerte sich an alles, und an die Erinnerung, als er das erste Mal *Das 1. Evangelium – Matthäus* gesehen hatte, seine Cousinen und Cousins, Claudia war die frechste von allen, und die herzzerreißendste.

Was für ein Tag! Erst die heilige Messe, auf die er sich gefreut hatte, und auch ein wenig Angst hatte er vor ihr gehabt. Es war nämlich das erste Mal nach, sagen wir: bald zwanzig Jahren gewesen.

Und nun der Film.

Der noch viel länger her war. Es war wohl Karfreitag 1965, weiß nicht, als sie alle in Leer vor ihrem Schwarz-Weiß-Gerät in der Pizzeria saßen, auf dem sonst nur die italienischen Fußballspiele liefen, als würde hier nur nebenher gegessen, und der Höhepunkt des Lebens war das richtige Tor, im Augenblick der Eroberung. Und jedes Mal aufschrien, wenn sie wieder Pasquale, Sandro, Pino oder eines der Kinder entdeckten. Die sahen damals noch fast so aus wie im Film.

Salvatore saß nun in diesem Film, auf den er neugierig war, sich freute, wie er sich auf die erste Messe gefreut hatte, und genauso ängstlich war er, gerade weil er wusste, was aus jenen Männern und Kindern geworden war, denen der Film-Jesus Pasolinis die Augen geöffnet hatte.

Was aus ihnen geworden war, hätte man in etwa formulieren können, und dass die eine es geschafft hatte, der andere nicht.

Und aus ihnen?

Sie hatten alle versagt.

Sie hatten es nicht geschafft, alle.

Salvatore, Angelo, Claudia, Domenico, Pino, Sandro und so fort.

So viel wusste er: Sie hatten es alle nicht geschafft. Das Glücken war eine Episode geblieben, ein Filmauftritt. Aber genau sie, solche, denen zuliebe er gekommen war, im Film wie im Leben.

Im Film waren ihm alle gefolgt, außer den Pharisäern und den Schriftgelehrten, jenen Theologen, die aber gar nicht mit Salvatore verwandt waren, denn jene Darsteller waren gebildete Leute, der schöne Jesus kam aus dem Baskenland und war fast Doktor der Wirtschaftswissenschaften, wohingegen Salvatores Verwandtschaft ganz ungebildet war wie die Apostel. Seine Großmutter konnte noch nicht einmal richtig Lesen und Schreiben. Aber fromm war sie. Und Sehnsucht hatten sie auch bis hin zur Eifersucht, dem primären Kain-und-Abel-Syndrom, wie Geigenmüller sagte. Sonst wäre Onkel Pino nicht im Gefängnis gelandet, denn in einem alkoholischen Eifersuchtswahn hatte er seine Frau töten wollen aus Liebe.

So viel wusste er: Sie hatten alle mitgespielt, der eine oder andere Apostel von Matthäus bis Judas, seine zwei italienischen Onkel waren dabei, und irgendwann im Gefängnis gelandet, und auch wieder frei, denn die Geschichte war nach dem *Matthäusevangelium* weitergegangen. Salvatore aber wäre lieber gewesen, sie wäre zu Ende gewesen, wie im Film: Er konnte sich sehr wohl noch daran erinnern, wie sie aufschrien, als sie damals in Leer im selben Gerät, das mitten in der Pizzeria stand, umrahmt von Heiligenbildern (darunter auch Padre Pio, der damals noch lange nicht heiliggesprochen war, und Renzo Piano hatte die Padre-Pio-Basilika auch noch nicht errichtet), ganz am Ende des Films noch einmal zwei Onkel entdeckten, die freilich nur Statisten waren, aber für welche Szene! Es war die letzte: Es war ein Jubel sondergleichen – sie rannten herbei, stimmten mit ihren Rechen und Sensen in das *Gloria* ein, und Jesus Christus verschwand vor ihren Augen, und sie gingen dann, wohl getröstet für immer, mit seinem »Ich bin bei euch alle Tage bis zum Ende der Welt« ausstaffiert, nach Hause.

Aber bald landeten gerade jene zwei Onkel, Zeugen der Himmelfahrt, die mit ihren Sensen und Rechen »Gloria!« gesungen hatten, im größten Gefängnis Italiens, was auch keine Schande war, damals, denn damals hatte fast jeder einen Verwandten *in prigione*.

In Matera lebte kaum einer mehr von ihnen. Onkel Sandro, zum Beispiel, hatte es nur bis nach Kalabrien geschafft; die Nonna hatte mit ihrer Tochter Assunta in Neapel gelebt und war dort gestorben. Ein Teil der Verwandten Salvatores saß nun in Turin und auch in Bozen: Sie waren über Mussolini dorthin gekommen – noch ein Umsiedlungsprogramm. Am weitesten geschafft hatte es aber – abgesehen von jenen, die nach Amerika gingen und aus dieser Geschichte verschwanden – sein Vater. Zunächst eine Pizzeria am Fuße des Wiehengebirges, die erste in jener Gegend, und dann der Sprung nach Delmenhorst, und dann nach Leer, wo sie blieben, wo Hannemann zuerst der treueste Gast war. Und dann Kellner. Und dann Onkel. Sein Vater war verheiratet mit Hannemanns Schwester, Salvatore war glücklich über diese Verwandtschaft und sagte ein Leben lang »Onkel«. Hannemann schrieb ganz im Geheimen die wunderbarsten Bücher, und Salvatore wäre gerne gewesen wie er. Auch er katholisch, Flüchtlingskind aus dem katholischen Ermland, nun hatten sie sich alle in Leer gefunden, und manchmal kam auch noch Ilse Bunkenburg dazu, seine frühere Geliebte. Und dann gab es noch Onkel Hannemanns spätere zweite Frau, die wunderbare Karen, mit der er über Gott und die Welt reden konnte, ohne ausgelacht zu werden.

Salvatores Mutter aber hieß Emma und stammte aus dem Münsterland und hatte fast ein Leben lang geschwiegen. Vielleicht hatte es ihr nur die Sprache verschlagen durch das Leben mit Salvatore, ihrem Mann, vielleicht jedoch war es auch nur eine angeborene, eine autochthone münsterländische Sprachlosigkeit.

Damals, als er noch Kind war, hatte ein Kind wie Salvatore noch zehn oder mehr Onkel.

Armer Onkel! Festgehalten, so, wie er war, einer der sogenannten Laienschauspieler gewesen war er, Matthäus, einer der Apostel, damals berufen worden in dieses Jahrtausendamt, zum Jahrtausendschriftsteller als Sünder, direkt von der Registrierkasse weg. Also musste auch der Onkel gar nicht viel machen: mitlaufen als einer von jenen, die berufen worden waren, als Sünder, er musste nur sein wie sie, spielen und leben, wie er auch im Leben war, dann war er der Richtige. Denn es war keine große Rolle. Matthäus war ja auch der Lieblingsschriftsteller und der Lieblingssünder der ganzen Geschichte.

Ein anderer Onkel war Petrus, der den Messias dreimal verraten hatte, wie vorhergesagt, bis dahin immer wieder große Worte im Maul, großmäulig dieses Leben und voller Versprechungen, als wären es Versprecher gewesen. Er hat immer wieder das Maul weit aufgerissen, an den entscheidenden Stellen der Geschichte jedoch hatte er Hunger und wollte weg, etwas anderes, und war immer wieder eingeschlafen – und stahl sich dann auch noch lügend davon: eben so ein Mensch wie du und ich. Das war der, den Jesus als Leithammel ausgesucht hatte. Jesus musste ihn also für besonders geeignet gehalten haben, vielleicht fand er keinen besseren, gab es auch keinen besseren, vielleicht waren alle so. Und manche hatten von ihm her seinen Namen: Pasolini, zum Beispiel. Salvatore liebte diesen Petrus besonders, das war sein Lieblingsjünger, vielleicht auch nur, weil der eine ein wenig so wie der andere war. Und weil beide es nicht geschafft hatten, was in der Welt zu schaffen ein Ziel war.

Und auch Salvatores Onkel, der den Petrus gab, war so einer von ihnen, die ein Leben lang zwischen Tabledance und Wallfahrt hin- und hergerissen waren, zwischen Santiago de Compostela und Shangri-La Caribe. – Kurz, es war wie im 8. Psalm: »Was ist der Mensch, dass du ihn *machen* lässt?«

Alles ging für die Liebe drauf oder für den Wahn des Lebens.

Vielleicht war es auch bei Pasolini so gewesen.

Wenige Jahre zuvor hatte Pasolini, ein Schriftsteller, ja Dichter, von dem sie in Matera nicht viel wussten, mit dem Filmen angefangen und in der Gegend, wo Salvatores Verwandte damals noch lebten, seinen Matthäusfilm gedreht.

Und bald darauf hatte jener Onkel, der in diesem Film mitgemacht hatte mit der Hoffnung auf eine Filmkarriere, mit dem Italian Lover im Bauch, aus der nichts wurde, sie, *i parenti,* die Verwandten, in Leer besucht.

Onkel Hannemann verzog fast jedes Mal das Gesicht, wenn sein aus dem tiefsten Süden, fast schon aus Afrika angereister Schwager anhob, die Welt zu erklären, wenn nicht gar zu verstehen und sie zu verbessern, im ganz großen Abstand zu ihr, so wie Salvatore auch. Er kam eigentlich ganz nach diesem Onkel – und den Wein muss man sich auch noch dazudenken. Aber bis dahin musste der Mensch, der um ihn war, mit seinen Anekdoten leben: die meisten drehten sich um diesen Film – das war die große Zeit seines Lebens gewesen. Pasolini war mit seinem Alfa und seinen Augen einst in ihre Welt hineingekommen wie Jesus zu den Leuten im Bergland von Galiläa. Der einzige Unterschied war vielleicht, dass Jesus zu Fuß kam.

Auch Jahrzehnte nach Pasolinis Tod konnte Salvatore nicht an diesen Tod glauben, ganz abgesehen davon, dass er niemals an den Tod geglaubt hatte, so wenig wie an das bloße, nackte Leben, und die Bilder, die man ihnen von seinem Tod zeigte, den Dreck, in dem er gelegen war, mit einer entsprechenden Bildlegende, glaubten sie auch nicht, und schon gar nicht, dass er so gestorben war und dass der Tod und die Liebe so nahe beisammen liegen konnten. Und dass er homosexuell gewesen sein sollte, schon über das Wort stolperten sie, dieses Wort kam in ihrer Sprache nicht vor. Nicht einmal als Kommunisten hätten sie ihn durchgehen lassen, obwohl es ja auch in Matera eine starke Fraktion dieser italienischen Variante gab, die jedes Jahr eine prachtvolle *Fiera Mosca* – das Moskau-Fest – feierten.

Onkel war eine silbern glänzende Erscheinung aus schwarzer Asche. So einen Kopf hatte er schon früh, hatte mit fünfundzwanzig schon graues Haar. Aber wie!

Salvatore war damals neun. Und bald zehn, bald elf, bald zwölf, und so fort.

Eine Zeit lang hatte Salvatore sogar den Verdacht, dass er seinen Namen mindestens so sehr nach diesem Film wie nach seinem Vater erhalten hatte. Denn auch der schwärmte von jener Zeit, da für ein paar Wochen Pasolini unter ihnen war und sie darauf hoffen durften, dass er etwas Großes aus ihnen machte und der eine von ihnen entdeckt würde. Vielleicht war er sogar nach der Hauptperson dieses Films getauft worden. Seine Schwester, wie er schon im Münsterland, und nicht mehr im Süden, geboren, wurde ja auch nach einem italienischen Filmstar benannt: Sophia hieß sie. Mit diesem Namen konnte man zu allen Zeiten leben und etwas werden. Nur mit Salvatore konnte man nichts werden. Auch war Salvatore »auffallend«. Das wurde ihm schon in der Schule gesagt. Eine böse Lehrerin behauptete sogar, der Name sei unaussprechlich. Nur weil sie wusste, woher dieser Name kam und was er bedeutete: Erlöser hieß das auf Deutsch. Sie war eine gläubige Atheistin.

Pasolinis Name selbst war äußerst katholisch: Pier Paolo. Peter und Paul in einem. Benannt nach den Apostelfürsten Petrus und Paulus.

Nicht umsonst war Petrus im Film dann der Erste, den Jesus zu sich rief, direkt weg von den Netzen, und die Rolle dieses Menschen, der so schwach war wie er, war Pasolini eine der liebsten; und doch hatte ihn *Il Salvatore* zu sich genommen, du bist Petrus, und auf diesen Felsen … ihn ausgesucht, den Feigling, der ihn dreimal verleugnete, aber dann, schauen Sie, was für ein Denkmal er bekommen hat, mitten in Rom, ach, ganz Rom war sein Denkmal, und fast zweitausend Jahre später hatte auch Pasolini in dieser Stadt gelebt, war herumgefahren und gestorben, dachte Salvatore, wie immer etwas linkshändig, und seinem zweiten Namenspatron wollte er auch noch einen Film widmen, das Paulus-Drehbuch gab es. Und Salvatore hätte gerne einmal gewusst, was Sigmund Freud dazu gesagt hätte. Pier-Paolo, zu einem Wort verschmolzen, und das 1926, als der Papst noch mit den Italienern im Streit lag, die hatten ihm nämlich vor bald fünfzig Jahren die Stadt Rom gestohlen, nein, geraubt, mit Gewalt erobert (es gab Tote) und auch von einer päpstlichen Armee verteidigt, die jedoch wesentlich kleiner war als die Truppe der Italiener; aber geradezu nichts im Vergleich dazu, was Jesus hätte bieten können. Am Ölberg hatte er den Petrus, der nun doch einen Versuch unternahm, sein »ich werde dich niemals verlassen« wahr zu machen, wissen lassen, er solle sein Schwert beiseitetun. Wenn er nur wollte, könnte sein Vater ihm auf der Stelle zwölf Legionen von Engeln schicken. Kurz: Jesus war gegen so etwas gewesen. Der Nachfolger des Petrus jedoch verfügte bald über eine eigene Armee und nannte sich nach einer gewissen Schamfrist (von tausend Jahren) sein Stellvertreter. Worin eigentlich? Aber nachdem seine kleine Armee kläglich versagt hatte und von den Italienern überrollt worden war (vielleicht der einzige Sieg in der kurzen Geschichte des Landes), war dem Heiligen Vater (Ihr sollt euch nicht mit »Vater« anreden lassen, denn nur einer ist so ein Vater: der im Himmel – Mt 23,9) vorerst nicht mehr viel geblieben als ein paar Kirchen, errichtet über den Gräbern der Heiligen, am wichtigsten waren Sankt Peter und Sankt Paul. Pasolinis Eltern müssen also sehr fromm gewesen sein und zudem papsttreu. Außerdem mit einem

Sinn für Poesie. Sein Name war schon fast eine Demonstration, dachte Salvatore, wie auch sein Name, in der Welt, in der er zu leben hatte und lebte, eine Demonstration hätte sein können, aber nur in Italien, und nicht in Norddeutschland, wo er lebte, fand der Mensch auch den Namen Pier Paolo entweder schön oder komisch.

Schon in der Schule hatte man ihn als Träumer gescholten, der nie ganz bei der Sache war. Aber er war es ja, nur die anderen waren es nicht, so nahe, dass er sich oftmals mit dem verwechselte, woran er gerade dachte.

Pasolini war damals auch in dieser Gegend, wo der Mensch noch in Höhlen wohnte – aber die Verwandten hatten eines jener Wohnsilos in der Via Roma bekommen, die auch aus einer süditalienischen Stadt etwas anderes machten –, dort war Pasolini herumgefahren, mit einer Sonnenbrille vor den Augen auf der Suche nach den richtigen Darstellern für seinen Film, und hatte dabei zehn Flugstunden von Amerika entfernt (vielleicht waren es auch Lichtjahre) auch Salvatores Verwandtschaft und auch Onkel Pasquale entdeckt. Salvatore hätte weinen können, allein beim Gedanken, wie sie damals alle zusammen, die in Leer gelandet und gestrandet waren, den Film sahen, und lachten, als sie Pasquale mit seiner Zahnlücke (die zunächst und im Übrigen ein Geschenk Gottes oder der Natur gewesen war) entdeckten, wie er ganz andächtig hin und her ging und die Brote verteilte. Gesichter und Hände wie Werkzeuge, das Leben über mit anderen Dingen beschäftigt, waren das. Aber auch stolz und irgendwie im Herz getroffen waren sie, darüber, dass Jesus und Pasolini ausgerechnet auf Menschen wie sie gestoßen waren, sie waren doch nur einfache Leute, die hungrig und sprachlos, schnell und virtuos ihre Spaghetti in sich hineingabelten. Die Einzigen, die nicht lachten, als sie diesen so ungeschickt wie ungewohnt hantierenden Onkel entdeckten (zu Hause wäre ihm eine solche Tätigkeit niemals eingefallen), waren Jesus, im Film, und außerhalb des Films wohl Pasolini, der lange tot war, und Salvatore, der sich an alles erinnern konnte, was nach dem Film und nach Leer noch gewesen war mit Pasquale, der ebenfalls das göttliche Heilsprogramm in seinem Namen mit sich herumtrug (Ostern). Die süditalienischen Gefängnisse waren gefüllt mit derartigen Namen, der ganze Heiligenkalender war vertreten an einem solchen Ort.

Zurück in die Zentrale!

Onkel war ja damals im besten Alter … und ein Zahn fehlte auch, dazu dieser Mund und diese Augen: beste Voraussetzungen, um in einem Pasolinifilm zu landen. Er war noch so einer der Männer mit etwas verhauenem Gesicht, die beim Austeilen des Brotes und der Fische halfen. Geschickte, bis zu den Fingern behaarte Handrücken waren das. Und auch Andrea, der damals siebenjährige Sohn von Tante Silvana, hatte mitgespielt, mit Hosianna und Palmzweigen. Auch Pasquale hatte ihnen die Zeitungsausschnitte nach Deutschland mitgebracht, als er sie kurz nach den Dreharbeiten besuchte, vielleicht im Glauben, er würde nun von Hollywood entdeckt. Nun war er ein Mann, sagen wir: von Jahren. Und auch der kleine Andrea war schon zweimal im Gefängnis gewesen. Er war damals das Kind in der Menge, das von den Zinnen Jerusalems herunterschreit: »Hosianna!« – untermalt von einem rauschhaft gesungenen *Gratias agimus tibi* aus dem *Gloria* der Messe in h-Moll von Johann Sebastian Bach, überhöht und übertönt noch von jener Trompete, die schon den Himmel ein Stück weit offen zeigt – das aber Andrea und alle die anderen, die beim Einzug in Jerusalem dabei waren, als wären sie schon im Paradies, erst im Kino hörten. Und sich dann, auch im Gefängnis, an alles erinnern konnten.

Das Jesuskind von einst war nun längst geschlechtsreif, hatte selbst schon Kinder, die längst geschlechtsreif waren, vielleicht schon zum zweiten Mal verliebt und geschieden, und jene herzzerreißenden Kinder, die so schreien beim Einzug in Jerusalem, dass Jesus lachen und weinen muss, waren längst verheiratet oder schon verwitwet, und einige dieser Komparsen waren, seitdem es die Scheidung in Italien gab, auch schon wieder geschieden. Andere (darunter schon bald der heilige Petrus) standen unter dem Privileg des Hausarrests, einer Strafe, die in Italien für alte Kriminelle vorgesehen war, verurteilt wegen Sympathisantentum (und mehr) mit einer kriminellen Vereinigung (Mafia), und warteten Weihnachten auf eine Amnestie des Präsidenten. Und da es längst den Tod gab (angeblich seit Adam und Eva, wie sie, auch Salvatore, hörten, ohne ihn für möglich halten zu können), waren einige von diesen Kindern auch schon wieder tot, kaum dass sie richtig zu leben und zu schreien, zu singen und zu lachen und zu weinen begonnen hatten. Das musste sich Salvatore sagen: Der Gast-auf-Erden-Status war jeweils ein begrenzter, der Mensch immer ein Ausländer auf Erden, die Aufenthaltsgenehmigung wurde manchmal nur für kurze Zeit erteilt. Jesus selbst hatte sich längst mit dem Satz verabschiedet: »Ich bin bei euch alle Tage bis zum Ende der Welt« und wurde nicht mehr gesehen und war bald ein alter Mann, der nie wieder in einem Film mitspielte, wahrscheinlich lebte er noch.

Aber wäre er, *Il Salvatore*, der Erlöser – oder auch nur Pasolini zurückgekommen, dann wären die Menschen, denen er das gesagt hatte, verschwunden gewesen. Pasolini selbst war ja schon seit Jahrzehnten tot. In der Küche der Frau des Onkels hingen vergilbte Zeitungsausschnitte von den Dreharbeiten hinter Glas, der ebenfalls als Jesu Erntehelfer und erster Kommunionausteiler verkleidete Onkel Domenico lebte nun auch auf unbestimmte Zeit (»lebenslänglich«) auf der Insel Procida, im größten Gefängnis Italiens.

Es war bald nichts mehr von ihm da. Und dort, wo Salvatore nach ihm und sich und ihnen Ausschau hielt, zwischen den einzelnen Haltestellen des Lebens, den *fermate* und *stazioni*, war von ihnen schon gar nichts zu entdecken. Und hier?

Jeder hat seinen Onkel … seinen Prodromus, Vorläufer, seinen Johannes den Täufer.

Aus den Brotausteilern, Erntehelfern und von Jesus berufenen Sündern am See Genezareth waren Mörder und so fort geworden. Salvatore kannte die Geschichten, die noch gar nicht so lange her waren, besser, als die Polizei erlaubt.

Sie hatten es alle nicht geschafft: gerade recht für das Matthäusevangelium. Und was war aus ihm geworden?

Und er musste, wie oftmals beim Wiedersehen, so auch dieses Mal sich sagen: Das blieb, dass nichts blieb.

Damals zusammen mit der ganzen Familie in Leer an Karfreitag im Fernsehen. Nur störte, dass Jesus deutsch sprach, sodass nicht alle etwas verstanden, und immer wieder hatte es auf der italienischen Seite »Guarda!« geheißen, »Schau!« – ein Wort, das es mittlerweile auch in Leer gab. »Jetzt kommt Onkel Pino!« Und sie zeigten auf einen, auch wenn es gar nicht Onkel Pino war. Und er glaubte es.

Als Erste hatte Salvatore seine Cousine Claudia entdeckt, die eines der Kinder war, die mit dem kleinen Jesus spielten, eine Stelle im Film, die Pasolini erfunden hatte. Nicht aber, dass Salvatore mit Claudia einst gespielt hatte, in den Ferien bei der gemeinsamen Nonna. Die Nonna war gestorben, was man dem Bett, in dem längst ein anderer schlief, nicht ansah, und Claudia lebte immer noch in Bergamo als Putzfrau und wartete darauf, dass sie bald in Rente käme, und bildete sich vielleicht immer noch ein, dass dann das Leben begänne. Sie wollte wieder zurück nach Matera, in die elterliche Höhle (woran er gar nicht denken mochte), wo sie jedes Jahr die Wochen bis Ferragosto verbrachte, und dann konnte sie noch ihren Mann besuchen, der auf unbestimmte Zeit auf der Insel Procida lebte.

Das war Salvatores Onkel, der im Film den Apostel Matthäus spielte, der auch nur ein Sünder gewesen war. Ihn hatte er auch bald erkannt, und immer wieder hatte der Kameramann sein abwegig-schönes Gesicht gezeigt. Das verpfuschte Leben musste man sich dazudenken. Und dann noch die Rollen des Petrus, des Judas, und noch bevor diese zum ersten Mal ihren Auftritt hatten, sah er seinen Lieblingsonkel heranschlurfen: Pasolini hatte ihn genommen, damit er den Teufel spiele, was Salvatore glatt vergessen hatte und ihm einen Schreck, einen entsetzlichen, versetzte.

Kurz: »Das sind ja alles Gestalten von *the wrong side of the tracks …*«, hätte zum ersten Mal und bald Bernadette ausgerufen, wie eine Erkenntnis. Da hatte sie Jesus gesucht und gefunden. »Die ganze Geschichte *on the wrong side of the tracks*«, dachte er, als wollte er den Kritikern eine Steilvorlage für einen passenden Schlusssatz geben – oder auch eine passende Überschrift.

… Alle wollen immer einen hanseatischen Senator als Vorfahren haben, eine berühmte Person, Karl den Großen oder Heidegger, oder beide. Oder eine jüdische Großmutter, deren Urgroßvater Rabbi in Czernowitz war und mit Baal Shem Tov befreundet war; und die andere Großmutter hatte eine Liaison mit dem Fürsten von Fürstenberg, entschied sich dann für Carl, der die größte Apotheke von ganz Duisburg, auch Hansestadt, besaß und sich schon mit vierzig zur Ruhe gesetzt hatte und von da an als Berufsbezeichnung Selbständiger Privatier angab. Es war Liebe.

So zimmerte sich der gewöhnliche Mensch seine Genealogie zurecht.

Bei Jesus war es anders. Es war nicht das große Personal, die interessanten Leute, die wissen, wo's langgeht, derentwegen er an den See Genezareth gekommen war, zum Beispiel.

Kurz: Auch Salvatore wusste, was aus ihnen geworden war. Nichts war aus ihnen geworden.

Sie hatten es alle nicht geschafft, einer nach dem anderen. Ja, sie hatten mitgespielt. Und dabei war es geblieben. Und dabei blieb es. Und konnte sich nur denken, wie sie heute aussahen, all diese, seine Gesichter: So wie seines. Und so etwas wollte einmal Förster werden. (Auf Jagd, zum Tierschutz, für die Menschenrechte kämpfen ...) Und wenig später die Welt retten. Also hatte er sich gesagt: Studierst du erst einmal Theologie. So hatte es angefangen. Und bald wollte er schon davonfliegen und leben. Das auch.

Er wusste, wie es ausging.

Um drei saß Salvatore in der hintersten Reihe im Gemeindesaal. Sie waren noch einmal weniger geworden. Mit dem Pfarrer und dem Vorführer waren sie zu dritt. Drei Männer. Und die Organistin war auch noch da. Es wäre ihm aber lieber gewesen, sie wäre nicht da gewesen.

Was für ein seltsamer Himmelfahrtstag. Gestern noch hatte er in einem Buch von Arnold Stadler gelesen. Aber bald hatte er den Roman, der *Sehnsucht. Versuch über das erste Mal* hieß, weggelegt. Seltsam. Er spielte genau in dieser Gegend, auch an einem Himmelfahrtstag, und die Hauptperson war auch so eine, deren Leben mit deren Sterben zusammenfiel, als wäre das Leben ein Roadmovie. Doch Salvatore war einfach in diesen Sehnsuchtsversuch eines anderen nicht hineingekommen. Vielleicht wäre es nun wieder etwas für ihn. Er hatte sich damals bald gelangweilt. Hatte da Sätze wie solche gelesen: »Dieses Buch ist an meiner Sehnsucht entlanggeschrieben wie an einer Hundeleine«, über den auch Bernadette den Kopf schüttelte. »Verstehst du das?« – »Verstehe ich nicht«, hatte Bernadette gesagt. Solche Sätze hatte dieser Schriftsteller hingestellt, als wollte er keine Sätze, sondern Vogelscheuchen. Wie einst gegen die Amseln im Weinberg, die auch nur ihr Futter haben wollten. Jedes dieser seiner Bücher begann mit einem Satz, als wäre es kein Satz, sondern eine Vogelscheuche. Als wollte er den Menschen, der es schön haben wollte, und lachend die Zeit vertrieben haben, abschrecken. Doch ganz am Ende seines Lebens, also vielleicht schon bald, wollte er all diese Sätze als ein Gedicht unter dem Titel *Vogelscheuchen* in einem Band zusammenfassen, beginnend mit dem Satz: »Wenn es schon keine Menschen fürs Leben gibt, so gibt es doch Sätze.« (Noch so ein Traum, von dem Salvatore nichts wissen konnte.)

Draußen blühte es. Und die Amseln sangen weiter. Bis in den Sommer hinein. Noch viel geduldiger als er konnten sie warten – und singen. So lange, bis sie ihre große Liebe gefunden hatten. Und wenn nicht, dann hörten sie auf zu singen und verfielen in eine Juli-Schwermut.

4. Auf dem Nachhauseweg. Roadmovie.

Mit dem Versprechen »Ich bin bei euch alle Tage, bis zum Ende der Welt« im Ohr, das ihn für diesen Augenblick glücklich machte, verließ Salvatore den Gemeindesaal. Als er herauskam, war er ein anderer. Und sangen die Amseln nicht immer noch, so, als wäre nichts gewesen und er wäre nicht ein anderer?

Kaum war er beim Wort »Ende der Welt« angekommen, war Jesus unversehens und für immer von der Leinwand verschwunden. Wie ein Maler in seinem Bild. Und noch ganz anders. Und dieses Bild brannte sich ein in Salvatores sehsüchtiges Auge. Das *Gloria* der Missa Luba, eine Endlosschleife erlöster Stimmen, ging aber noch weiter bis zum Ende des Abspanns, und blieb in seinem Ohr, wer weiß, bis heute. Es waren die Stimmen von glücklichen Schwarzen, wie Salvatore hören konnte, denn so konnten nur sie singen. Es waren Lebenszeichen von schönen Katholikinnen und Katholiken aus dem Kamerun und dem Kongo, mit dem Sohn und der Tochter von Patrice Lumumba vielleicht. Es waren die Landarbeiter und Habenichtse dieser Welt, die arbeiten mussten und doch nichts hatten, Hunger vielleicht, sie waren die Sklaven des Lebens, die Verstrickten gewesen, die Verschuldeten, während die anderen, die hier nicht zu sehen waren, die Oligarchen, nichts taten und alles hatten und in goldenen Jets mit goldenen Wasserhähnen lebten – so funktionierte der Kapitalismus, der gute alte Marx fiel Salvatore ein, und dass er recht behalten hatte, und immer mehr recht bekam, doch das half den Armen auch nicht; Pasolini aber hatte den Ausgebeuteten dieser Welt ein schönes, ein unvergessliches Denkmal gesetzt:

Sie waren am Ende des Films die Zeugen der Himmelfahrt und des Glücks, ja, sie selbst waren das Glück, und sie jubelten darüber wie in Psalm 126, »als wir träumten und jubelten, da unsere Gefangenschaft zu Ende war« mit ihrem Arbeitsgerät, ihren Schaufeln und Sensen sangen sie, waren gerettet, sangen wie im letzten Psalmvers: »Alles, was Odem hat, juble Ihm zu, Halleluja!«, als wäre das Leben ein Nachhauseweg und der Satz: »Die Welt ist groß und gehört den anderen« sollte fortan nicht mehr gelten. »Alle Tränen waren abgewischt.«

Diese Botschaft konnte Salvatore hören und sehen: Sie, die Armen, Kranken, Niedergeschlagenen, die Seelenkranken, die hoffnungslos Verschuldeten, die Hungrigen und Durstigen waren die Lieblinge in diesem Film Pasolinis – und die von Jesus sowieso: Jene, denen er »Komm« zugerufen hatte, und die, denen er versprochen hatte, »Ich werde bei euch sein bis zum Ende der Welt«: Sie waren die Ersten und die Letzten. Pasolini hatte sich getreu an den Text gehalten.

Und Salvatore machte sich mit diesem Schlussbild und »Jesus bleibet meine Freude« auf den Nachhauseweg, Cantus firmus im Kopf seines Lebens, eine Musik, die einerseits gar nicht vorkam in diesem Film, andererseits von Anfang bis Ende vorkam, als geheime Botschaft der *Frohen Botschaft nach Matthäus*, dieses Films, der auf gut deutsch *Das Matthäusevangelium* hieß, auch ein Roadmovie, aber so einer, nach dessen Ende es noch weiterging, als Salvatore längst zu Hause war.

Nachher, am Telefon, wollte er ihr alles sagen. Dass er immer schon davonfliegen wollte und leben, so wie in der Ballade *One Day I'll Fly Away* von Randy Crawford. Vielleicht sangen ja auch die Amseln dieses Lied. Seitdem sie keine Zugvögel mehr waren.

Jetzt aber … Immer nur halbe Sätze in seinem Kopf. Als wolle er noch einmal ganz von vorne beginnen. Und dieses Mal würde er es schaffen und zu sich finden.

Und dieser Tag war nun gekommen. Er wollte noch einmal ganz von vorne … Und dazu musste er möglichst weit weg. Auch von ihr. Wann, wenn nicht jetzt! – Das wollte er ihr alles sagen. Und leben. Mit diesem Schlusssatz als Lebensversicherung, nein: als weiteren Lebensgefährten.

Und dann träumte sich Salvatore bis zum Anfang des Films zurück. Da kamen drei sehr vornehme alte Männer wie Beduinen, ein Leben lang Nomaden gewesen, und beschnupperten ein Baby, das war so süß, als wollten sie es fressen. Jedoch. Schon beim Nachdenken darüber, wie er Bernadette alles sagen wollte, ging es in seinem Kopf zu wie bei den Schriftstellern, die eine Liebesszene zu beschreiben hatten. – Es war vieles in seinem Kopf wie unter Hempels Sofa, aber die Richtung stimmte nun: Dass er weg wolle … dass er noch einmal von vorne beginnen wolle … dass er diese Welt, in der er lebte, verlassen wolle … dass er endlich etwas tun wolle, singen … und leben. – Ich preise dich, Vater des Himmels und der Erde, dass du dies einem dummen Menschen wie mir offenbart hast. Ja, Vater, so hat es dir gefallen! – und Salvatore bezog nun jeden Satz, den er gehört hatte, auf sich, als wäre es sein Horoskop, als wäre es wie bei den Sterngläubigen, als richteten sich die Sterne und das Universum nach seinem Geburtsdatum, der Glückliche, der arme Selige.

Salvatore hatte sich auch etwas vor diesem Film gefürchtet, den er vor langen Jahren gesehen hatte noch als Kind. Und er bildete sich heute ein, er habe damals mehr verstanden, als er noch gar nichts verstand. Auch darüber und über alles wollte er nun ein Buch schreiben und ihr alles sagen. Dass er endlich jenes Buch schreiben wollte, von dem sie immer sprach, und er nicht im Traum daran dachte.

Aber er schaffte es nicht. Schon gar nicht, all das seiner Frau zu sagen, was er ihr nun alles sagen wollte. Er schaffte es ja nicht einmal, ihr von diesem Film zu erzählen, so, dass es Hand und Fuß hatte. Und in seinem Buch würde es ihm vielleicht auch so gehen. Aber darüber, dass Salvatore irgendwie den Himmel offen gesehen hatte, gab es überhaupt keinen Zweifel. Vielleicht würde das Buch und alles am Wort »irgendwie« scheitern.

Und da sein Kopf ein linkshändiger Kopf war, kam er schon beim Nachdenken darüber, was er alles schreiben und was er alles sagen wollte und wie, ins Stottern. Oder ins Stolpern. So wie die Schriftsteller, wenn sie eine Liebe oder ein Glück zu beschreiben hatten oder auch nur eine Andeutung von Glück. In der Beschreibung des Unglücks, da waren sie Virtuosen. Die Literaturgeschichte war praktisch nur eine Sammlung nicht geglückter Geschichten. Eine solche Geschichte hätte er auch schreiben können. Vom Leben, wie es nicht sein sollte und hätte gewesen sein können. Davon, wie einer es nicht schaffte. Und dieser eine wäre das eine Beispiel für die vielen gewesen. Aber so ein Buch schreiben wollte er nun nicht mehr, sondern eines, für die, welche noch eine Sehnsucht nach dem ganz anderen hatten.

Was war der Mensch? Jener, den Gott *machen* ließ, und der es nicht geschafft hatte? Das Matthäusevangelium war voll solcher Helden. Von wegen Superman, Weltmeister, Papst. Doch genau in diesem Augenblick dämmerte Salvatore, dass der Mensch, der es nicht geschafft hatte, genau jener war, der es geschafft hatte. In den Augen des Matthäusevangeliums. Das war die Botschaft. Ja, Vater, so hat es dir gefallen. Ich werde bei euch sein!

Aber nun, als er nach dieser Euphorie wieder das Hotel erreicht hatte, war er schon wieder fast der alte, das Kind, das niemanden zum Spielen hat. »Der Einsame, von dem der Dichter sagte ... Der Einsame ... es ist ungewiss, ob er sitzt oder steht.« Und doch.

Er konnte heute nicht mehr weiterfahren. »Vergiss Fallingbostel! Lass ab von den Suchanzeigen, den goldenen Fußkettchen ...«

In dieser Lage fand er sich dann in seiner alten Hotel-Pension wieder, und sie begrüßten ihn, als hätten sie ihn noch nie gesehen. Ein solches Gesicht machten sie, machte er wohl. Nicht wiederzuerkennen. Bitte füllen Sie das Anmeldeformular aus! Die Zimmer hatten keine Nummern, sondern Namen, durchweg nach vornehmen Vögeln, die er alle aus dem ornithologischen Käfig im Zoo kannte und einige aus seinen ersten Büchern, von denen er keinen einzigen Titel mehr wusste, nicht einmal den Autor oder den Verlag. Es waren alles ganz vornehme Tiere. Er bezog den »Königsadler«.

Von dort rief er sie dann an, am Abend – nicht zu früh –, erst zum Wein, kurz bevor sie zu Bett ging und das Wichtigste des Tages längst erledigt war.

Als er Bernadette fragte: »Was gab es heute?«, sagte sie immerhin nicht »Gulasch«. Das war nämlich sonst ihre Lieblingsantwort gewesen, um ihn aufzumuntern. Sie hatte es mit dem Kulinarischen. Kochte gerne nach Rezepten aus den berühmten Kochsendungen. Doch wenn er ihr und ihnen ein Wort hätte verbieten können, dann wäre es »kulinarisch« gewesen.

»Was es gab? Darüber müsste ich ein Buch schreiben!« Das sagte sie fast jeden Tag. »War das wieder ein Tag! So viele Pleiten! Die Wirtschaftsprüferin hatte zu tun. Und was war bei dir?«

Er wollte ihr nun von diesem Film erzählen, ganz ehrlich, wusste aber auch nicht so recht, wie es ging und gehen sollte und wie mit so etwas beginnen. Es fehlte ihm der richtige erste Satz. Und auch schämte er sich etwas. Es ging ja um etwas, worüber sie nicht alle Tage sprachen. Das war nun wirklich eine Übertreibung, denn sie hatten überhaupt noch nie über so etwas gesprochen, ehrlich. Auch über das andere nicht. Und dann noch, dass er die Welt retten wollte, einerseits, und auch das andere, das Von-ihr-Fliehen, kurz: dass er wegfliegen wollte und leben. Er wollte ihr alles sagen, aber dann wusste er gar nicht, wie er beginnen sollte. Und er ließ es ganz: »Ein andermal!«, sagte er sich.

Wenigstens ein paar Szenen erzählte er aber doch, als wollte er erklären, ganz anders, als sie waren, und vielleicht etwas langatmig ungeschickt, als ginge es um das Überstreifen eines Präservativs im Augenblick der höchsten Erregung, wie seine Cousins und die Onkel am Palmsonntag in Jerusalem einzogen mit ihren Olivenzweigen aus Matera … und wie Jesus lächelte. Und dann die Musik. Und gleich zu Beginn, wie er an den See kam und »Komm« sagte … und so fort.

Doch der Film beginnt, wenn der Inhalt erzählt ist. Es war alles viel zu umständlich. Salvatore stellte sich wieder einmal an. Als wäre es das erste Mal. Und seine Frau tat, was sie auch sonst tat, wenn es ihr zu viel wurde mit ihm, wenn er ihr wieder einmal gar nichts bieten konnte im Bett, nur zum Beispiel. Dann sagte sie: »Wenn du so weitermachst, schaffst du es nie bis Bad Oeynhausen!«

Durch das Telefon kamen nun Schnarchgeräusche. Salvatore sagte: »Hallo, bist du noch da? Ja?« Er wusste zunächst auch nicht, ob sie wirklich eingeschlafen war, der Tag war lang gewesen. Und er war vorbei. Doch dann fiel ihm wieder ein, dass sie sich oftmals schnarchend und schlafend stellte, wenn er ihr wieder einmal zu sehr abschweifte. Dann sagte sie gerne, auf Englisch: »Where is the beef?«, oder sie fing einfach an zu schnarchen. So war es auch jetzt wieder, gerade als Salvatore: »Komm, gehen wir« gesagt hatte. Mitten in diesen Satz hatte sie hineingeschnarcht. Nach dem Wort

»komm« hatte sie zu schnarchen begonnen. Jedoch: Bernadette schlief keineswegs, sondern langweilte sich einfach nur wieder einmal, und er war wieder einmal auf diesen Witz hereingefallen. Wie sonst auch, wenn es ihr zu viel war mit ihm, hatte ihn Bernadette mit Schnarchgeräuschen unterbrochen, sehr gekonnt, sodass die Zeugen, die dies gesehen hätten (es kam ja auch in Gesellschaft vor, nicht nur am Telefon und zu Hause), in ein Gelächter ausgebrochen wären oder Mitleid gehabt hätten mit Salvatore – oder beides. Je nach Charakter: gelacht, Mitleid gehabt, oder beides: gelacht und Mitleid gehabt. So ein Typ war Salvatore, der über sich lachte und Mitleid mit sich hatte, als wäre er ein anderer, als liebte er sich nicht wie sich selbst. Und Bernadette, die noch einem vierten Typ angehörte, der vielleicht sogar der erste war, lachte nicht und hatte kein Mitleid, sondern schaute an dieser Stelle der Geschichte wahrscheinlich auf die Uhr und sagte dann: »Das war aber ein schöner Film! But where is the beef? Bitte schön! Diese Story hätte auch in einem Kurzfilm Platz gehabt, oder?« Bernadette nämlich, das hatte Salvatore herausgehört, wollte es gar nicht wissen. Heute nicht. Sie war schon zu müde. So war es immer. Wie er sie verstand.

Nun hörte Salvatore auch noch ihren Onkel Henry heraus, der ein Thema, das ihm nicht passte, ein für alle Mal mit dem Satz beendete: »Darauf müssen wir unbedingt zurückkommen!«, niemals mehr darauf zurückkam und weiterlebte, als wäre nichts gewesen.

Ach, so ein Mann und so eine Frau: Sie konnten einfach nicht miteinander reden, nur im Bett funktionierte es, und da funktionierte es auch nicht mehr, so dachte sich Salvatore um die Ecke, ums Leben, um seinen Verstand. So war er schon wieder so weit ernüchtert, dass er ihr gar nicht mehr sagen wollte, was er gesehen und wie es ihn umgehauen hatte. Stattdessen sagte er nun, dass er den ganzen langen Tag im Grunde allein verbracht habe. Statt: »Du verstehst mich überhaupt nicht«, was an dieser Stelle vielleicht eine unglückliche Ehefrau gesagt hätte. Aber sie gehörte ja nicht zu ihnen.

Alles hatte er ihr sagen wollen. Dann war es nichts.

Er wolle jetzt noch schnell zum Zigarettenholen. Und dann nach Amerika.

Und am anderen Morgen fing Salvatore an zu schreiben. Sein erster Satz war: »Bis Hildesheim schaffst du es nie.«

5. »Ich werde bei dir sein.« Es war Liebe. Auf den ersten Blick.

Wehe euch Theologen und Schriftgelehrten, die ihr den Menschen mit nichts zurücklasst außer einem Scherbengericht! Soll der Mensch auf euren Scherbenhaufen seine Hoffnung setzen? Worauf können sie noch hoffen? Ist das euer Trost? Wer wird einem Hungernden, der euch um sein Stück Brot bittet, einen Stein geben! Aber genau so seid ihr. Ihr habt ihnen alles genommen, nicht einmal die Hoffnung gönnt ihr ihnen. Von eurem Scherbenhaufen sollen sie leben. Ihr sagt: Das ist die Wahrheit! Es bleibt nichts übrig. Aber davon kann kein Mensch leben. Nicht einmal ihr!

Nach dem Matthäusevangelium

Inhaltsangabe

… das konnte eigentlich nicht erzählt werden. Und doch. Es war die Geschichte von einem, dem sie zu Beginn der Geschichte hinterherrannten. Da sprach er vom Reich Gottes und den Kindern, denen all dies gehöre. Seligpreisungen waren es, Brotvermehrungen. Doch dann, irgendwann, kippte alles um, und er musste ihnen Wehe!-Reden halten.

Kurz: So war es immer, am Ende blieben ganz wenige noch, ein paar Frauen, treu wie immer, und so wäre es heute wieder, dachte Salvatore.

Erst waren sie ihm hinterhergerannt und hatten »Hosianna!« gerufen, bald »Er muss weg!«, bald »Kreuzige ihn!« – und er musste sterben … und als Salvatore zu Hause war, begann er zu schreiben. »Ich werde bei dir sein«. Es war Liebe. – So sollte das Buch, das Kind, heißen.

Aufzuschreiben, was er gesehen hatte. Mehr nicht. Das war alles. Und bis Hildesheim schaffst du es nie. Das sollte sein erster Satz sein.

1. Komm, gehen wir!, sagte er.

Und sie gingen. Denn ihre Sehnsucht war so groß, dass sie es nicht einmal wussten.

Salvatore sah ihn dann schwarz-weiß herunterkommen von einem Berg in einem windzerzausten Gewand und hörte ihn durch ein Windgestöber gehen, als hätte das Nichts die Gewalt über etwas. Bald war er am Wasser, und auf dem Wasser sah Salvatore in einem Boot zwei Männer beim Fischen.

Warum mussten die großen Dinge immer am Wasser geschehen?

Und zum ersten Mal – nach dreißig Jahren – sah er ihn wieder, ganz schön erwachsen geworden, einer, nach dem sich alle umdrehten, die ihm begegneten. Das musste er sein. Wo er mittlerweile gewesen war, seitdem er mit seinen Eltern aus Ägypten auf einem Esel zurückgekehrt war, zeigte der Film nicht. Im Drehbuch, dem Evangelium nach Matthäus, stand ja auch nichts davon. Nur so viel: Salvatore konnte sehen, dass aus diesem Kind etwas geworden war. Er nannte sich nun am liebsten Menschensohn und redete von sich auch in der dritten Person. Der Film brauchte bis zu seinem dreißigsten Lebensjahr eine halbe Stunde.

Salvatore kannte die Geschichte eigentlich. Die Story ... den Plot, keine Story, kein Plot – das Evangelium. Und wenn es nicht das Evangelium gewesen wäre, hätte Salvatore an dieser Stelle Mark Twain zitiert: »persons attempting to find a plot in it will be shot.«

Der Film begann fast noch wie ein Stummfilm.

Den Anfang hatte Salvatore schon vergessen gehabt. Denn er hatte nur darauf gewartet, dass endlich jemand ins Bild käme aus Matera, denn seine Verwandten hatten ja alle mitgespielt. Aber er hatte vergessen, wie sie aussahen, die Kindergesichter, jene zu Räuberfressen mutierten Kindergesichter von einst, die es nicht geschafft hatten. In einem Siebenjahreszyklus war der Mensch zu hundert Prozent recycelt, sodass am Ende vom Anfang nichts mehr da war. Aber auch von seinen Erwachsenen, die für eine Zeit lang relativ stabil durch ihre Tage gingen – nur gegen Ende hin schrumpften sie wieder etwas, sagte man, war nichts mehr da, ja, das Gesicht war verreckt.

Neugierig und ängstlich und, was den Film betraf, ganz unaufmerksam war er gewesen, auf Suche nach seinen Gesichtern von einst.

Bis zu diesem »Folge mir nach!«

Und von der Arbeit am Wasser weg folgten sie ihm, barfuß.

Als eine Stimme »Sometimes I feel like a motherless child« in den so gut wie leeren Saal hineinzusingen begann, da hatte er zum ersten Mal eine Gänsehaut bekommen. Eine vornehme Gesandtschaft aus alten Männern erschien. Sie bewegten sich in einer Gegend, die wie jene von Matera aussah, auf eine dieser Höhlenwohnungen zu. Und vor einer Höhle, die aussah wie jene, aus der sein Vater stammte, hielten sie an. Jetzt kommen sie gleich!, dachte Salvatore. Aber umsonst. Er musste noch warten. Und sah, wie diese Alten dieses Baby wie selig beschnupperten, als wollten sie es gleich fressen.

Nicht schlecht für den Anfang, dachte Salvatore.

Dahinter die Eltern, eine junge, schön lächelnde Frau, die in der folgenden halben Stunde kein Wort sagen würde (und den ganzen Film über kein Wort sagen würde, wenn sich Pasolini ans Drehbuch hielte. Und doch war sie diejenige, welche diese Geschichte in die Welt gesetzt hatte); und jener ältere Mann war Josef, der Patron der Einfältigen und Unschuldigen, wie Salvatore wusste. Was dieser Mann sonst im Leben machte, wusste Salvatore nicht. Denn er war weder mit Maria noch mit Josef verwandt.

Nun fiel ihm wieder ein: Als Allererstes hatte Salvatore diese fragend blickende junge Frau gesehen, und dieser Mann, irgendwie schon jenseits von Gut und Böse, wie man für so einen zu Hause sagte, sah es auch, dass mit dem Bauch dieser Frau etwas nicht stimmte. Sie war schwanger. Aber nicht von ihm. Das hätte er noch gewusst. So schaute er.

Dann ging er durch eine Art Stalltür hinaus und verschwand, ohne ihr Vorwürfe zu machen: irgendwie nobel. Oder doch nicht so ganz, hatte Salvatore gedacht. Aber das war ja lange her, und damals war alles anders, und besonders in diesem Fall. Er ging hinaus ins Leben, Kinder und Vögel sangen und spielten, und wie es drinnen in diesem Menschen aussah, konnte sich Salvatore schon vorstellen. Es war eine Qual, bis er sich über ein Steinmäuerchen legte und einschlief. Es folgte nun ein Traum. Ein schöner Engel erschien und sagte: »Josef, Sohn Davids, fürchte dich nicht, Maria zu heiraten, denn das Kind, das sie bekommen wird, ist vom Heiligen Geist. – Es wird ein Sohn sein. Du sollst ihm den Namen Jesus geben (Erlöser), denn er wird sein Volk von seinen Sünden erlösen.«

Als hätte der Engel sagen wollen: »Du schaffst es!« Josef kehrte also zu Maria zurück und wurde ab da zu jenem Josef, wie ihn Salvatore von den Heiligenbildchen kannte. Er hatte noch ein paar kurze Auftritte, so die berühmte Flucht nach Ägypten, wohin sie zu dritt geflohen waren, wie schon so viele, oder als Sklaven eingefangen und dorthin verbracht, verkauft, das Schicksal von Millionen, angefangen mit Josef, den seine Brüder dorthin verscherbelt hatten, wie es im Text steht, vielleicht nur deswegen, um von dort Moses ins Gelobte Land aufbrechen lassen zu können. Der König hatte das Kind töten wollen, weil er von den drei Männern gehört hatte, dass dies der König der Juden sei. Aber das war doch er. Es gab also im Film den ersten Mord, einen Massenmord, ein furchtbares Gemetzel.

Wie sich die Neugeborenen durch ihr Geschrei rächten und den Herodes bis zu seinem Tod verfolgten!

Alle Neugeborenen wurden von Soldaten des Herodes umgebracht (wie Pasolini bei Matthäus gelesen hatte). Es waren schöne Soldaten, und mit keinem einzigen war Salvatore verwandt. Aber dann erschien dem Josef wieder jener Engel (eine wunderbare Frau, mit der Salvatore auch nicht verwandt war), der ihm sagte, sie könnten jetzt zurückkehren, denn die Mörder seien tot. Aber sie zogen nicht mehr nach Bethlehem, sondern nach Nazareth, von wo das Paar eigentlich stammte. Wie er die folgenden dreißig Jahre verbrachte, war nicht zu sehen. Und bei Matthäus stand davon auch nichts.

Er tauchte erst wieder auf in Verbindung mit jenem Mann, der aussah wie eine Vogelscheuche, ein ziemlich verrecktes Gesicht hatte und eine gläubige und ungläubige Zuhörerschaft, so war der Mensch, aufforderte, sie sollten umkehren! Denn das Himmelreich sei nahe.

Umkehren – doch wohin? –

Dieser Johannes sah zum Fürchten aus, irgendwie verrückt. Wären Kinder im Saal gewesen (der Film war aber wegen gewisser grausamer Szenen, die schon gekommen waren und die noch kommen würden, von der Freiwilligen Filmkontrolle erst ab sechzehn freigegeben), sie hätten beim Anblick »Iiiiiiii! – was ist denn das für einer? Was kommt denn da für einer!« aufgeschrien. Er sah genauso aus, wie man sich einen vorstellt, der von Heuschrecken und wildem Honig in der Wüste lebte, ein Wüstenmensch, der sich von der Welt verabschiedet hatte und sich aus einem Leben wie *Fit for Fun* nichts machte. Dagegen der dreißigjährige Jesus, auch er schön anzusehen, wie auf dem Bild des Caravaggio in der Kirche San Luigi degli Francesi mitten in Rom, das so schön war, dass Salvatore, als er es zum ersten Mal sah, immer wieder fünfhundert Lire in den Kasten warf, damit das Licht wieder anging.

Aber dann war es doch dieser Johannes, zu dem Jesus kam. Von keinem anderem als ihm wollte er getauft werden. So viel Schönheit, die mit ihm nichts zu tun hatte …

»Nicht schlecht für den Anfang!«, dachte Salvatore abermals.

Und dann sah Salvatore, wie Jesus auf ihn und auch auf Johannes zukam, und wie er sich mit seinem Wasser taufen ließ, und er hörte eine grandiose Musik von Johann Sebastian Bach, jene Stelle aus der h-Moll-Messe, das *Gratias agimus tibi* aus dem *Gloria*, als öffnete sich der Himmel für diesen Augenblick, und eben von dort kam eine Stimme: »Dies ist mein Sohn, mein Geliebter!«

Bis zu dieser Stelle hatte Salvatore den Film fast vergessen. Da gingen ihm das erste Mal die Augen auf, wie er den Menschen mitten ins Gesicht sah, sie beim Namen rief und »Komm, gehen wir!« sagte.

4. Widersagst du dem Satan? Ich widersage!

Das hätte Salvatore beinahe vergessen: Gerade noch hatte er in der Wüste einem schielenden Ungeheuer widerstanden, einer unheimlichen Erscheinung, einem Mann, der auf ihn zugekommen war, nachdem er vierzig Tage und vierzig Nächte gefastet hatte, der ihm allerhand in Aussicht gestellt und wie feindlicher Hagel an ihm abgeprallt war. Es war der Versucher. Eiskalt und unverfroren stand er da und sagte dem Hungernden: »Wenn du Gottes Sohn bist, so mach aus diesen Steinen da Brot!« Der so auf die Probe Gestellte entgegnete diesem Satan: »Der Mensch lebt nicht nur vom Brot!«

Zweiter Versuch: Dieser Teufel nahm ihn mit in eine Stadt, die die Heilige Stadt sein musste, stellte ihn auf ein Gebäude, das der Tempel sein musste (Salvatore hatte das alles ja nie gesehen, nur gelesen und gehört), und sagte: »Wenn du der Sohn Gottes bist, dann stürze dich hinab, denn es heißt in der Schrift: Seinen Engeln sagte er, sie werden ihn auf Händen tragen, damit dein Fuß nicht stolpert.«

Jetzt zitierte das Ungeheuer auch noch den berühmten 91. Psalm. Aber Jesus (Salvatore wusste nun, dass dies Jesus war) stellte sich ihm entgegen und sagte: »In der Schrift steht auch: Du sollst den Herrn, deinen Gott, nicht auf die Probe stellen.«

Doch nicht genug, ein dritter Versuch. Jetzt standen sie auf einem hohen Berg und sahen die ganze Welt in ihrer ganzen Schönheit und ihrem Reichtum und ihren Verlockungen bis zum heutigen Tag: »Das alles will ich dir geben, wenn du vor mir niederfällst und mich anbetest.«

Nun war es genug: »Apage, Satanas!!!! Vai via! Weg mit dir, Satan!« Und noch bevor Jesus mit seinem Satz: »Vor dem Herrn, deinem Gott, sollst du dich niederwerfen und ihm allein dienen!« zu Ende war, hatte sich der Versucher in nichts aufgelöst.

Und Salvatore war dankbar, weil er wusste, dass er nun bis zum Ende des Films Ruhe hätte vor diesem Gesicht.

Denn von Anfang dieser tiefschwarzen Sequenz an, wie diese teuflische Gestalt – er wusste gleich »Das ist er! – da kommt er!« – auf ihn zukam, war es Salvatore unheimlich gewesen. Und erst recht ganz aus der Nähe, wie er entdeckte, dass Pasolini ausgerechnet seinen Patenonkel ausgewählt hatte, den Satan zu spielen. Eine Nebenrolle im Film, aber nicht im Drehbuch. Giovanni sah damals noch besser aus, seine beste Zeit war das. Er hatte etwas!, wie die Frauen in seiner Umgebung sagten, die nichts weiter sagen wollten.

Onkel Giovanni spielte ihn, den Teufel, ja auch im Leben. Sein schielender Onkel arbeitete schon damals für den kalabresischen Zweig der Mafia. Vielleicht hat Pasolini davon erfahren, und er nahm ihn deswegen für diese Rolle. Doch als Ersten seiner erwachsenen Verwandtschaft hätte Salvatore lieber einen anderen gehabt. Vielleicht eines der Kinder, die mit Jesus spielten, oder einen der Heiligen Drei Könige. Oder Maria. Oder Jesus selbst. Aber nein. Vielleicht war unter den Kindern doch einer seiner Cousins, aber er konnte sich an Kindergesichter nicht erinnern. Nicht einmal auf Fotografien konnte er Kindergesichter identifizieren, all die kleinen Geschichten, die einmal so groß begannen.

Und ganz anders. Auch Giovannis Leben war nicht von Anfang an verpfuscht, so wenig wie das seiner Tante Elvira aus Bentheim, die selbst immer wieder sagte, dass ihr Leben verpfuscht sei, nachdem sie auf den Hochstapler aus Matera hereingefallen war.

Und ihr ein Kind machte, das war alles. – Und nun war Giovanni längst untergetaucht in einer der Pizzerien dieser Welt. Aber ihre Schwester meinte nur, dass sie nichts aus sich gemacht habe, bei ihren Möglichkeiten. Oder auch nur nicht das Richtige.

Auch fiel Salvatore an dieser Stelle der Geschichte ein, dass er selbst einst – ebenso wie Jesus, im Gegensatz zu jenem, in aller Öffentlichkeit – dreimal dem Satan widersagt hatte, das war bei der ersten heiligen Kommunion gewesen, von der ihnen der gute Priester gesagt hatte, das sei der schönste Tag in ihrem Leben. Da wurde er mit seinen zehn-, elfjährigen Viertklässlern dreimal nacheinander vom Priester in nächster Nähe des Altars gefragt:

»Widersagt ihr dem Satan?« Und sie hatten »Wir widersagen« geantwortet, wie sie es auswendig gelernt hatten im Kommunionunterricht, unisono und fröhlich und entschlossen und eigentlich am Text vorbei, wie in der Koranschule. Und die Gemeinde freute sich, vielleicht auch die Paten, die etwas verlegen in diesem Kirchenschiff standen, die alle auch einmal an der gleichen Stelle am Altar gestanden und dreimal widersagt hatten. Es war nicht viel dabei herausgekommen. Denn kein Einziger, der widersagt hatte, hatte sein Versprechen im Leben halten können. Die meisten hatten schon bei der ersten Gelegenheit versagt.

Denn auf nichts, als auf das, was als Gepränge des Satans galt, dem zu widersagen war, hatten sie und alle, die damals am Hochaltar standen, eigentlich mehr gewartet.

Und die Praktiker aller Zeiten, die es auch unter den Katholiken gab, sagten, das gebe nur ein schlechtes Gewissen, und schämten sich und wären eigentlich dafür gewesen, diese hochsymbolische Absage an den Satan offiziell abzuschaffen oder wenigstens stillschweigend fallenzulassen. Aber deswegen war die Kirche ja da: den Sündern immer wieder verzeihen zu können.

Seine beiden Paten, Onkel Giovanni und Tante Elvira, hatten gewiss auch schon mit zehn Jahren widersagt, die eine in Bentheim, der andere in Matera, auf Italienisch. Salvatores Pate (die Patenschaft hätte zu einem entsprechenden Leben verpflichtet, ein Pate war eigentlich zu einem vorbildlich widersagenden Leben verpflichtet) Onkel Giovanni, stand schon damals bei der Taufe eigentlich nur dabei. Auch weil er die Antworten auf Deutsch gar nicht wusste, und dann einfach auf ein Zeichen von Tante Elvira aus Bentheim (sie war sehr nobel und hätte eigentlich lieber von Bentheim geheißen, und nicht Materazzi) einfach nickte, wenn die beiden, zusammen, stellvertretend für das Kind, den gerade zwei Wochen alten Salvatore, auf die ihm gestellte Frage: »Widersagst du dem Satan?« antworten sollten: »Ich widersage!«

Aber damit war es noch nicht zu Ende. Dann konnte Salvatore, der noch kein Wort verstand (oder doch?), hören, wie der gute Pfarrer Hurtz ein zweites Mal ansetzte, wie damals der Versucher in der Wüste:

»Und all seinen Werken?«

Und ein drittes Mal noch:

»Und all seinem Gepränge?«, und immer sagten sie stellvertretend für ihn: »Ich widersage.«

Dabei fiel Salvatore ein, dass er das Wort Gepränge eigentlich bis zum heutigen Tag nicht verstanden hatte. Ein schönes Wort, aber das an der Versuchung Jesu geschulte Versprechen hatte Salvatore in seinem weiteren Leben bald vergessen, so wie die anderen auch. Widersagen zu wollen, das ehrte ihn, und die anderen, die es auch nicht schafften, ebenso.

»Denn der Geist ist willig, das Fleisch ist schwach.«

So hatte Salvatore in der hintersten Reihe, wo er saß, wie ein guter Stratege, auch sofort die entlastende Stelle parat, wie ein guter Jurist. Doch zum Glück musste er nicht weiter nachdenken, denn um den Faden nicht zu verlieren, kam nun auch schon eine hellere Landschaft, und Jesus kamen Menschen entgegen, die auf dem Weg zur Feldarbeit waren, die ihn nicht kannten und sich wunderten, wie er ihnen ins Gesicht schaute mit ihren Gabeln und Rechen und »Kehrt um! Denn das Himmelreich ist nahe« sagte. Dabei waren sie doch erst auf dem Weg zur Arbeit. Also drehten sie sich um, als diese seltsame Erscheinung an ihnen vorbei war und wunderten sich und machten ein Gesicht, als dächten sie nach, was das bedeutete.

Der Eintritt war frei. Mehr waren es trotzdem nicht. Und doch. Man durfte übrigens noch rauchen. Auch in diesem Film, warum nicht! Zu vielen Stellen der Frohen Botschaft passte eine genussvoll gerauchte Zigarette, ja Zigarre, die Gleichnisse von den Hochzeitsmählern und so fort, er isst und trinkt, hieß es von ihm, und sie nannten ihn einen Säufer, mit Zöllnern und Sündern.

5. Die Berufung

Und nun sah Salvatore, wie er durchs Land ziehend an den See kam, an Menschen vorbei, die sich erstaunt umgedreht hatten, als sie sein »Kehrt um!« hörten, als folgten nun die Mühen der Ebenen. Erntearbeiter waren es, die Ersten. Und das Erste, was Salvatore von ihm hörte, war: »Kehrt um!« Und Salvatore wusste genau, was er meinte.

Andere auf dem Weg zur Arbeit hatten Essen und Trinken

mitgebracht für jene, die sich schon auf die Rast freuten, aufs Wasser, »ich weiß noch«, dachte er, und im Schatten hoher Bäume gab es ein paar Oliven, Wasser und Brot. Und ziemlich müde gingen sie mit ihren Gabeln und Rechen barfuß nach Hause. »Das hat uns gerade noch gefehlt!« So schauten sie. Aber dann.

Da stand ein Mann in einem Boot und war beim Fischen. Davon lebten sie, hatten sie bisher gelebt. Er war der Erste, den er mit Namen ansprach:

»Petrus!«, sagte er. Mehr nicht. Und dann:

»Andreas! Kommt, gehen wir. Ich werde euch zu Menschenfischern machen«, und sie gingen und ließen die Netze und alles liegen. Und folgten ihm.

Dann ging Jesus weiter und sah noch zwei. Jakobus und seinen Bruder Johannes.

Sie richteten gerade ihre Netze her. Er rief auch sie.

»Jakobus! Johannes!«

Und auch sie kamen, verließen ihren Vater und alles und folgten Jesus. Vielleicht war ihre Sehnsucht nach etwas ganz Anderem so groß, dass sie es nicht einmal wussten. Barfuß liefen sie mit ihm davon.

Er sagte nur: »Jakobus, Johannes.« Und dann rannten sie schon. Als versäumten sie etwas. Hätten sie nein gesagt, wir wollen nicht mitkommen. Wir wollen nicht von hier weg. Wir können nicht von hier weg. Frag erst mal meine Frau und meine Kinder. Ich verstehe das nicht. Ich will kein Menschenfischer sein, und wären zum Essen nach Hause gegangen, für irgendein Linsengericht, wäre die Geschichte hier zu Ende und die Weltgeschichte anders verlaufen. Aber es war ja nicht so.

»Ich mache euch zu Menschenfischern.« Sagte er. Einfach so. So begann es.

Die ersten vier waren ihm also ohne weiteres gefolgt, und nun waren sie schon eine Zeit lang unterwegs. Es ging über Stock und Stein, sie zogen herum, wuchsen zusammen, und er lehrte sie alles. Bald in den Synagogen, verkündete da die Frohe Botschaft vom Reich Gottes und heilte alle Kranken. Aus Mitleid. Mit den Müden und Atemlosen, denn sie hatten niemand. Schafe ohne Hirten waren sie. So ungefähr hatte Salvatore das verstanden. Er sah nun, wie Jesus all die Menschen vor sich sah. »Was für eine große Ernte! Aber so wenige Arbeiter. Betet also um Arbeiter.«

Und unmittelbar darauf berief nun Jesus die zwölf Apostel, jeden einzeln: an erster Stelle, noch einmal:

»Simon!« (So hieß Petrus eigentlich.)

Und dann alle anderen: »Andreas! – Jakobus! – Johannes! – Philippus! – Bartholomäus! – Thomas! – Matthäus! – Jakobus! – Thaddäus! – Simon! – Judas!«

Dass er nicht gleich als Verräter erschien, war Salvatore sehr sympathisch. Er hatte, wie Pasolini wohl auch, ein Herz für Judas.

Diese Zwölf, auch Judas, wurden bestellt, damit sie die Kranken heilten. All diese bösen Geister und Nachtgespenster. Aus Mitleid.

Doch Judas war wohl selbst krank und hätte geheilt werden müssen. Und Jesus wäre der Erste gewesen, der ihn geheilt hätte. Vielleicht zum ersten Mal wich der Schriftsteller ein wenig von seiner Vorlage ab. Und Salvatore auch: Er schweifte nun, wie auch sonst im Kino, ab und träumte von seinen armen Onkeln, die es alle nicht geschafft hatten, genauso wenig wie Judas, für den diese Geschichte nichts bereithielt als den Baum, an dem er sich dann erhängte.

Matthäus, der später jenes Buch schrieb, dessen Verfilmung Salvatore nun sah, musste dazu keine schöne Stimme haben, und Onkel Sandro, der im Film den Matthäus spielte, hatte im Leben die Stimme von einem Ziegenbock. Man sah das Verwegene selbst noch in Schwarz Weiß. Deswegen hatte Pasolini ihn auch ausgewählt

Salvatore sah ihn ja im Film nur ein einziges Mal richtig, das war bei der Berufung. Und dann später immer wieder nur einen Augenblick. Für sein Aussehen musste sich Salvatore überhaupt nicht schämen, er hatte etwas, jenes gewisse Etwas, worauf sich der Mensch zu Zeiten mit seinem Leben einließ – während andere das gewisse Nichts hatten und ihr Leben lang links liegenblieben.

Salvatore sah seinen Onkel in seiner ganzen Verwegenheit dastehen, und der fehlende Zahn hätte für manchen, der so etwas liebte, Pasolini zum Beispiel, das Ganze gekrönt. Aber von der Stimme hörte man zum Glück nichts. Vielleicht hatte Pasolini oder der Regieassistent bei den Proben eine Notiz gemacht, dass er nicht einmal »Ja« sagen sollte, das wie ein höchstes aggressives Bellen herausgekommen wäre, der Film war aber kein Krimi und auch keine Komödie. Zum Glück hatte er kein einziges Wort zu sagen. Er musste nur einmal kurz schauen, als sagte er »Ja« – und den Rest der Geschichte mit ansehen.

So ist auch aus diesem Onkel nichts Rechtes geworden. Er wurde, anders als der Apostel im Film, rückfällig, er fiel an das Leben zurück, dachte sich Salvatore. Konnte sein »Ja« nicht durchhalten. Er wurde, wie Caravaggio, nachdem er das Bild gemalt hatte, erst recht zu einem großen Sünder. Caravaggio war im Gegensatz zu seinem Matthäus ins Leben zurückgekehrt. Und Onkel auch. Alsbald folgte Procida, die Gefängnisinsel.

In luxuriöser Einfachheit schritten die Jünger nun am See entlang, Jesus folgend, barfuß und aufrecht.

Der Regieassistent musste ihnen gar nichts vormachen. So waren sie. Und so gingen sie. Natürliche Grazien, beiderlei Geschlechts. Selbst das Volk war gut erzogen. Alles andere als Pöbel. Onkel fehlte ein Zahn – aber das sah man auch nicht, denn er kam nur ganz kurz ins Bild. Kaum hatte Salvatore ihn gesehen, war er auch schon wieder weg. Zu lachen gab es auch nichts während des ganzen Films, also hat Salvatore die Lücke nicht entdecken können.

Von Anfang an machten die Apostel ein Gesicht, als wüssten sie alles, worauf sie sich eingelassen hatten. Aber bald wussten sie es ja. Spätestens als Jesus das dritte Mal gesagt hatte »Wir gehen jetzt hinauf nach Jerusalem. Dort werden sie mich töten« wussten sie das.

Also stand ihnen nicht nur eine beschwerliche Reise, sondern auch das Ende bevor.

Onkel war erst untergetaucht in Neapel, und, was selten einmal geschah: wurde auch geschnappt über Interpol, aber nicht in Neapel, sondern bei den Verwandten in Leer, hatte er Unterschlupf gesucht. Und ab da in der Pizzeria in Leer weitergelebt und die hungrigen Mäuler versorgt, zusammen mit Onkel Hannemann hatte Onkel eine Zeit lang das Futter an die Tische gebracht – er war für Tisch 5–15 zuständig und auch für Pfeffer und Salz – und Maggi, das die deutschen Gäste damals verlangten, denn von Aceto Balsamico wussten sie noch nichts, so wenig wie von Latte macchiato, und sie waren auch Menschen. Hat »Prego« und »Grazie« gesagt mit seiner Stimme, die auch in deutschen Ohren ziemlich schrill klang, doch kein Mensch hätte gedacht, dass dieser Mensch einmal einen Apostel spielte in einem Film, den hinter Hildesheim kein Mensch kannte, nicht einmal wusste davon, und noch weniger hätten die anständigen Delmenhorster sich vorstellen können, dass geraume Zeit später sein Onkel bei einer Razzia mitten im Lokal von einer Spezialeinheit überwältigt werden musste, noch versucht hatte zu fliehen, gerade dabei, mit drei Tellern jonglierend auf dem Weg zu Tisch 7, der schon ganz ungeduldig dreinschaute, scharrte, aber dann sahen sie diese Teller kommen und die Sonne ging auf und eine Welt ging in Brüche, da lagen die Teller nun auf dem Boden und Onkels Hände in Handschellen, schon zugeschnappt. Fast alles auf einmal.

So hatte es Salvatore gehört. Und so sah er nun alles wieder vor sich, als wäre er dabei gewesen, wie Onkel von Jesus ganz fest in die Augen genommen wird. Dieser Blick!

Im Film sah Salvatore Menschen, die ein Gesicht machten wie bei der wunderbaren Brotvermehrung, als sie die Körbe sahen und die wunderbaren Fische und wohl auch den Wein, von dem hier – im Film – nicht die Rede war, und wie in Psalm 145: »Aller Augen warten auf dich, denn du gibst ihnen Futter zur rechten Zeit«, worauf ja Matthäus sich bezog, als er die »wunderbare Brotvermehrung« schrieb.

Ich werde aus euch ein Buch machen, so eines gab es noch nicht. Und viele Bücher und Menschen, die Bücher schreiben werden. (Dachte Matthäus an dieser Stelle der Geschichte vielleicht, schrieb es aber nicht.)

Bald redete Jesus von der Ernte. Und dann von der Verfolgung. Und nun der erste Schatten, mit einem Mal, plötzlich, als wäre es Nacht auf der Welt, und der Mensch ein Unmensch:

»Sie werden euch hassen!«, hörte Salvatore und »Habt keine Angst vor denen, die euren Leib töten können, sondern vor dem, der Leib und Seele ins Verderben stürzen kann.« – »Keine Angst! Arme Jünger!«, dachte Salvatore. Eines Tages werden sie als Martyrer enden, mit dem Kopf nach unten von hier nach dort. Die Jünger sagten aber gar nichts. Was sollen sie schon sagen! (Sie alle hatten winterfeste Gesichter.)

Von seinen Erinnerungen an Jesus entschied er sich für folgende, zum Beispiel:

»Ich sende euch als Schafe mitten unter die Wölfe.« Und: »Nehmt euch aber vor den Menschen in Acht!« Und dann noch das schöne: »Er hat eure Haare auf eurem Kopf gezählt!«

So hörte ihn Salvatore reden, und ein strenger Rhetoriker hätte diese Rede nun als nicht durchdacht gescholten, und dem Schriftsteller Vorwürfe gemacht und Schwächen in der Konzeption aufgezeigt, vielleicht auch ein Filmkritiker, denn nun ging es zurück zu dem Aussätzigen, und Jesus war wieder ganz der Alte, der aus Mitleid die Welt rettet, »und bis es so weit ist, jeden Einzelnen, auch mich«, dachte Salvatore.

Das tröstete ihn über sämtliche dunklen Stellen hinweg, besonders über jene, die gegen ihn sprachen.

6. Das erste Wunder

Nun sah Salvatore wieder, wie er sich in einem völlig abgelegenen, eigentlich gottverlassenen Gelände, einer Art Insel der Ausgestoßenen, auf der Pestinsel, aufhielt. Viele Menschen. Alle zusammen ein einziges Elend. Fürchterliche Stimmen von allen Seiten, ein Heulen, ein Knirschen, ein Hadern und ein Toben, Menschen, wie in der Gummizelle.

Und es folgte ein Wunder: Der von einem Gesichtsfraß total entstellte junge Mann humpelte auf ihn zu, es war nicht mitanzusehen. Salvatore machte die Augen zu. Und dann fing der Arme auch noch zu reden an: »Wenn du willst … kannst du mich rein machen.« Nun streckte Jesus einfach die Hand aus, und sagte: »Ich will es.« Und er wurde es.

Im selben Augenblick hörte Salvatore wieder das wunderbare *Gratias agimus tibi,* und gegen dieses »Ich will es!« und gegen diese Musik hatten es selbst die Bilder schwer.

Jesus sagte nur noch, er solle sich dem Priester zeigen, zum Beweis, und das Opfer bringen, das Moses angeordnet habe, und es niemand sagen. Doch bevor er sich recht bedankt hatte, war schon alles in die Welt hinausgeschrien.

7. Die berühmte Bergpredigt

Und nach diesem Wunder folgte die berühmte Bergpredigt. Die Salvatore zu kennen glaubte, und doch hörte er sie so zum ersten Mal.

»Selig, die arm sind, denn ihnen gehört das Himmelreich.

Selig, die traurig sind, denn sie werden getröstet werden.

Selig, die auf Gewalt verzichten, denn sie werden die Erben des Landes sein.

Selig, die einen Hunger haben und Durst nach der Gerechtigkeit, denn sie werden gesättigt werden.

Selig, die ein Herz haben, denn sie werden ein Herz finden.

Selig, die eine reine Seele haben, denn sie werden Gottes Klarheit schauen.

Selig, die Frieden stiften, denn sie werden Kinder Gottes genannt werden.

Selig, die, weil sie das Gute wollen und tun, verfolgt werden; denn ihnen gehört das Himmelreich.

Selig seid ihr, wenn ihr meinetwegen geschmäht, verfolgt und auf alle mögliche Weise verleumdet werdet: Freut euch und jubelt, denn euer Lohn wird groß sein im Himmel. Denn so wurden vor euch schon die Propheten verfolgt.«

So war die Geschichte beim Schmerz angekommen, den der Mensch kannte, beim »Es tut weh, also bin ich«.

Salvatore sah diese Sätze ohne Punkt und Komma, schwarz und weiß, ohne jede Verzierung an sich vorbeiziehen. Vielleicht mit der Weltnacht im Genick als »das Licht der Welt«. So ins Universum gestellt. Und der Mensch hatte eine Gänsehaut.

»Bittet, dann werdet ihr bekommen.
Sucht, und ihr werdet finden.
Klopft, und es wird euch geöffnet.
Denn wer um etwas bittet, empfängt etwas.
Wer sucht, der findet.
Wer anklopft, dem wird geöffnet.«

Und so ging es weiter.

»Oder ist einer unter euch, der seinem Sohn einen Stein gibt, wenn er um Brot bittet, oder eine Schlange, wenn er um einen Fisch bittet? Wenn also schon ihr, die ihr böse seid, euren Kindern gebt, was gut ist, wie viel mehr wird euer Vater im Himmel denen Gutes geben, die ihn bitten.«

»Alles, was ihr also von anderen erwartet, das tut auch ihnen! Darin besteht das Gesetz und die Propheten.

Denkt nicht, ich sei gekommen, um das Gesetz und die Propheten aufzuheben. Ich bin nicht gekommen, um aufzuheben, sondern um zu erfüllen.

Ihr seid das Salz der Erde. Wenn das Salz seinen Geschmack verliert, taugt es nichts mehr; es wird weggeworfen und von den Leuten zertreten.

Ihr habt gehört: »Aug für Auge, Zahn für Zahn. Ich aber sage euch.«

»Sammelt keine Schätze, die Rost und Motten … Ihr sollt nicht schwören … Ihr sollt nicht richten …« An keinen einzigen dieser Sätze hatten sich die Kirchen gehalten, die längst mit der Welt verheiratet waren. Keiner auf der Gehaltsliste wäre für einen dieser Sätze, die Jesus die wichtigsten waren, in den Tod gegangen oder ins Gefängnis. Aber es gab sie doch.

Dann kam auch noch das Vaterunser und ganz viele berühmte Sätze, die Weltgeschichte gemacht hatten, der berühmteste leider am wenigsten:

Ihr habt gehört: »Du sollst deinen Nächsten lieben und deinen Feind hassen. Ich aber sage euch: Liebt eure Feinde! Betet für jene, die euch verfolgen!«, und Salvatore sah, während der andere sprach, fast nichts außer diesem Gesicht vor dem Himmel, der die Nahtstelle des Universums war.

Alle, die das gehört hatten, waren sie im Innersten ihres Herzens getroffen. Denn dieser Mann sagte das wie einer, der die Macht dazu hat, und redete nicht wie einer ihrer Theologen.

8. Habt ihr nicht gelesen?

Nun zog er mit seinen Jüngern weiter. Unterwegs (das Land war wie immer von einer unbeschreiblichen, einer schwarzweißen Schönheit, so sehr, dass man von diesen Steinen hätte leben können wie von Luft und Liebe) wurde er ganz euphorisch:

»Ich preise dich, Vater, Herr des Himmels und der Erde, dass du dies nicht den Experten und Bescheidwissern dieser Welt offenbart hast, nicht den Zynikern und Schriftgelehrten, sondern den Kindern, den Unmündigen und Dummen, einfach so. Ja, Vater, so hat es dir gefallen.«

»Mir ist von meinem Vater alles übergeben worden; niemand kennt den Sohn, nur der Vater, und niemand kennt den Vater, nur der Sohn, und der, dem es der Sohn offenbaren will.« Und dann nahm er ein Kind – woher kam das? – auf den Arm, in diesem Augenblick begann die Violine mit *Erbarme dich*, und Judas guckte, wie Jesus das Kind zu sich nahm und es herzte. Und er sagte dazu: »Kommt alle zu mir mit eurem Kreuz und euren Sorgen und allen Lasten, und nehmt mich auf. Ich bin gar nicht schwer.«

Sie gingen weiter, durch Kornfelder. Seine Jünger hatten Hunger und aßen davon, und auch die Oliven, die sie den Bauern abgekauft hatten, ganz andächtig und spuckten die Kerne aus. Vornehme Leute kamen nun herbei, das musste ein Tross Schriftgelehrter sein oder Pharisäer. Sie waren immer näher gekommen, im freien Feld, und zuletzt waren sie ganz nah, so nah, dass sie ihre Fragen stellen konnten, ohne schreien zu müssen. Sie hatten schon gesehen, wie sich die Jünger Futter beschafften, Judas voran, und aßen, was ja verboten war, denn es war an einem Sabbat.

Der arme Judas hatte ja auch nur Hunger, war ja auch nur einer von ihnen, einer wie du und ich, einer von ihnen, mit denen Jesus Mitleid hat.

Salvatore wollte nicht, dass dieser Mensch verlorenging. Dass es darauf hinauslief, einen Sündenbock zu haben. Eine Erklärung für das Unerklärliche zu haben.

Judas musste auch gerettet werden: Er hatte doch gerade als Sünder Jesus am nötigsten.

Eine richtige Dostojewskijfigur war das.

Und alle, die wollen, dass alles gut wird, wollen auch, dass Judas gerettet würde, gerade er, der hatte es als Sünder am nötigsten.

Wenn einer übrig bliebe, wäre Jesus vergebens auf die Welt gekommen, dachte Salvatore.

Das Mitleid war die Königsregung Jesu und auch die Königsregung des Menschen.

»Ecco … Ihr da … Deine Jünger tun etwas, das am Sabbat verboten ist! Ist das erlaubt?«

Und er kam ihnen mit der Schrift: »Habt ihr nicht gelesen, was David und seine Leute taten, als er und sie Hunger hatten? Wie er in das Haus Gottes ging und wie sie die Brote aßen, die heiligen, die sie hätten niemals essen dürfen, niemand, nur die Priester? Und habt ihr auch nicht in der Tora gelesen, dass am Sabbat die Priester im Tempel den Sabbat entweihen, ohne schuldig zu werden dadurch? Ich sage euch: Hier habt ihr einen vor euch, der größer ist als der Tempel. Wenn ihr doch begriffen hättet, was das bedeutet: Barmherzigkeit will ich! Nicht Opfergaben! dann wären von euch keine Unschuldigen verurteilt worden, denn der Menschensohn ist der Herr über den Sabbat.«

Doch sie gaben sich noch nicht geschlagen. Sie sahen es, wie alle anderen auch (und auch die im Kino), wie sich nun einer auf Krücken heranschleppte, es war ein Elend, auch am Sabbat. Schon wieder diese Herzlosen, die ihn zur Rede stellten für das Verhalten dieses Krüppels (der selbst schuld war), und er hätte an diesem Tag auch nicht gehen dürfen, auch wenn er gekonnt hätte, nicht einmal humpeln. Nun wollten sie von ihm wissen, ob es erlaubt sei, am Sabbat zu heilen! Alles nur, damit sie ihn verklagen könnten. Und dann packte er sie beim Kragen: »Wer von euch wird sein Schaf (Auto?, dachte Salvatore), wenn es am Sabbat in eine Grube fällt, nicht auf der Stelle wieder herauszuholen versuchen? Ein Mensch ist doch mehr wert als ein Schaf. Deswegen ist es auch am Sabbat erlaubt, etwas Gutes zu tun.«

Dann heilte er mit ein paar Worten und Blicken diesen Mann, und die Phärisäer gingen und wollten Jesus erst recht weghaben.

Er hörte und sah nun zum ersten Mal, wie diese Pharisäer und Schriftgelehrten, die Theologen und Juristen mauschelten und davon sprachen, er müsse umgebracht werden. »Wir müssen ein Mittel finden, wie wir ihn beseitigen können.«

Jesus hörte es und ging weg von ihnen. Im Weggehen aber, zum *Gratias agimus tibi* aus dem *Gloria* der h-Moll-Messe, das unmittelbar mit der Heilung zusammenfiel, waren sie schon wieder unterwegs … zu dieser Musik schrie Jesus Folgendes geradezu hinaus:

(Es war ein Gedicht des Propheten Jesaja (Jes 42,1), damals schon über sechshundert Jahre alt. Er selbst war der Gemeinte.)

»Schaut her, das ist mein Knecht, mein Geliebter.
Erwählt habe ich ihn: er ist es, der mir gefiel.
Ich werde mich auf ihn legen mit meinem Geist
Und er wird es sein, der den Völkern verkündet,
was Recht ist.
Er wird nicht schreien und nicht streiten
Und seine Stimme wird nicht zu hören sein
auf der Straße.
Das geknickte Rohr nicht zerbrechen wird er
Nicht löschen den glimmenden Docht
bis das Rechte Recht ist.
In ihm und seinem Namen wird den Völkern
Hoffnung sein.«

Wie Timi Yuro *If the Sun should tumble from the Sky,* so felsenfest. Ja dieser Mensch lebte, das ist wahr.

9. Noch ein Wunder: Fünf Brote und zwei Fische

Als Jesus hörte, dass man Johannes ins Gefängnis geworfen hatte, zog er sich nach Galiläa zurück.

»Er verließ Nazareth, um in Kafarnaum zu wohnen, das am See liegt, im Land Sebulon und Naftali.«

Die Gegend war sehr abgelegen, die Sonne schon untergegangen, und da waren Leute, die zu Jesus gekommen waren, zu Fuß, aus den Städten. Da sagte einer der Jünger: »Schick sie doch weg! Sie sollen sich etwas zu essen kaufen in den Dörfern.« Aber Jesus hatte Mitleid mit ihnen, überall, wo er hinkam, und immer, und er heilte sie überall. Seine Jünger aber waren allzeit vernünftige Menschen, Menschen. Sie argumentierten also, waren wie die vernünftigen Menschen, nicht wie Jesus oder der Dalai Lama. Er hatte Mitleid. Sagte: »Sie müssen nicht weggehen. Gebt ihr ihnen etwas.«

»Wir haben aber nur fünf Brote und zwei Fische!«

Auch Salvatore sah nun den dürftigen Korb – selbst Bernadette hätte an dieser Stelle kapituliert, sie konnte ja wunderbar drapieren und aus nichts etwas zaubern, aber da war nichts zu strecken. Nun schloss Jesus die Augen, wie Professor Keilbach, wenn er zu reden anhob und gleich etwas ganz Wichtiges sagte. Aber Jesus sagte nichts. Salvatore sah nur, wie jetzt die Jünger (einige waren richtige Magermilchkrüppel) in Körben und Wannen das Essen herbeischafften; gerade noch hatte man fünf Brote und zwei winzige Fische sehen können, die ein guter Fischer zurückgeworfen hätte in den See, das war alles.

Das war ein Wunder. Und wenn es kein Wunder war, so sah es doch danach aus, und das war sehr schön anzusehen, wie sie nun ganz andächtig waren bei ihrem Abendmahl, nur den Wind konnte man hören und die Geräusche der Essenden. Und keiner ging hungernd nach Hause.

Er selbst wollte nun beten, allein sein, schickte die Leute auf den Nachhauseweg. Dort sangen sie. Dachte Salvatore. »Bleib bei uns«, sangen sie. Eine Motette von Rheinberger, vierstimmig. Und die Jünger sollten mit dem Boot ans andere Ufer vorausfahren, und dann würde er nachkommen. Kaum unterwegs, gerieten sie schon in einen Sturm, der warf das Schiff hin und her, nicht viel mehr als in einer Nussschale saßen sie und hatten bald Todesangst, sie schrien laut nach Hilfe. Da kam Jesus auf sie zu, mitten im See, ging auf dem Wasser.

Judas, der mit dem Menschenverstand, sah aber nicht, was Salvatore, wenn auch nur einmal und auch nur eine sogenannte tausendstel Sekunde gesehen hatte: dass Jesus auf einem Floß ging, der Regisseur hatte es nicht besser hingebracht. Das war eben nicht Hollywood, nicht Mel Gibson. Und auch der Kameramann und der Cutter hatten diese tausendstel Sekunde übersehen, schon gut, macht nichts – das änderte gar nichts an Salvatores Glauben und seinem Verlangen, »Ja« zu sagen zu diesem Jesus, der mittlerweile auch ihn längst überwältigt hatte und ihm mehrfach in die Augen geschaut.

Judas, der mit dem Menschenverstand, schaute einmal hin, und dann noch einmal, und sagte sich: »Das ist ein Gespenst!« Und hatte wohl eine Angst, wie der Mensch vor zweitausend Jahren und die anderen schrien, vor Angst. So kam eine Angst zur anderen.

Da erkannten sie ihn, der »Habt Mut« sagte.

»Ich bin es!«

»Fürchtet euch nicht!«

Und nun, mit dem Übermut des Feiglings, kam Petrus auf die Idee, ihm auf dem Wasser entgegenzugehen, so etwas! »Wenn du es bist, dann befiehl mir, zu dir zu kommen!«

Und Jesus sagt: »Komm!«

Er geht auf ihn zu – und versinkt schon nach ein paar Schritten. Immerhin.

Er ging tatsächlich über Bord, war bekanntlich nicht sehr sportlich und schaffte es kaum. Doch bald musste er aufgeben, schon dabei, zu ertrinken, denn schwimmen konnte er auch nicht. Es blieb ihm nichts anderes übrig, als »Herr! Rette mich!« zu schreien, wie ein Ertrinkender aus Wasser heraus schreit. Denn er wollte leben und hatte mit dem Leben längst nicht abgeschlossen und hatte zu Hause auch eine Frau, die er so, wie er aussah, liebte, und eine Schwiegermutter, die auch ihr Futter haben wollte, wie Salvatore aus der Bibel wusste.

Und er hört, und die anderen, die alles gesehen haben, hören es auch, wie Jesus ihn mit den Worten »Du Kleingläubiger! Warum hast du gezweifelt?« sofort herauszieht, als wäre es nichts. Ein toller Fischer! Die anderen aber, die im Boot geblieben waren, warfen sich vor Jesus nieder und sagten:

»Wahrlich, du bist Gottes Sohn.«

Nun konnte Salvatore wieder kurz Johannes den Täufer sehen. Er lag in Ketten und Stroh. So war es damals wohl im Gefängnis.

Und dann, wieder am See, standen da Männer, sie sagen, sie seien Jünger des Johannes, von ihm aus dem Gefängnis geschickt, der es wissen will, und sie fragen Jesus: »Bist du es, oder sollen wir auf einen anderen warten?«

Im Film war nun ganz kurz eine aufreizende Frau zu sehen. Und dann sah er, wie die Johannesjünger sich vor Jesus aufstellten, und mit ihrer entscheidenden Frage kamen: »Bist du es, der kommen soll? Oder müssen wir auf einen anderen warten?« Und wieder mit dieser Bestimmtheit, gab er ihnen folgende Auskunft:

»Geht und sagt dem Johannes, was ihr gehört und gesehen habt, und hört und seht: Blinde, die wieder sehen, Gelähmte, die wieder gehen, Aussätzige werden vollkommen geheilt, Gehörlose hören wieder, und Tote stehen auf, und die Armen dieser Welt erreicht eine Frohe Botschaft, das Evangelium. Heil dem, der an mir nicht irre wird.«

10. »Was habt ihr denn sehen wollen? Ein Schilfrohr, das im Winde schwankt?«

Die Johannesjünger gingen. Und er fuhr fort:

»Was habt ihr denn sehen wollen, als ihr zu Johannes in die Wüste hinausgegangen seid? Ein Schilfrohr, das im Wind schwankt? Was habt ihr sehen wollen? Einen Mann in feiner Kleidung? Das habt ihr in den Palästen. Wozu seid ihr hinausgegangen? Um einen Propheten zu sehen? Ja, ich sage euch, ihr habt sogar mehr gesehen als einen Propheten – jenen, von dem es in der Schrift heißt: Ich sende meinen Boten vor dir her – er soll den Weg für dich bahnen.

Unter allen Menschen hat es keinen Größeren gegeben als Johannes den Täufer; doch der Kleinste im Himmelreich ist größer als er.

Seit den Tagen des Johannes bis heute wird dem Himmelreich Gewalt angetan, die Gewalttätigen reißen es an sich …

Ihr wisst, dass die Herrscher ihre Völker unterdrücken und die Mächtigen ihre Macht über die Menschen missbrauchen. Bei euch soll es nicht so sein, sondern wer bei euch groß sein will, der soll euer Diener sein, und wer bei euch der Erste sein will, der soll euer Letzter sein.

Denn auch der Menschensohn ist nicht gekommen, um sich dienen zu lassen, sondern um zu dienen und sein Leben hinzugeben als Lösegeld für viele.

Wer Ohren hat, der höre!«

Und Salvatore hörte es, blieb an diesem Satz hängen, wie bei einer Dichterlesung und war ganz und gar getroffen von diesem Satz: »Die Gewalttätigen haben das Himmelreich an sich gerissen.« Er dachte an diesen und jenen Fall.

Als Musik dazu konnte er die Hunde hören, den Wind, welcher der Cantus firmus war, die Wellen, die Kinder, auch eine Flöte. Jesus sprach weiter (fast schon war es nun ein

Selbstgespräch): »Womit soll ich diese Generation vergleichen?«

(Salvatore fragte sich, mit wem er seine Generation verglichen hätte, ganz bestimmt nicht mit Kindern. Oder doch?) Jesus: »Diese Generation gleicht Kindern, die auf dem Marktplatz anderen Kindern zurufen. Wir haben für euch Hochzeitslieder gespielt, aber ihr habt nicht getanzt. Wir haben Klagelieder gesungen, und ihr seid nicht verzweifelt. Von Johannes, der nicht isst und trinkt, sagt ihr: Er ist verrückt.«

»Der Menschensohn ist gekommen« (... so nannte er sich selbst), »er isst und trinkt« (was Salvatore viel sympathischer war) ... »und sie sagen: Dieser Fresser und Säufer, dieser Freund der Zöllner und Sünder!«

Und doch ...

Dann hob der Menschensohn an, zornentbrannt über so viel Unglauben und Stumpfsinn, diesen Städten, denen er am meisten seine Wunder gezeigt hatte, umsonst, denn sie lebten weiter, als wäre nichts, eine Rede zu halten, die hatte es in sich:

»Weh dir, Betsaida! Weh dir, Chorazin!« (Salvatore ergänzte: Weh dir, Fischbach am Bodensee! Weh dir, Bahnhofstraße! Weh dir, Oberndorf! Weh dir, Liechtenstein.)

»Wenn in Sodom diese Wunder geschehen wären, die du gesehen hast, dann stünde es noch heute. Ja, das sage ich euch: Der Gegend von Sodom wird es am Tag des Gerichts nicht so schlimm ergehen wie euch, wie dir!«

Salvatore sah nun eine Stadt. Es war die Heimatstadt! Und er machte den Städten, in denen er die meisten Wunder gewirkt hatte, Vorwürfe, weil sie nichts wissen wollten von seinem »Kehrt um!«

Sehr laut. Schrie es hinaus, mit einer Wut in der Stimme, furios.

»Ist das wirklich der Sohn Davids«, fragten sich und sagten sich die Misstrauischen.

Auf der Stelle schleuderte er ihnen sein: »Wer nicht für mich ist, ist gegen mich!« entgegen.

Und auch ein Zeichen verweigerte er ihnen, diesem Geschlecht, außer dem Zeichen des Jona. Und der war, das wussten sie, nach drei Tagen aus dem Bauch des Wals ausgespuckt worden.

Was ist das nur für ein Geschlecht! – Auch Salvatore sah, dass er hier nicht weiterkam: seine eigenen Leute waren das, die er mit Sodom und mit Ninive verglich. Dort war Jona gewesen, eine Stadt so groß, dass der Prophet, der gar keiner war, drei Tage zu Fuß unterwegs gewesen war von einem Ende zum anderen.

11. Deine Mutter wartet draußen

In dieses Sprachgestöber hinein, schon an der Grenze zum Geschrei, als redete auch er sich um Kopf und Kragen vor einer Zuhörerschaft, die ihm kaum mehr folgen konnte, kam der junge Johannes vorsichtig an ihn heran, um ihm, der mitten in seiner Rede war, zu sagen: »Deine Mutter ist vor dem Haus und will mit dir sprechen.« Salvatore fuhr einfach fort, über die unreinen Geister zu reden, und von Dingen, die Salvatore gar nicht recht verstand.

Jetzt versuchte es Johannes zum zweiten Mal. »Deine Mutter wartet draußen.« (Alles mit *Erbarme dich* unterlegt.) Vielleicht hatten seine Jünger den Liebling Jesu vorgeschickt, weil sie wussten, dass der am ehesten noch etwas erreichte. Doch nun kommt Jesus mit seinem »Wer ist meine Mutter? Wer den Willen meines himmlischen Vaters erfüllt, der ist für mich Bruder und Schwester und Mutter.«

Salvatore sah nun seine Mutter, die auch dieses Mal nichts sagte und so schaute, dass jeder im Kino wusste, dass diese Frau alles verstand. Dass die Jünger es nicht verstanden. Aber Salvatore verstand das.

12. Die Karawane zog weiter

Die Karawane zog weiter, heute da, morgen dort, kam einmal ganz nahe an seinem Elternhaus vorbei, das auch nicht aussah, als hätte es Mussolini zu seinem erklärt, und nicht wie ein Haus, an dem einer, der in der Welt glänzen wollte, eine Tafel angebracht hätte: »In diesem Haus verbrachte Jesus von Nazareth seine Kindheit und Jugend«, konnte sich Salvatore auch nicht vorstellen. Sie zogen einfach weiter, ohne hineinzugehen. Die Mutter kam gerade mit einem Korb heraus. Damals gab es den Thomaskantor noch nicht. Aber ein ganz bestimmtes Adagio setzte genau an dieser Stelle ein, wie seine Mutter sich an der Haustür zeigte, mit einem Korb kam sie aus dem Haus, als wäre es Zufall. Ein langer Blick, wie man ihn im Kino bis dahin auch nicht gesehen hatte, als hätten sie alle Zeit dieser Welt. So schauten sie sich mitten ins Gesicht. Und konnten Gedanken lesen, sie mussten gar nicht sprechen. Auch für die Leute im Kino nicht. Und dann zogen sie einfach weiter. Salvatore schmerzte das ein wenig, aber er erinnerte sich an das, was Jesus gesagt hatte, als er zum ersten Mal überhaupt etwas sagte in diesem Film und auch in dem Buch: »Es muss sein, damit sich erfüllt, was sich erfüllen muss.«

13. Ist das nicht einer von uns?

Dann waren sie in der Stadt. Es musste Nazareth sein. An einen Berg hingebaut. Wie eine der Städte im Land der Terroni. Die Angst vor der Malaria und anderen Feinden war dieser Stadt ins Gesicht geschrieben. Salvatore sah und hörte ein geschäftiges Treiben, einen Schmied hörte er heraus, sah einen Jesus, der lächelte, sah Kinder und Esel, und auch »eine Menge Volkes«. Und längst hatte sich bei ihnen ein Misstrauen eingeschlichen, die erste Stufe der Ablehnung. »Von wo kommt diese Weisheit?«, fragte einer, der ganz dumm aussah oder ein ganz dummes Gesicht machen konnte, ein geborener Schauspieler, sodass Salvatore zum ersten und einzigen Mal lachen musste in diesem Film, sodass sich der Mann in der ersten Reihe umdrehte. (Der Fragende war aber kein Verwandter Salvatores.) »Ist das nicht der Sohn des Zimmermanns?« Die andere: »Heißt seine Mutter nicht Maria?« Die Leute stellten sich nacheinander ihre Fragen: Von »Ist er nicht einer von uns?« bis »Ist das noch einer von uns?« Und Jesus, der Gedanken lesen konnte, sagte nun, ohne dass er ihre Fragen gehört hätte: »Es gibt keinen Propheten, der in seiner Heimat etwas gilt.« Das war aber schon ein Selbstgespräch. So wenig konnte er hier noch ausrichten.

Und Matthäus fügte wie einen Schlusssatz zu diesem Kapitel hinzu: »Und wegen ihres Unglaubens tat er dort nur wenige Wunder.«

14. Du sollst lieben

Nun kam der berühmte reiche junge Mann – von »Jüngling« stand bei Matthäus nichts – mit seiner Entourage an. Ganz langsam kam er von oben die Treppe herunter mit Gefolge,

Kopfputz, Tieren und sonstigem Anhang, eine richtige Tunte. Und sogleich wollte er Folgendes wissen:

»Meister, was muss ich tun, um das ewige Leben zu gewinnen?«, fragte er gar nicht scheinheilig wie die Schriftgelehrten, denn er wollte es wirklich wissen. Dieser gestylte Kerl, der schon einiges geschafft hatte (vielleicht war es auch nur eine Erbschaft), wusste, dass das, was er hatte und haben konnte, nicht alles war. Es fehlte noch etwas. Auf der Suche nach diesem Etwas war er. Zu dieser Frage hatte der Filmmusiker wieder zu *Erbarme dich!* gegriffen. Immer wieder *Erbarme dich*, in der Version der Matthäuspassion als Cantus firmus zum Auftritt dieser Tunte, an der Pasolini sich freute und auch: sich erbarmte. So viel Gold und Seide gab es doch gar nicht. Und genau so einer fragte nun: »Meister«, fragte er, »was muss ich an Gutem tun, um das ewige Leben zu erlangen?« Wer fragt, verdient Antwort. Die Gebote halten solle er. »Was für Gebote?«, fragte er.

»Du sollst nicht töten!
Du sollst nicht ehebrechen!
Du sollst nicht stehlen!
Du sollst die Wahrheit sagen!
Du sollst Vater und Mutter ehren!
Und: Du sollst deinen Nächsten lieben – wie dich selbst!«

Darauf antwortete der junge Mann: »Das alles habe ich getan. Was fehlt mir noch?«

Und kam Jesus mit seinem: »Wenn du aber vollkommen sein willst …« Und Jesus wurde dabei ganz mild, wie die Musik: Dann solle er auch noch alles verkaufen und das Geld den Armen geben. Dann solle er wiederkommen.

Das war zu viel (verlangt).

Der junge reiche Mann zog traurig ab, denn er hatte ein großes Vermögen, wie in der Bibel stand.

15. Ach, die Theologen

Die gutbestallten Theologen des Westens, die evangelischen noch ein wenig mehr als die katholischen, hielten das mit dem Geld und den Armen auch für eine spätere Zufügung, die der Interpretation bedurfte. Es gab eine Hierarchie der Wahrheiten im Evangelium. Und sie waren diejenigen, die wussten, wie die Stelle gemeint war. Das war ja alles längst wegerklärt. Das war nicht so gemeint. Man muss es richtig verstehen, sagten jene, die immer noch irgendwie etwas glaubten. Es wäre so schön!, sagten die Sehnsüchtigen unter den Ungläubigen. Und die anderen kamen auch noch zu Hilfe und sagten: Das hat er sowieso nicht gesagt. Das ist nicht von Jesus. Das ist eine spätere Zufügung mit ideologischer Absicht. Von Jesus gibt es nur zwei Wörter, die echt sind: »Vater« und »amen«. Der Rest stammt von den Evangelisten. Und die haben es aus irgendwelchen unbekannten Quellen zusammengeschrieben. Die Evangelisten sind Schriftsteller, die manchmal sehr schlampig recherchiert und das meiste ohnehin nur abgeschrieben haben. So ungefähr die Theologen, das wusste Salvatore aus den Vorlesungen. Alle waren auf ihre Art ungläubig geworden, ob ihnen dies ein Schmerz war oder nicht. Salvatore war das seit langem egal gewesen. Nun schmerzte es wieder.

16. Verstehe ich nicht

Und dann kam Jesus wieder mit so einer Zumutung, die allen galt.

Ich sage euch: »Eher kommt ein Kamel durch das Loch einer Nadel als ein Reicher ins Reich Gottes.« Das war es nämlich, was Jesus dem reichen Mann hinterherrief und für die

Jünger noch einmal wiederholte: »Eher kommt ein Kamel durch das Loch einer Nadel als ein Reicher ins Reich Gottes.« Da erschraken die Jünger, und alle, die diesen Satz seither hörten, erschraken ebenso. Auch Pasolini. Auch der Papst. Auch die Calvinisten bis nach Amerika erschraken zu Tode – »und was weiß ich«, dachte Salvatore, der an dieser Stelle auch wieder erschrak. »Wer kann dann überhaupt noch gerettet werden?« Da sah er sie an und sagte »Für Menschen ist das unmöglich. Für Gott nicht.« Jetzt hätte ihn Bernadette (mit der er bisher niemals über solche Dinge geredet hatte, sie war ja wegen der Steuer aus der Kirche ausgetreten, ohnehin evangelisch gewesen) »Verstehst du das?« gefragt. Und Salvatore hätte geantwortet: »Verstehe ich auch nicht.«

17. Menschen wie du und ich waren es, die er suchte und liebte, solche, wie dich und mich

Aber diese Kinder, die nun mit ihren Müttern ankamen, hätten es verstanden. Es war nämlich etwas, das gar nicht verstanden werden konnte und auch nicht verstanden werden musste. Leider war Salvatore kein Kind mehr und lebte in der Welt, in der die Erwachsenen das Sagen hatten. »Segne unsere Kinder!«, baten sie ihn. Kleine, freche Gesichter, und Hände, die ihn anfassen wollten, und vielleicht mit ihm spielen. Da lächelte er und segnete sie. Seine Cousine Claudia war auch darunter. Es hat ja nichts genützt. Wie das Salvatore schmerzte! Die Jünger aber, Menschen wie du und ich, hatten schon eine Position und versuchten, wie der Sekretär des Papstes, die Bitte um Audienz und Segen abzuwimmeln. »Weg mit euch!«, sagten sie genervt. »Holt eine Karte im Audienzbüro.« Und er, der nicht war wie die gewöhnlichen Menschen, wies seine Jünger zurecht: »Lasst sie zu mir. Denn solchen wie ihnen gehört das Himmelreich.« Und er segnete sie. (Bernadette, wenn sie gut aufgelegt war, sagte in einer solchen Situation »Ätsch!« und hätte den Jüngern die Zunge herausgestreckt, was Salvatore eine Ewigkeit nicht mehr gesehen hatte.)

18. Salome

Jetzt konnte Salvatore kurz Johannes den Täufer sehen, wie er sich im Kerker wälzte. Und dann schon bald das Fest im Palast, Musikspiel der Knaben, orientalisch, im Innenhof, andere brachten Speisen herbei, Festvorbereitungen. Und dazwischen noch einmal Johannes, die Vogelscheuche. Und dann eine mit ihren Reizen spielende Frau. Das war Salome. Mit ihrer Mutter auf Kleiderprobe. »Das wird dem König gefallen«: So schauten sie. Und dann sah er sie tanzen. Herodes, wie auch dieser Mann hieß, der gar kein König war, sondern Tetrarch, war hin und weg von ihr, der geile Alte, wie man ihn schon seit tausend Jahren kannte.

»Du hast einen Wunsch frei!« Dann war dieser Herodes aber doch entsetzt, als er hörte, was diese Göre von ihm wollte. Trotzdem: ein Ehrenmann hält sein Wort.

»Ich will das Haupt Johannes des Täufers auf einer goldenen Schüssel.« Sagte sie frech. Und Johannes wurde auf der Stelle enthauptet.

19. Gehen wir weg von hier!

Das Nächste, was Salvatore sehen konnte, war wieder die Szene am See. In einer Reihe, einer neben dem anderen standen sie, die Jünger des Johannes, von ihm zurück, und sagten gar nichts. Die Kamera ging vom einen zum anderen, und nun sah Salvatore, dass sie weinten. Johannes war tot. Diese Nachricht hatten sie von Johannes zurückgebracht. Da standen sie nun und weinten, die schönsten Jünger des ganzen Films. Und Jesus weinte auch.

»Gehen wir weg von hier!«, sagte er nur.

20. Der einsamste Mensch. Er nannte sich Menschensohn.

»Die Füchse haben ihre Höhlen, doch der Menschensohn hat nichts.« Zu sehen waren jetzt wieder im Vorbei: Überall Kranke und Alte und Schwache, Menschen, die verloren gewesen wären, kurz: das waren alles Nächste, denen zuliebe Jesus überhaupt hier war. Aber nun musste er auch einmal allein sein. Denn überall, wo er hinkam, waren sie schon und warteten auf ihn. Alles zu Fuß, aus den Städten an Orte, wo Fuchs und Hase sich gute Nacht sagten. Sie hatten zwar ihn, der sie heilte, aus Mitleid. Doch er hatte nichts und niemand und war inmitten dieser Scharen der einsamste Mensch auf der Welt, und gerade hier war es, wo er nun mit einem Schmerz in der Stimme vor sich hin sagte, dass auch die Füchse ihre Höhlen haben, er aber, zuweilen todmüde, finde nicht einmal einen Stein, auf den er sein Haupt legen könne. Und er sah schon Rauch aufsteigen, der allem ein Ende machte. »Heult, ihr Tore!«, und es folgte ein kleiner Weltuntergang.

Denn mit Johannes war auch ein Teil von ihm gestorben.

21. *Und ihr? Für wen haltet ihr mich?*

Aber nun kam wieder etwas ganz Wichtiges: in eine windzerzauste Gegend hineingefilmt. Im Buch war es die Gegend von Cäsarea Philippi, wo immer das sein mochte, nun war es hier. Es folgte eine der wichtigsten Stellen des ganzen Films, wenigstens für die Gläubigen, die katholischen Zuschauer, wenigstens für den Papst, dem Pasolini schließlich diesen Film gewidmet hatte. Und er zeigte ihm so, ließ ihn wissen, dass er, wenn er schon nicht glauben konnte, doch gerne geglaubt hätte und die Menschen lieb hatte, die glaubten.

»Für wen halten die Leute den Menschensohn?«, fragte Jesus seine Apostel, die um ihn herumstanden, mit einem Mal. Und dann wechselten sie sich ab (Salvatore hatte sich die einzelnen Apostel so schnell nicht merken können, außer den Hauptpersonen Petrus, Johannes und Judas) und sagten:

»Die einen für Johannes den Täufer.«

»Andere sagen, es sei Elija.«

»Und einige auch für Jeremia oder sonst einen Propheten.«

»Und ihr? Für wen haltet ihr mich?«

Da ging Petrus ganz langsam auf diesen Mann zu, in einer Landschaft wie damals bei der Versuchung, die ihn an *in the middle of nowhere* erinnerte, mit dem Wind als der einzigen Musik, ganz langsam ging er auf ihn zu und sagte:

»Du bist der Messias, der Sohn des lebendigen Gottes!«

Darauf legte ihm der Messias, der Sohn des lebendigen Gottes, die Hand auf die Schulter, während er dies sagte: »Selig bist du, Simon, Sohn des Jonas, denn nicht Fleisch und Blut haben dir das offenbart, sondern mein Vater im Himmel. Ich aber sage dir: Du bist Petrus, und auf diesen Felsen werde ich meine Kirche bauen, und die Mächte der Unterwelt werden sie nicht überwältigen. Dir werde ich die

Schlüssel des Himmelreichs geben; was du auf Erden binden wirst, das wird auch im Himmel gebunden sein, und was du auf Erden lösen wirst, wird auch im Himmel gelöst sein.«

Damit war Petrus in seinem Amt. Nur mit Salvatores Onkel ging die Geschichte anders weiter.

22. Ja!

Der Text war nun an einer Stelle angekommen, wo der gewöhnliche Verbraucher nicht mehr so einfach folgen konnte oder mochte; die Bilder aber waren so, dass Salvatore und auch den anderen, die dies nicht gesehen haben, wenn sie es gesehen hätten, auf der Stelle »Ja!« gesagt hätten und es geglaubt: dass dies der Messias war, der Sohn des lebendigen Gottes, wenn sie auch nach wie vor kein Wort davon verstanden hätten. Das war die Macht der Bilder. Die Augen besaßen Definitionshoheit über den Menschen. Und die Wörter waren oftmals nicht mehr als Bildlegenden.

Und er glaubte.

Und dann sagte er noch etwas so Merkwürdiges, was Salvatore wieder einmal nicht so recht verstand: »Sagt aber niemand, dass ich der Messias bin.«

23. Non sia mai

Sie gingen nun weiter. Schon nach ein paar Schritten, während in ihren Köpfen, auch in dem des Messias und in dem Salvatores, noch nachklingen mochte, was der Messias gerade gesagt hatte, blieb er stehen, drehte er sich um, weihte er sie in etwas ein: Er müsse nach Jerusalem gehen ... von den Ältesten, den Hohenpriestern und den Schriftgelehrten vieles erleiden ... er werde getötet werden. Aber am dritten Tag werde er auferstehen.

Petrus konnte sich das kaum anhören. »Das darf niemals geschehen!« (Non sia mai!)

Genau das dachte Salvatore auch. Doch Jesus herrschte den armen Petrus an, wie es bisher noch nicht vorgekommen war: »Weg mit dir, Satan! Du willst mich zu Fall bringen. Verschwinde! Denn du hast nicht das im Sinn, was Gott will, sondern was die Menschen wollen.« Sogleich wurde er wieder milder:

»Wenn einer mir nachfolgen will, nehme er sein Kreuz und folge mir nach!«

Und nun sah Salvatore auf einmal Ninetto Davoli mit einem Kind dasitzen und spielen, auf einer Wiese, und Ninetto freute sich wie immer und strahlte. Solche Menschen gab es auch, zum Glück. Die Gescheiten hätten aber so einen für dumm gehalten und hätten vielleicht »unterbelichtet« gesagt. Aber Jesus, Pasolini und Salvatore schien so einer wie Ninetto, schon der Name enthielt so viel Einfalt, genau der Richtige. Denn einer der Jünger wollte nun wissen, wer in diesem Himmelreich, von dem so viel die Rede war, der größte sei. Und Jesus musste nur auf das Kind und den Kindskopf zeigen und sagen:

»Wenn ihr nicht so werdet wie die, werdet ihr nicht in das Himmelreich kommen.« Unmittelbar darauf kam Jesus wieder auf seine Zukunft in dieser Welt zu sprechen. Fast im selben Wortlaut. »Wir gehen nun hinauf nach Jerusalem!« Dass der Menschensohn den Menschen ausgeliefert werde. Sie würden ihn töten. Am dritten Tag aber werde er auferstehen. Und die Todtraurigkeit der Welt kam über ihre Gesichter.

Den Schriftgelehrten und Ältesten des Volkes. Also den

Theologen und den Politikern, dachte Salvatore. Und so war es ja, das war die Geschichte.

Jetzt folgte eine ganze Reihe von weltberühmten Sätzen.

Seine Jünger wurden aber dadurch auch nicht glücklicher, eher noch aufgewühlter. Ein Trost war das nicht: »Wer eines dieser Kleinen verführt« … »Wehe der Welt mit ihrer Verführung! Es wäre besser, sie würden mit einem Mühlstein um den Hals in der Tiefe des Meeres versenkt« … Das war das Evangelium, das Salvatores erster Priester an Fronleichnam bei der Prozession über die blühenden Löwenzahnwiesen hinwegschrie. Das an sein Ohr wehte. Es gab noch kein Hightech wie auf dem Petersplatz beim *Urbi et orbi*. Salvatore musste an dieser Mühlstein-Stelle immer auch an Luther denken. »Wenn dich deine Hand oder dein Fuß zum Bösen verführt, dann hau sie ab und wirf sie weg.« Oder das Gleichnis vom verlorenen Schaf. Und dann hörte Salvatore wieder etwas, das dem Papst gefiel. Es waren ja die meisten Stellen, die dem Papst gefielen, in diesem Evangelium, das *Das Evangelium der Kirche* genannt wurde. Aber noch mehr Stellen enthielt dieses Buch von Matthäus, die den Papst und die Christen zu Tode erschrecken mussten: »Alles, was ihr auf Erden binden werdet, das wird auch im Himmel gebunden sein«, sagte er zu seinen Aposteln, als deren Erster gerade Petrus, der Mensch und Feigling, bestellt worden war.

Und wieder voller Trost: »Was ihr erbitten werdet, werdet ihr erhalten. Denn wo zwei oder drei in meinem Namen versammelt sind, da bin ich mitten unter ihnen.«

Und nun wollte Petrus noch wissen: »Wie oft muss ich meinem Bruder verzeihen? Siebenmal?« »Nein: nicht siebenmal. Siebenundsiebzigmal!«

Als Jesus diese Reden beendet hatte, verließ er seine Heimat. Er schaute sich noch einmal um. Es war zum letzten Mal. »Wir ziehen nun hinauf nach Jerusalem.«

24. Palmsonntag

Nur aus dem Mund der Kinder kam das Hosianna – wie in Psalm 8 vorausgesagt –, die Schriftgelehrten, die Erwachsenen schauten zu, und wenig später verhöhnten sie ihn: »Er soll vom Kreuz herabsteigen, dann glauben wir ihm.«

… Es war alles sehr schnell gegangen.

Vor und hinter dem König auf dem Esel und um ihn herum sangen sie, mit den Palmzweigen in ihren Händen wie im 118. Psalm:

»Hosianna dem Sohn Davids
Gesegnet sei er, der da
kommt im Namen des Herrn!
Hosianna in der Höhe.«

Sangen sie. Mittlerweile war die ganze Stadt Jerusalem in heller Aufregung über diesen Mann, der da ankam. »Wer ist denn das?«, fragten sie.

Die eine: »Wer ist das?«

Der andere: »Das ist der Prophet Jesus von Nazareth in Galiläa!«

(Also war auch das erklärt.)

25. Hinauf nach Jerusalem

Sie zogen hinauf nach Jerusalem viel Volk, Geschrei – und dazu das *Gloria* aus der heiligen Messe: *Laudamus te, propeter magnam gloriam tuam,* als Begleitung zur Abholung der Eselin.

»Es ist Jesus, der Sohn Davids!«, sagte eine Frau an diesem Palmsonntag.

Und jetzt wieder: die Eselin …

Da war noch eine Eselin und ihr Junges. Salvatore schickte zwei von seinen Jüngern: »Holt sie und bringt sie mir. Wenn jemand fragt, sagt ihr: ›Er braucht sie jetzt, und ihr bekommt sie wieder.‹« Das machten sie auch. Überall Wachen und Militär, bis an die Zähne, *da braute sich etwas zusammen*. Doch keiner schritt ein hier. Aber sie würden nicht mehr lange zusehen. Und sie würden diese Bewegung niederschlagen. Hier kam der Messias, ganz nah bei der Stadt, es waren wirklich viele Leute, und ein Taumel hatte sie erfasst, Jung und Alt. Auch noch die Kranken und die Alten, humpelten hinterher, ja, vor ihm her, auch die, die nicht mehr richtig gehen konnten, wie bei einer Prozession zu Hause.

Der König kam auf einem Esel.

So in Jerusalem einziehen? Aber so stand es bei den Propheten, und so sollte es sein.

Und er setzte sich auf dieses milde Lasttier. Sie streuten Blumen und Zweige, wie an Fronleichnam, und legten Decken und Tücher auf den Weg. Kinder riefen »Hosianna!« und jubelten wie auf einem Bild von Piero della Francesca, Fra Angelico, Botticelli oder van Eyck.

Wir sahen den Himmel offen. Wie Salvatore in Jerusalem einzog durchs Gat-ha-Rachamim, das Goldene, das Messiastor, das Tor des Erbarmens.

Jetzt waren sie fast angekommen. Grauer Stein, hoch oben. Wände und Mauern und in der Mitte ein Tor.

Jerusalem vor ihnen, jene Stadt »schaalu schalom bak!«, wie die Wallfahrer sagten – »jischlaju et-ohawajik«:

Der Wallfahrer, Jesus, er betete an dieser Stelle den Wallfahrtspsalm. (Das wusste Salvatore.)

Und nun war er da. »Nun stehen meine Füße in dir.«

Salvatore sah die Decken und die Tücher, die man vor ihm ausbreitete, die Hoffnung in den Augen der Menschen, die ihm vorauseilten, es war ein großer, vorauseilender Jubel. Alles seinetwegen. Alle waren da, die Welt war ganz und sang.

Es war eine große Gleichzeitigkeit, er sah und hörte, wie die Hoffnung mit der Erfüllung zusammenfiel. Kinder sangen »Hosianna!« und lachten übermütig und zupften an seinem Gewand mit ihren Händen und Augen.

26. Salvatore hörte und sah

Er hörte und sah die Stimmen, wie sie auch um ihn waren, bis hin zum Gesang dieser Frühlingsstimmen vom Bach am Fuß des Ölbergs, der an diesem Palmsonntag noch nicht versiegt war, aus dem Unterholz. Die Amseln sangen, als blühten sie. Und oben, im Blau, Johann Sebastian Bach.

»Cum Sancto spiritu in gloria Dei patris«, sangen auch sie, nur auf ihre Weise, das eine Lied, das war der Einzug ins Paradies.

Und nun ging er in den Tempel.

Er stieg von seiner Eselin, die hatte ihre Schuldigkeit getan, und verschwand aus der Geschichte, um für immer in ihr zu landen.

Ein anderer, der kein König war, hätte sich vielleicht geschämt, weil es auf einem Esel war. Er nicht.

27. Kaum war er durch das Tor: Schnitt!

Und er hatte immer noch im Ohr, was Salvatore als Erstes gesagt hatte: »Lass es zu, es muss geschehen, damit alles erfüllt wird.«

Um ihn herum wird es sehr laut gewesen sein.

Auch dies gehörte wohl dazu, »damit alles erfüllt wird«: Schafe blöken, Tauben fliegen davon, die Hohenpriester erscheinen. »Es steht geschrieben ...«

Als Salvatore sah, was sich da für eine Gesellschaft im Vorhof versammelt hatte, kippte plötzlich alles um. Da waren Viehhändler und Leute, die irgendwie mit Geld zu tun hatten.

»Geldwechsler und Tauben, bereit, geopfert zu werden.«

Wie Salvatore nun ihre Tauben davonfliegen ließ, ihre Tische umstieß und vorher noch die Tischtücher mit all den Sachen drauf zu Boden warf und riss (ja, so konnte er auch sein, dachte Salvatore, als hätte ihm Tante Mausi von ihrem Vater erzählt, wie er war, wenn er damals betrunken von der Wirtschaft heimkam.)

Gerade noch hatte Salvatore beim Einzug gelächelt und gehört, wie sie »Hosianna!« riefen. Und alles geschehen ließ, auch mit sich. Und Mitleid gehabt mit den zwei Blinden, und hatte dafür gesorgt, dass sie dies alles sehen: damit auch sie Augenzeugen dieses Einzugs in dieser Stadt wären.

Nun dies, wutentbrannt wie im Gedicht von Cecco Angiolieri: »Wenn ich Feuer wäre, würde ich die Welt verbrennen!«

»In der Schrift steht: Mein Haus soll ein Haus des Gebetes sein! Ihr aber macht daraus eine Räuberhöhle!«

Um ihn herum wird es sehr laut gewesen sein, und so war es auch nun, wie Salvatore hörte. Und dann!

Der Einzug der Kinder mit Lachen und Jubel und Palmzweigen wie im Heimkehrer-Psalm »Als wir träumten«.

Plötzlich ging die Tür auf, und wir sahen den Himmel offen.

Gratias agimus tibi, sang ein Chor – (das war das Vor- und Urbild für die h-Moll-Messe) und die Kinder jubelten dazu.

Ihr Cantus firmus war »Hosianna!« und eine Freude wie im Psalm 126 »Als wir träumten«, als die Gefangenschaft zu Ende war. Durch dieses Tor kam der Mensch wie hereingeschneit. Und Salvatore sah alles und lächelte.

Es waren Kinder, die »Hosianna!« riefen. Sie, die Zeugen, wie sie mit ihren Augen vor ihm standen. Und er lächelte, »was ich am Jüngsten Tag noch wissen werde«, dachte Salvatore.

Und dazu eine Musik, was sage ich!, Bach, er wollte alles in seinem Tagebuch festhalten. (Und am liebsten hätte Salvatore aus diesem Film, der doch nur die Verfilmung eines Buches war, und nicht irgendeines, es war das Buch der Bücher, wieder ein Buch gemacht.)

28. Es war eine große Gegenwart

Vor allem die Kinder hatten ihren Tag, sie tobten und schrien mit ihren Palmzweigen, und er lächelte. Es war zum letzten Mal.

Die Schriftgelehrten sahen es, die allerhöchsten Schabracken, die im Tempel das Sagen hatten, sagten nun: »Er muss weg!«, und waren außer sich wegen all der Wunder und wie die Kinder die ganze Zeit »Hosianna dem Sohn Davids!« riefen, wie es geschrieben stand (das war aus dem 118. Psalm).

»Hörst du, was sie rufen?«

Jesus antwortete ihnen:

»Ja, ich höre es. Habt ihr nie gelesen:

Aus dem Mund der Kinder und Säuglinge schaffst du dir Lob?« (Das war schon wieder ein Psalm.)

Und er ließ sie stehen und ging aus der Stadt hinaus nach Betanien; dort übernachtete er.

29. Bald kehrte er in die Stadt zurück und hatte Hunger

Doch an jenem Feigenbaum fand er nur Blätter. Und er verfluchte ihn: »In alle Ewigkeit sollst du keine Früchte mehr tragen!«

Judas sah nun, wie dieser Baum verdorrte, an dem er sich wenig später erhängen würde. Das war schon jetzt klar. So deutlich zeigte der Kameramann diesen Baum. Das Evangelium war ja kein Krimi. Judas wunderte sich ein letztes Mal: »Wie kann das sein?« Er fragte wie ein gewöhnlicher Mensch, der Augen hat und einen Verstand, der Arme.

Dann fragten sie bald, wieder die Pharisäer und Schriftgelehrten: »Mit was für einer Vollmacht tritt der denn auf und tut er das?«

Und dann kamen all diese berühmten Fragen, nach der kaiserlichen Steuer, nach der Auferstehung der Toten und nach dem wichtigsten Gebot, hier noch einmal:

Einer, ein Jurist, wollte ihn noch einmal aufs Glatteis führen mit folgender Frage:

»Meister, welches Gebot im Gesetz ist das wichtigste?« Jesus antwortete artig: »Du sollst den Herrn, deinen Gott, lieben mit ganzem Herzen, mit ganzer Seele und mit all deinen Gedanken. Das ist das wichtigste Gebot. Genauso wichtig ist aber das zweite: Du sollst deinen Nächsten lieben wie dich selbst. An diesen beiden Geboten hängt das ganze Gesetz.«

Da konnten diese Juristen gar nichts machen, das war hieb- und stichfest, wie sie sich sagen mussten, genau so stand es geschrieben. Aber ihre Nachfolger, die Theologen, Kirchenrechtler, Dogmatiker und Exegeten wandten dann zweitausend Jahre ihren Scharfsinn auf, um auch diese Stelle zu drehen und zu wenden, bis nichts mehr von ihr übrig war und kein Mensch sie mehr verstand, außer einem Idioten.

Jesus hatte längst erkannt, dass er bei diesen Leuten nichts erreichte. Also hielt er ihnen noch einmal eine große Rede, deren einzelne Abschnitte immer mit »Wehe euch, ihr Schriftgelehrten und Pharisäer, ihr Heuchler!« begann, sich steigernd bis zu »Razza di vipere! – Ihr Schlangenbrut!«

Er begann so:

»Die Schriftgelehrten und die Pharisäer haben sich auf den Stuhl des Moses gesetzt … sie reden nur und tun nicht, was sie sagen … sie schnüren schwere Lasten zusammen … legen sie den Menschen auf die Schultern … wollen selbst aber keinen Finger rühren. Alles, was sie tun, machen sie, um gesehen zu werden dabei … bei den Empfängen möchten sie immer den Ehrenplatz und mit Titel angeredet werden … wollen ›Rabbi‹ genannt werden … Ihr aber sollt euch nicht Rabbi nennen lassen … Der Größte von euch soll euer Diener sein …«

Nun konnte Salvatore sehen, wie viele gekommen waren, ihn zu hören, an einer Ecke der Stadt, gar nicht so weit vom Tempel. Soldaten marschierten auf, und seine Stimme wurde immer heftiger, steigerte sich hinein. Er wusste, dass es das letzte Mal war.

Die Soldaten gähnten und streckten sich, spuckten gelangweilt vor sich hin.

Er hatte aber auch Zuhörer, die von der Sehnsucht nach dem ganz anderen erfüllt waren. Über deren Gesichter bei jedem seiner Sätze ein Glanz ging, einst, und jetzt auch.

Auch sagte er, ungefähr so: »Ihr wisst, dass die Herrscher ihre Völker unterdrücken und die Mächtigen ihre Macht über die Menschen missbrauchen.« Auch mit diesem Satz musste Salvatore leben.

30. Jerusalem, Jerusalem

Das war der letzte große öffentliche Auftritt, endend mit dem Nebensatz »… von Abel bis zum Blut des Zacharias … den ihr im Vorhof zwischen Tempel und Altar ermordet habt.« Das war mehr geschrien als geredet. Und seine Wehe!-Rufe gingen auf der Stelle in ein Klagelied über:

»Jerusalem, Jerusalem!« Das war die Stadt, die er liebte.

»Kein Stein wird auf dem anderen bleiben. Wie eine Henne … habe ich … wollte ich … doch du …

Von jetzt an werdet ihr mich nicht wiedersehen, bis ihr ruft: ›Gesegnet sei er, der kommt im Namen des Herrn!‹«

Nun verlangten sie den Tod. Es war klar, dass er sterben musste.

31. Der arme Judas

Die Jünger saßen nun mit ihm zusammen und wussten auch nicht, wie es weitergehen sollte. Wie gelähmt saßen sie. Eine Frau kam mit einem Gefäß herein. Kostbarstes Öl und Parfüm. Im richtigen Leben war das Elsa Morante, die Mutter von Johannes, dem Jünger, den Jesus liebte. Aber nein: Salvatore wusste, dass dies das richtige Leben war.

Der arme Judas musste wieder einmal den Spielverderber geben. »Wozu diese Verschwendung! Man könnte ja das Geld den Armen geben!« (Doch nur im Film: denn bei Matthäus waren es mehrere Jünger, die maulten.) Aber sogleich wurden sie alle von Jesus zurechtgewiesen. Er rühmte diese Frau nun über alles. Überall, wo das Evangelium in der Welt dereinst verkündet werde, werde der Mensch sich ihrer erinnern. Darauf reichte es dem Judas. Er ging hinaus, zu den Hohenpriestern, und fragte: »Wie viel? *How much*?« … wenn er ihnen verriete, wie sie ihn bekommen könnten. Anscheinend hielt er sich mit den Jüngern mittlerweile versteckt, was bei dem vorangegangenen Tumult nach der Rede auch kein Wunder war. Salvatore hatte gesehen, wie es zu Verhaftungen gekommen war.

Wie Judas strahlte, das war fast wie Glück, als er die Summe hörte.

Und dann das Mahl. Das letzte Abendmahl wäre ein ganz gewöhnliches gewesen, wenn sich nicht eine Schwermut über alle gelegt hätte, und Jesus wusste noch mehr. Aber keiner weinte. Nur Salvatore, aber man sah es nicht, beim Satz: »Einer von euch wird mich verraten …«

Und dann: »Nehmt und esst und trinkt … Das ist mein Leib«, sagte er. Und die Jünger begriffen endlich, was das für ein Abendmahl war.

Musik war zu hören, Paschalamm-Musik, hebräisch. Gesungen wie geweint.

Dann machten sie sich zum Ölberg auf. Nach dem Lobgesang gingen sie zum Ölberg hinaus.

Nun kam das *Erbarme dich* aus der Matthäuspassion wieder, und noch nie war es so schön, zum Mitweinen, denn wie nebenbei kündigte Jesus an, dass Petrus noch in dieser Nacht, noch ehe der Hahn krähte, ihn dreimal verleugnen werde. »Und wenn ich mit dir sterben müsste! Ich werde dich niemals verleugnen.« Das sagte der Arme nun. Und alle anderen sagten dasselbe. Judas war mittlerweile schon gegangen. Und Jesus sagte gar nichts. Dachte wohl immer noch an das, was er einst zu Johannes den Täufer sagte von dem, was geschehen muss.

Nun war es ganz dunkel im Saal. Sie waren am Ölberg. Getsemani und nichts, gar nichts, das unheimliche Rauschen der Nacht, völliges Dunkel; man hörte und sah sie schon kommen, und auch das, was kam.

Es war die Todesangst, er flehte seine Jünger an: »Wacht doch mit mir! – bleibt doch!«, zitterte, ging ein paar Schritte weg, wusste auch nicht, betete, nein, flehte: »Mein Vater« in die Weltnacht hinein, da hörte Salvatore die Stimme des Menschensohnes, als wäre sie allein für seine Ohren bestimmt: »Mein Vater, wenn es möglich ist … Dein Wille geschehe …«, und die Jünger, allen voran Petrus, schliefen derweil. Vielleicht nur, weil sie am liebsten tot gewesen wären. Wie sie Salvatore verstand! Jesus kam wieder zu ihnen und sah, wie sie schliefen; »Nicht einmal eine Stunde konntet ihr mit mir wach bleiben?«

Dann wieder, zum zweiten Mal: »Mein Vater, wenn es möglich ist …«. Aber seine vier wichtigsten Jünger waren schon wieder eingeschlafen, die Augen waren ihnen einfach zugefallen, wie Salvatore sehen konnte, genau so, wie es in der Schrift stand. Und dann, ein drittes Mal, Jesus ging noch einmal an seinen Platz, wie oft war das Bild gemalt worden, oder in Holz und Stein: Er, mit der Todesangst in den Augen, und sie, die schlafen: »Mein Vater, wenn es möglich ist, dann lass diesen Kelch an mir vorübergehen« zum dritten Mal, genauso. Und noch ein letztes Mal kam und sah sie Jesus daliegen: »Schlaft ihr immer noch? Ruht euch aus?« Zur Todesangst kam nämlich auch noch der Schmerz der Enttäuschung, der unbeschreiblichen. »Steht auf!«, sagte er nur, »die Stunde ist gekommen«. »Kommt, gehen wir!« »Da kommt schon der Verräter«. Dann kamen sie. »Sei gegrüßt, Meister!« (Man hörte es nur.) Nun ging es ganz schnell, wie ein Abholen, eine Verhaftung bei Nacht. Wie beim Geheimdienst. (Ein grauenhafter Realismus. Wie bei der Hinrichtung von Elena und Nicolae Ceauçescu. Das ist der Mensch, dachte Salvatore nur.)

Da gingen sie auf Jesus zu, ergriffen ihn und nahmen ihn fest. Doch einer von den Begleitern Jesu zog sein Schwert, schlug auf den Diener des Hohenpriesters ein und hieb ihm ein Ohr ab. »Steck dein Schwert …« Immerhin: Einer von ihnen hatte es versucht. Aber diese Art von Hilfe wollte Jesus nicht, der seine Jünger wissen ließ, dass sein Vater sogleich zwölf Legionen von Engeln schicken würde. Aber es müsse erfüllt werden.

»Wie gegen einen Räuber seid ihr ausgezogen! Tag für Tag saß ich im Tempel und lehrte … und ihr habt mich nicht verhaftet …«

Und nun folgte in der Schrift der Vers, den Salvatore im Film nicht sah, plötzlich war er mutterseelenallein.

»Da verließen ihn alle Jünger und flohen.«

Alle, die er damals am See zu sich gerufen hatte.

Petrus sah aus seinem Versteck, wie er abgeführt wurde, und schlich hinterher, ziemlich ramponiert, denn es war nun schon Morgen, Morgen des Karfreitags, nicht gewaschen, Dreitagebart, hatte vielleicht Heimweh nach seinem Boot am See Genezareth.

Es folgte das Verhör vor dem Hohen Rat. Es war schon wieder hell geworden mittlerweile. Bald im Hof des hohepriesterlichen Palasts: Petrus mischte sich wieder unter die Leute, verfolgt alles von ferne. Keine Musik. Vogelgezwitscher. Zikaden. Petrus sah weiter zu. Wie falsche Zeugen auftraten: »Auch ich habe das gehört …« »Dieser hat gesagt …« Jesus sagte kein Wort darauf. Der feine Hohepriester sagt: »Du sagst nichts?«, und will es wissen: »Bist du es, der Messias, der Sohn Gottes?« – An dieser Stelle bricht Jesus sein Schweigen und sagt: »Du sagst es.« – Ja, so einfach redete er. Aber dann doch diese Ungeheuerlichkeit: »Von nun an werdet ihr den Menschensohn zur Rechten der Macht sitzen sehen …«

Da zerriss der Hohepriester sein Gewand: »Er hat Gott gelästert.«

Dreimal bestemmiato!!! Alle haben es gehört! »Wir brauchen keine Zeugen mehr.«

Alle sagten nun: Er ist des Todes schuldig! È reo di morte! nacheinander, einer nach dem anderen, Frauen hörte Salvatore nicht. Nur Männer. Die Passionsgeschichte war eine Männergeschichte, bis auf den Schmerz. Da waren die Frauen außer ihm und dem Jünger, den er liebte, die Hauptpersonen.

Jetzt folgte die Verhöhnung Jesu. Es gab Schläge und Ohrfeigen. Wieder waren es Männer: … da spuckten sie ihm ins Gesicht, seine Brüder.

Die Soldaten löffeln noch schnell eine Suppe.

Bald sagte Petrus, auch so ein Mann, der sich die ganze Zeit duckte, zum ersten Mal: »Ich kenne diesen Menschen nicht!« Und dann noch einmal. Und dann noch einmal. Und dann hörte er den Hahn krähen. Und Petrus rannte fort, hinaus.

Wie er nun weinte! Wer da kein Mitleid gehabt hätte mit diesem »Fels«? An eine Mauer gekauert, bitterlich. (Dazu Musik: *Erbarme dich* als Cantus firmus der Passionsgeschichte.)

Auch Judas sah es, wie der Mann, der zu ihm »komm!« gesagt hatte, zum Tode verurteilt und an das römische Gericht überstellt wurde. Es tat ihm nun von Herzen leid, er ging zu den Hohenpriestern und wollte alles rückgängig machen. Aber die wollten nichts mehr von ihm wissen. Und er warf das Geld vor ihre Füße.

Und rannte hinaus. Aber nicht zum Weinen.

Zu jenem Feigenbaum. Und machte Schluss. Keine Musik. »Wenn das alles ist, ist alles nichts, ist die Erlösung umsonst, und ich will kein Christ sein«, dachte Salvatore mit Tränen in den Augen. Und der Kameramann zeigte nun auch das Gesicht des Jüngers, den Jesus liebte, mit Tränen in den Augen, als er sah, wie Jesus im Hof stand, nun schon bei Pilatus.

Der fragte: »Bist du der König der Juden?«, und er sagte: »Du sagst es«, was so viel wie »ja« bedeutete.

Pilatus konnte mit diesem Jesus nicht viel anfangen, er war ihm lästig, stellte der Menge, die man sich immer dazu denken muss, die Salvatore in Aufruhr sah, nun die Entscheidung frei, ob er Jesus oder Barabas, der ein berüchtigter Verbrecher war, freilassen sollte. Alle schrien: »Barabas!«

»Und was soll ich mit Jesus machen?«

»Ans Kreuz mit ihm!«, schrie der Mob, wie man ihn zu allen Zeiten fand und überall, auch auf dem Platz der Revolution, wo sie »An die Laterne!«, schrien, und keiner, der dazwischengefahren wäre mit dem Wort »Erbarmen!«.

Wieder die Augen des Johannes. Aber mit seinen Tränen konnte er gegen das, was sein musste, nichts ausrichten.

Es folgte der Triumph der Meute, die Geißelung und die Dornenkrönung durch die römischen Besatzer, die Folterer in ihrem Element, dazu ein einziger Satz, den Salvatore hörte, ja sah: »Heil dir, König der Juden!« Als hätten sie irgendwelche Drogen gefressen, in einem solchen Verhöhnungsrausch waren sie.

Jesus mit dem Kreuz. Eine tobende Meute. Auch Johannes und Maria. Einer, der aussah wie Pasolini, half ihm das Kreuz zu tragen. Ein irrsinniges Geschrei. Weiter draußen dann weniger Leute. Keine Menschenstimmen mehr. Salvatore sah bis nach Golgatha hinauf. Einer hing schon, ein weiterer wurde gerade gekreuzigt. Da machte Salvatore die Augen zu. Und dann war er an der Reihe.

Und alle sahen es.

Sein Geschrei und eine gewaltige Musik von Mozart vermischten sich. Maria und Johannes am Zusammenbrechen. Jesus wurde ausgezogen und auf das Kreuz gelegt. Noch so ein entsetzlicher Schrei. Die Aufrichtung. Eine triumphale Musik als Cantus firmus.

Von der sechsten bis zur neunten Stunde herrschte eine Finsternis im ganzen Land. Um die neunte Stunde rief Jesus laut:

»Eli Eli lema sabachtani?« (Das war der 22. Psalm, der so aufhörte: »Aufleben soll euer Herz, für immer«.)

»Wir wollen sehen, ob Elija kommt und ihm hilft.« Sagte einer, der immer noch nichts dazugelernt hatte. Solche Leute gab es immer. Doch er kam nicht. Er schrie noch einmal auf und war tot. Das Leben war eine Passionsgeschichte. Und die war nun zu Ende.

An dieser Stelle sang seine Großmutter immer »O Haupt voll Blut und Wunden«, als wäre es ihr Wiegenlied.

Nun brach die Welt zusammen, Salvatore sah, wie die Erde bebte und die Felsen sich spalteten, und auch, wie das Ende mit der Erfüllung der Verheißung des Propheten zusammenfiel; und er hörte jene gewaltige Musik, die dem Menschen, der nicht verstand, die Ohren öffnen konnte, und Salvatore hörte dazu eine Stimme. Sie kam aus dem Off. Es war die Stimme des Propheten Jesaja:

»Hören sollt ihr, hören.
Aber nicht verstehen.
Sehen sollt ihr, sehen.
Aber nicht erkennen.
Denn das Herz dieses Volkes hat sich verhärtet, und mit
seinen Ohren kann es kaum noch etwas hören. Und ihre
Augen sind zu, damit sie mit ihren Augen nicht sehen
müssen und mit ihren Ohren nicht hören.
Damit sie in ihren Herzen nicht erkennen.
Auf dass sie nicht umkehren und ich sie nicht heile.«

Aus der letzten Verszeile konnte Salvatore, der Theologe, noch bei einem das »Kehrt um!« heraushören, und im Wort »heilen« war Name und Programm Jesu enthalten. An dieser Stelle wich der Film das einzige Mal vom Text ab, der hier, am Ende seines Lebens, viel prosaischer war: »Jesus aber schrie noch einmal laut auf. Dann hauchte er den Geist aus«, hieß es da.

Aber der Passus der Berufung des Propheten Jesaja, von dem die Christen lange glaubten, er habe Jesus vorausgesagt wie keiner sonst, stand auch bei Matthäus, und zwar dort, wo Jesus sagt, dass er nun in Gleichnissen zu ihnen reden müsse, das war im Buch ein halbes Leben zuvor gewesen, auch schon ein Zitat:

»Deshalb rede ich zu ihnen in Gleichnissen, weil sie sehen und doch nicht sehen, weil sie hören und doch nicht hören und nichts verstehen. An ihnen erfüllt sich die Weissagung Jesajas«, so Jesus in seiner Rede über das Himmelreich, Kapitel 13.

Wie Pasolini und Salvatore vom Lesen, ja Studium des Evangeliums wussten. Dort ging es so weiter: »Ihr aber seid selig, denn eure Augen sehen und eure Ohren hören. Amen, ich sage euch: Viele Propheten und Gerechte haben sich danach gesehnt zu sehen, was ihr seht, und haben nichts gesehen, und zu hören, und haben nichts gehört.«

Genau diese Stelle musste man sich hier dazu denken. Pasolini hat die Musik sprechen lassen. (Sie war wohl von Mozart, hätte aber auch von Schubert sein können.)

Und dann sagte einer von denen noch, die es hatten so weit kommen lassen, sagte dann doch: »Wahrhaftig, das war Gottes Sohn.« Wer Ohren hat, der höre!

Nun wurde Jesus zu einer russischen Kirchenmusik, als hätten die das Leiden am besten verstanden, vom Kreuz genommen.

Von den Jüngern war, außer dem, den Jesus liebte, weit und breit keiner zu sehen. Die Frauen: alle. Dazu ein paar Männer wie Bestattungsunternehmer.

Sie legten ein großes weißes Leinentuch auf den Boden. Wickelten ihn in dieses Tuch und trugen ihn auf einem staubigen Weg davon. Franziskaner waren es, diese Leichenträger. Vielleicht die Patres, die Pasolini beim Film geholfen hatten, damit alles seine theologische Richtigkeit hatte. Dann legten sie ihn in jene Höhle. Niemand sagte etwas. Irgendwann gingen sie zurück und waren nichts mehr. Die Wachen schliefen. Warum da Wachen waren, hatte der Film weggelassen. Und auch sonst einiges, was bei Matthäus noch stand und »nichts zur Sache tat«, hätte Bernadette vielleicht gesagt.

Nun aber noch ein Wunder, und warum nicht mit einem Wunder aufhören!

In aller Herrgottsfrühe (von da kam das alte Wort) ein Licht: die Auferstehung.

(Ging auch ganz schnell.) Und schon stand ein Engel am leeren Grab und sagte ihnen, es waren Frauen, er sei nicht da. Er sei auferstanden. Und dann zeigte dieser Engel den Frauen das leere Grab. Es war derselbe schöne Engel vom Anfang. Der Geschichte mit seinem »Fürchte dich nicht!«. Sie sollten nun die Jünger holen. Jesus warte auf sie in Galiläa.

Die elf Jünger gingen also nach Galiläa auf den Berg, den Jesus ihnen genannt hatte. Judas war ja nun nicht mehr dabei, Salvatore vermisste ihn. Nun hätte es also keinen mehr geben dürfen, der noch zweifelte. Einige aber hatten Zweifel. Die aber lösten sich im *Gloria Dei Patris* auf. Und genau jene Feldarbeiter, denen er auf dem Weg an den See begegnet war mit seinem »Kehrt um«, waren umgekehrt und kamen nun und rannten mit ihren Gabeln, Sensen und Rechen zum

Auferstandenen hin, als wäre es nach Hause. Und dort sahen sie ihn. Dann sagte er noch zu ihnen: »Geht zu allen Völkern, macht alle Menschen zu meinen Jüngern, tauft sie auf den Namen des Vaters und des Sohnes und des Heiligen Geistes und sagt ihnen, sie sollen alles tun, was ich euch gesagt habe.« Umkehren sollen sie. Und dann noch: »Seid gewiss: Ich bin bei euch alle Tage bis zum Ende der Welt.«

33. Ich bin bei euch alle Tage bis zum Ende der Welt

Mit diesem Versprechen verließ Salvatore das Kino nach einem Film auf dem Nachhauseweg, als wäre dieser nun endlich der richtige. Salvatore war nun erfüllt von einem Dazugehörigkeitsverlangen.

Dass sein Leben ein einziges Warten gewesen war, das empfand er, und dass seine Sehnsucht so groß gewesen war, dass er es nicht einmal wusste.

Erfüllt von einer Musik, in der das Hoffen auf ein Kommen mit dem Kommen zusammenfiel, die Sehnsucht mit der Erfüllung. Es war eine große Gleichzeitigkeit, in der die Vergangenheit und die Zukunft mit der Gegenwart eins waren. »Die Welt und ich«, dachte er.

Noch am Morgen hatte er über den Radioprediger gelacht oder den Kopf geschüttelt, der gesagt hatte: »Die heilige Theresa hat es wunderbar zusammengefasst: ›Du, Gott, und ich, wir sind immer in der Mehrheit.‹« Und dann auch hier in diesen Christihimmelfahrtsnachmittagssaal. Sie muss sehr einsam gewesen sein, dachte er. Oder etwa nicht?

Doch selbst der Tod wäre, dies empfand Salvatore nun, das heißt, das Sterben, vielleicht auch nur eine Prüfung, die auf ihn wartete, wie die Messer-Impfung mit zwölf, vor der er ein Kinderleben lang Angst gehabt hatte, vor der Pockenschutzimpfung, wie die Mediziner sagten, und anschließend könnte er sich sagen wie einst, als es vorbei war: »Es war doch gar nicht so schlimm.«

Und sollte er bis dahin einmal einen Roman schreiben, dann wäre es ein Roadmovie, denn sein Leben war ein Roadmovie, in dem das Fahren mit dem Sehen und das Leben mit dem Sterben zusammenfiel. Und es blieb ihm, wie dem Jünger, den Jesus liebte, nichts anderes übrig, als zu glauben: »Er sah und glaubte.« Mindestens so lange, bis er zu Hause war. Und möglicherweise auch noch darüber hinaus. »Bleib!«, sagte er vor sich hin. Noch vor dem Schlafengehen wollte er Bernadette es und alles sagen. Und mit diesem »es und alles« lebte er nun weiter und war er bald zu Hause.

II. Dazugehörigkeitsverlangen

Aber nun schämten sich schon seit Jahren die Funktionäre
für die Ungereimtheiten der Bibel, schon seit Luther,
nein, seit Adam und Eva. Sie schämten sich für
die Ungereimtheiten eines Buches. Was war das schon,
gemessen an den Ungereimtheiten der Welt!

Arnold Stadler, *Sehnsucht. Versuch über das erste Mal*

1. Pier Pasolini
Das Evangelium nach Matthäus
Buch, Film und Leben

1. Ich bin bei euch alle Tage
Prolegomena

Als Salvatore aus diesem Film *Das Evangelium nach Matthäus nach Pasolini* kam, war er ein anderer.

Das hätte sein erster Satz sein können.

Und so hätte es weitergehen können:

Käme er heute und lebte, hieße sein Jünger Jakobus wahrscheinlich Jack und wäre auch nicht Fischer und barfuß, sondern vielleicht Unternehmensberater, wäre also ein ganz gewöhnlicher Verbraucher, der mit seinen Aktien lebt, Skifahren geht, auf den Anruf des Lebens wartet, rund um die Uhr online ist und sich immer wieder mit einer Enttäuschung schlafen legt.

Und das Publikum dieses Mannes, der an jenen See kam, jeden Einzelnen dieser Menschen mit Namen ansprach und »Komm, gehen wir. Folge mir nach!« sagte, wäre ein Fernsehpublikum.

Der durchschnittliche Mensch, mit dem er es zu tun hätte, wäre der Nichtleser, der kein Buch mehr liest, auch die Bibel nicht.

Der Durchschnittsmensch wäre der saturierte Verbraucher, der mit dem Weltbild der Stiftung Warentest ausgestattet ist.

»Mit dem kommen Sie aber einem Mann nicht bei, der

mit Dämonen kämpfte.« So einer war jener Jesus nämlich auch, der in einem Film von Pier Paolo Pasolini aufs unvergesslichste vergegenwärtigt ist. Als wäre der ganze Film die Übertragung, ja der Beweis eines einzigen Satzes dieses Buches, welches das Matthäusevangelium vor allem ist, des Schlusssatzes nämlich:

Ich bin bei euch alle Tage bis zum Ende der Welt. (Mt 28,20)

Das hätte sein erster Abschnitt sein können.

Aber nun geht es so weiter:

Früher hat sich der Mensch in unseren Breiten die Seele gewaschen, sooft es ging.

Heute duscht er sich. Sündigen heißt so viel wie: Ich habe zu viele Süßigkeiten gegessen. Ich habe gegen die Gebote der Weight Watchers verstoßen. Es gibt auch viel mehr ADAC-Mitglieder als evangelische Gläubige. Der Ikeakatalog ist das meistgelesene Buch, außer dem Telefon- und Branchenverzeichnis vielleicht. Die Gideon-Bibel liegt da und dort noch ungelesen im Hotelnachttischchen. Tabus gibt es keine mehr, außer Gott und dem Bankkonto vielleicht. Es gibt heute die perfekte Mülltrennung bis hin zur kühlfachgerechten Zwischenlagerung und umweltverträglichsten Entsorgung der Toten. Aber trotzdem gibt es immer noch Sehnsucht. Und wäre es die nach einem Wunder. Auch wenn der Mensch es nicht sagen kann, so kann er es wenigstens zeigen. Dann läuft er vor meinen Augen mit Labels auf der Brust herum, die nach Jamaika und New York, Miami und L.A. verweisen. Dahin, wo er nicht ist. Er fährt mit Geländewagen durch seine Gegenden, die ganz eben sind.

Wir leben in einer visualisierten Welt, einer Welt mit Menschen, die sich über Bilder und das Gesehene definieren. Das Tor von Bern, 1954, zum Beispiel, ist so sehr in einem westdeutschen Kopf, als wären wir dabei gewesen, nein: als hätten wir es selbst geschossen, als wären wir alle Weltmeister geworden. Die Stadien sind längst die Kathedralen von heute geworden. Die Fans, wie die Gläubigen genannt werden, können Orte und Ergebnisse aufzählen wie die roten Zahlen und Schlachten aus dem Geschichtsbuch oder wie ein Christ einst die Wunder Jesu hersagen konnte.

In dieser Welt, die alles gezeigt bekommen will, als wären Bilder Beweise, muss sich das Evangelium – und auch Pasolini – behaupten.

Pasolini hat es ihnen, diesen Menschen, mitten in ihre Welt hinein gezeigt. Aber nicht, um zu beweisen – wäre es dem ungläubigen Thomas zuliebe (der auch schon so einer war, eine Art Jesus-Fan, für den das Sichtbare, das Vorzeigbare Beweischarakter hatte), und auch nicht, um aufzutrumpfen oder gar das Buch (*Die Bibel*, das Buch schlechthin, das Buch der Bücher) zu übertrumpfen, sondern um sie, die Menschen, wie sie sind, einzunehmen mittels der Bilder, für etwas, das Pasolini in einem Buch, dem Evangelium nach Matthäus, gelesen und gesehen hat, für die Botschaft Jesu, der mitten in diese Welt gekommen ist und zuerst zu den Armen und zu allen, die ohne Lebensversicherung und Shareholdervalue leben müssen und leben: Das Evangelium nach Matthäus gilt zuerst dem Menschen, der sich nicht als Verbraucher definieren lassen möchte, auch wenn die Nachrichten täglich suggerieren, dass er ein solcher ist, als Unternehmensberater und Investmentbanker, Aktienspekulant und Sozialhilfeempfänger, Experte und Kanonenfutter, Stimmvieh, Tourist, Schlechtwetteropfer, Sportfan, Lottozahlengläubiger.

Auch der Impuls für dieses Buch geht von einem Hören und Sehen aus.

Pasolinis Film von 1964 ist seiner Zeit gezeigt und vorgehalten. Bis dahin war Pasolini eine Figur des italienischen Kulturbetriebs gewesen, Schriftsteller, Dichter (von da kam er zum Film), Polemiker, Kulturkritiker, Kommunist, der wegen »moralischer Verfehlungen« (Homosexualität) aus der KPI ausgeschlossen worden war.

Und nun war er – durch seinen Film nach dem Matthäusevangelium – mit einem Mal weltberühmt.

Mich faszinierte vor allem der Dichter in dem Film. Und der Leser, der gerade einen solchen Text verfilmt hatte. Folgende Aussagen Pasolinis waren mir für meine Arbeit besonders wichtig:

»Ich möchte das Matthäusevangelium getreu in Bilder übersetzen, ohne etwas dazuzufügen oder wegzulassen ... Es ist der poetische Rang des Textes, der mich inspiriert. Ich möchte etwas Dichterisches schaffen. Ich liebe diesen Jesus aus ganzem Herzen.«

Der Impuls des Wirkens Jesu nach Matthäus ist einerseits die Erfüllung dessen, was sein muss (erste Äußerung Jesu Johannes dem Täufer gegenüber, der ihn nicht taufen möchte), also die Ausführung eines göttlichen Heilsplanes, der in der Passion, dem Tod und der Auferstehung gipfelt, anderseits das Mitleid mit dem Menschen, den er durch sein »Kehrt um!« und »Folgt mir nach!« befreien und heilen möchte. In diesem Zusammenhang ist der erste große Auftritt, im Film bald nach der Berufung der Jünger, die sogenannte Bergpredigt, sein Programm, sozusagen. Dann gibt es, unmittelbar vor der Passion, noch einmal eine große Rede, eine Wehe!-Rede, wild und furios, die den Menschen und Orten gilt, die von ihm nichts wissen wollten. Und dann verfällt er praktisch in ein Schweigen, abgesehen von einigen wenigen Äußerungen, die eigentlich nur Zitate und Referenzen zum Alten Testament sind, bis hin zum berühmten letzten Wort Jesu am Kreuz: »Mein Gott, mein Gott, warum hast du mich verlassen«, welches der erste Vers von Psalm 22 ist. Genau und getreu dieser Spur des Matthäusevangeliums folgt auch

Pasolini mit seinem Schwarz-Weiß-Film aus dem Jahr 1964, den er dem Andenken an Papst Johannes XXIII. gewidmet hat.

Für Pasolini ist das matthäische Mitleid mit dem konkreten Menschen der Motor des ganzen Films.

Dieses Evangelium ist von Pier Paolo Pasolini einer sich liberal nennenden, ausbeuterischen Welt entgegengehalten, der *razza di vipere,* wie es im italienischen Original höchst eindrucksvoll heißt: der Schlangenbrut von 1964, deren Religion der von Pasolini so genannte Konsumismus ist.

Die Frohe Botschaft nach Matthäus nach Pasolini – der Film nach dem Buch – ist auf eine Weise realisiert, die den Gesetzen und Möglichkeiten des Films entspricht, die ein Fest des Sehens und des Hörens ermöglichen. Und der Glaube, um den es im Evangelium geht, kann hier vom Hören und Sehen kommen. Dabei war Pasolini ein Leben lang einer, der schrieb. Er war vor allem ein Schriftsteller. Aber er wusste, wofür sie, die Menschen, am empfänglichsten sind. Und er wollte sie an ihrer empfänglichsten Stelle erreichen, in einem Joint Venture aus Bild, Wort und Klang.

Diese Möglichkeit hat nur der Film, der etwas ist, wo Sehen und Hören zusammenkommen, Orte und Zeiten, du und ich. Daher hat er diesen Film gemacht.

2. Das Wort sie sollen lassen stan!

Ich hörte eine Sendung im Deutschlandfunk, ein Gespräch mit Uta Ranke-Heinemann (80). Und habe herausgehört, dass diese wunderbare Person durch und durch geprägt ist von dem Theologen Rudolf Bultmann, der einen bedeutenden (und m. E. verheerenden) Einfluss auf die Theologie des 20. Jahrhunderts ausübte. Man könnte auch sagen: Sie ist hereingefallen auf diese Art von Theologie, die an einem Buch wie dem Matthäusevangelium kein gutes Haar lässt und alles auflöst, aus dem ganzen Text eine Folge von Märchen und Mythen macht, einem sogenannten Kerygma (Verkündigung von Tod und Auferstehung) zuliebe.

Frau Ranke-Heinemann argumentierte; und sie argumentierte auch noch historisch, »wissenschaftlich«. Berief sich auf Theologen, die Wissenschaftler sein wollen. Sie sagte:

»Paulus war von den Autoren im Neuen Testament der Erste der Schriftsteller, schon in den Fünfzigern [der Zeitrechnung: nach Christus], während die Evangelien von 60 bis 90 geschrieben wurden.« So wiederholte sie brav die Erkenntnisse der als Wissenschaftler gelten wollenden Theologen, die Arme. »Er wusste nichts von den Auferstehungsmärchen der Evangelien. Aber trotzdem gehört die Auferstehung zu den Grunddaten bei Paulus«, meinte sie. Es gebe nur ganz wenige Jesusworte, die »authentisch« seien.

Bei »authentisch« schaltete ich ab.

Mit diesem Terminus technicus hätte Pasolini ganz gewiss nichts anfangen können, denn seine Arbeit war nicht die eines sogenannten Wissenschaftlers (eher die eines Konkursverwalters oder eines Schrotthändlers), sondern – als Dichter – war er fasziniert vor allem von der Schönheit und Wahrheit eines Textes, eines Ganzen, das keinen Raum ließ, denselben wie ein Auto in einer Werkstatt auseinanderzunehmen.

Ein Künstler muss sich, wie ein Gläubiger, gegen die Anmaßungen der sogenannten historisch-kritischen Theologen seit nunmehr zweihundert Jahren behaupten, eigentlich schon seit Luthers trojanischem Pferd, seinem Sola-scriptura-Prinzip: dass es die Schrift selbst sei, die sich aus sich heraus interpretiere: *sua ipsissima interpres*. Das war gegen die Katholiken und den Papst gesprochen, die als Interpretationsfaktor das sogenannte Lehramt kannten, also den Text in einer lebendigen, den Text tradierenden Gemeinschaft von Gläubigen sahen – und damit eigentlich ganz gut lebten, denn so wurde manchen Stellen die Schärfe genommen, die nicht mehr verstanden wurde und bestenfalls aus anderen Stellen erhellt werden konnte. Und bald taten sich die textimmanenten Widersprüche auf. Das Goldene Zeitalter der historisch-kritischen Exegese und Theologie, eigentlich ein gigantisches Schrottgewerbe, begann. Ich möchte es so sagen: Sie haben das Tor zu einem Keller voller Leichen geöffnet.

Sie haben den Text an sich gerissen und zerstückelt, dass nichts mehr von ihm übrig blieb. Und sind so zu einer Art Mörder am Text geworden. Bultmann war mit seiner Kerygma-Theologie (sie bedeutet eigentlich nichts anderes als, dass es auf den Text, den Wortlaut, eigentlich gar nicht mehr ankommt) einer der fatalsten Vertreter dieser Zunft.

Pasolini hat das Matthäusevangelium anders gesehen als Bultmann. Und ich habe es anders gelesen. Als gäbe es die historisch-kritische Theologie nicht und als hätte es sie nie gegeben: So muss man das Matthäusevangelium lesen. Dann hat man etwas. Wird beseelt, über den toten Buchstaben hinaus, gegen den auch Luther so sehr wetterte. Wird lesen mit jenem Geist, der Leben schafft.

Das Wort sie sollen lassen stan – in die falschen Hände geraten, wird es leicht zur Rechthaberei und zum Tummelfeld von Querulanten, Sektierern und sonstigen Theologen, die lieber Juristen oder Automechaniker geworden wären, statt sich an einem hochpoetischen Buch wie dem Buch der Bücher zu vergreifen. Und schon gar nicht hätte man ihnen, die ursprünglich an die Arbeit gegangen sind, damit der Mensch dieses Buch besser versteht, so ein Buch wie das Matthäusevangelium überlassen dürfen. Der Expertenglaube des Menschen ist einer der allergrößten Glauben heutzutage. Aber es braucht hier keinen Wissenschaftler und Experten, die Jünger und Apostel waren auch nicht habilitiert. Es braucht eigentlich nur dies: Ohren. »Wer Ohren hat, der höre!« ist einer der mehrfach wiederholten Hauptsätze des Matthäusevangeliums. Und – an zweiter Stelle – Augen. Beides hatte Pasolini so sehr, dass es eine Freude ist.

Die Kinder und die Einfältigen sind im Matthäusevangelium wie bei Pasolini die privilegierten Empfänger von Jesu Botschaft der universalen, mikro- und makrokosmischen Liebe.

Der Motor hier wie dort: das Mitleid.

Der Film ist ganz unhistorisch und texttreu und beseelt und in diesem Sinne das Dokument eines tiefgläubigen Menschen.

(Die Schlüsselworte, 1. getreue Verfilmung eines Textes, 2. »eine künstlerische Arbeit« und 3. »Ich liebe diesen Jesus von ganzem Herzen« stammen von Pasolini selbst.)

Auch wenn er vielleicht nicht im dogmatischen Sinn glaubte (was ohnehin ein Unding wäre), so zeigte er mir, dass er eine große Sehnsucht hatte nach dem Glauben an Il Salvatore. Und dass er gerne geglaubt hätte und dass ihm der Glaube (an ihn) lieber war als der Unglaube. Er liebte ihn, das ist vielleicht noch mehr.

Ganz gewiss hatte Pasolini mit dem Jesus der (historisch-kritischen) Theologen nichts zu schaffen.

Da Pasolini das Matthäusevangelium nicht wie ein Exeget gelesen hat, ist bei ihm auch etwas herausgekommen: Einer der schönsten Filme über den Menschen, unabhängig davon, ob jener, der dies sieht, die Konsequenzen des Films teilt oder nicht.

Aber es kann, nach diesem Film, nicht anders sein, als dass man mit dieser Gewissheit nach Hause geht, dass da ein Mensch sich ein Jahr seines Lebens damit befasst hat, diesen Film zu machen, der die Sehnsucht des Menschen, zu glauben, vergegenwärtigt. Er mag zwar nicht an Gott geglaubt haben, aber eine Sehnsucht nach diesem Glauben hatte er. Das ist dieses Evangelium nach Matthäus ganz gewiss.

Dabei muss man Pasolini zu jenen zählen, die mit der Sehnsucht nach dem ganz anderen wie mit einem Geschenk, das einer Gnade gleichkommt, ausgestattet waren –, wie die Mystiker. Das unterscheidet ihn vom Fußvolk und von den Mitläufern und den mit der Gnade des Unglaubens ausgestatteten Exemplaren, die es bis hinauf in die höchsten kirchlichen Ränge gab und gibt.

Die Stimmung dieses Films: Es ist kalt auf der Welt.

Und der Mensch ist einsam.

Die Welt ist schwarz und weiß.

Und eher dunkel als hell: Salvatore ist ihr Licht.

Nur die Kinder lachen, und Jesus lächelt.

Das ist eine Geschichte, die auf die Passionsgeschichte hinausläuft.

Und auf die Auferstehung.

Dieser Jesus ist einer, dessen Sätze nicht einlullen, sondern verstören.

Die Menschen von Pasolinis Matthäusevangelium: Diese Menschen haben Hunger, es ist eine ländliche vorindustrielle Proletenschaft. In eine vorindustrielle, agrarische Welt ist das Evangelium hineingesprochen, und von da sind seine Bilder; Pasolini kam das sehr entgegen. Er hatte so eine Parabel, anhand derer er seine Zeit vergegenwärtigen konnte.

Die Reichen, die Schriftgelehrten und die Politiker kommen nur vor, um an ihnen aufscheinen zu lassen, was Jesus nicht ist – und nicht will.

Es ist eine Welt voller Magermilchkrüppel, im Text wie im Bild: Die Welt des Matthäusevangeliums ist Pasolinis Welt. Er hat ihr und ihnen in diesem Film ein Denkmal gesetzt. Es sind Menschen, die von ihren Versklavungen befreit sein wollen. Hungrige und Dürstende, auch nach Gerechtigkeit.

Menschen sind das, die wie geschaffen sind für die wunderbare Brotvermehrung. Das ist wohl ihr Lieblingswunder. Sie hatten Hunger. Der Mensch lebt nicht vom Brot allein, aber wenn er Hunger hat, dann gibt es nichts anderes mehr für ihn.

Die vorindustrielle Gesellschaft des tiefen italienischen Südens konnte noch ein Bild dafür geben, was Hunger ist, was ein Stück Brot und ein Fisch bedeuten: Pasolini hat es anhand dieser Menschen zeigen können, die da zunächst einmal weder gut noch böse sind, sondern leben müssen und wollen.

All das wusste Pasolini – und er fand so einen wie Jesus.

Pasolini liebte diesen Matthäus-Jesus aus ganzem Herzen, weil der ein wenig so war wie er.

Und weil der Mensch ein Mensch ist, braucht er was zu essen, bitte sehr! – heißt es sehr schön bei dem durch und durch in seiner Sprache und auch seinen Themen an der Bibel geschulten Bertolt Brecht.

Metaphysik oder die metaphysische Dimension dieser Sehnsucht kommen bei Brecht nicht vor, wohl aber bei Pasolini: Man sieht es seinen Menschen an, dass sie zwar einen ganz gewöhnlichen Hunger haben, aber auch eine Sehnsucht.

Ganz anders als bei Bertolt Brecht diese Menschen, die da am See Genezareth zusammenkommen, und auch bei Pasolini. Er nennt es selbst die poetische Dimension. Ich nenne es seinen Hunger nach dem täglichen Brot und seine Sehnsucht nach dem ganz anderen, nach der irdischen und himmlischen Liebe.

Pasolinis Transzendenz- und sein Dazugehörigkeitsverlangen war groß. Er wollte alles schon hier, ein Leben lang hat er sich mit so etwas befasst. Anderswo nennt man so einen: einen Gläubigen. Und im Abstand von über dreißig Jahren erscheint er immer mehr als ein solcher. Abgelebte Terminologie hin oder her. Dieser Film spricht Bände, anders als ein Kommentar, der immer etwas Nachträgliches und Zweitrangiges ist, und wäre er von Pasolini selbst.

Wenn gläubig sein etwas durchgängig Statisch-Dogmatisches ist, dann gibt es wohl kaum einen Gläubigen. Nur Päpste und Funktionäre der Kirche (auch der evangelischen) müssen allzeit ein affirmatives Verhältnis zum Glauben haben. Heiligen ist gelegentlich auch Unglaube oder Zweifel möglich. Auch jüngst in den Aufzeichnungen von Mutter Teresa, die ganz in dieser Tradition des großen Zweifels der großen Heiligen steht, der heiligen Thérèse von Lisieux zum Beispiel – oder dem heiligen Johannes vom Kreuz (beide waren auch Dichter), findet sich eine Parallele, an ihr geschult.

Die einen reagierten auf diese Meldung mit Häme, andere waren verunsichert und dachten an einen weiteren Betrug. Es gab aber auch solche, die wussten, dass diese Anfechtungen im Glauben, dass die Nacht des Glaubens notwendigerweise Bestandteil des großen Glaubens ist. Bei den Mystikern (Königsdisziplin der Gläubigen, die es in allen Religionen gibt im Unterschied zum Fußvolk und Mitläufertum, wo sich Fanatismus und juristische Rechthaberei bis zum Heiligen

Krieg steigern können) ist diese Dialektik von Glaube und Unglaube ohnehin eine Conditio sine qua non.

Pasolini ist einer von ihnen: Er hatte das Zeug zum großen Gläubigen, er war einer, der seinen Unglauben vielleicht noch als Gnade ansah.

Vielleicht hatte Pasolini auch seine Tage, manchmal glaubte er alles, manchmal nichts. Aber egal war ihm diese Möglichkeit nie. Er hatte vielleicht keinen positiven Glauben an Gott, aber einen Glauben an einen wie Jesus, der selbst Gott war, wenn wir dem Wortlaut des Evangeliums folgen. Pasolinis Film zeigt, ja offenbart die große Sehnsucht eines Menschen nach dem ganz anderen.

3. Von Allerheiligen und Allerseelen

Als Pier Paolo Pasolini die Frohe Botschaft nach Matthäus verfilmte, muss er noch Hoffnung gehabt haben. Das war 1964.

Am 2. November 1975, Allerseelenmorgen vor dreißig Jahren, saß ich in der Messe im Markusdom von Venedig. Der schüchtern lächelnde Patriarch Albino Luciani, später für einen Monat Papst Johannes Paul I., predigte von den Heiligen. Das war etwa zu der Zeit an jenem Sonntag, auf den Allerseelen 1975 fiel, als die ersten Meldungen und wenig später die entsprechenden Bilder in die Welt gingen: Pasolini bei Ostia tot aufgefunden. Ermordet in der Nacht von Allerheiligen auf Allerseelen. Die Erste, die am frühen Morgen auf eine grauenhaft entstellte Leiche stieß, war eine Hausfrau namens Maria Teresa Lollobrigida. Sie sei mit ihrem Mann Alfredo Principessa unterwegs gewesen und habe das, was sie da sah, zunächst für Müll gehalten und habe sich über die Menschen geärgert, die überall so viel Dreck machten und liegen ließen, erklärte sie, derart in den Mittelpunkt gestellt, den Kameras. Frau Lollobrigida ist heute, falls sie noch lebt, um die achtzig. Pasolini war damals vierundfünfzig Jahre alt.

Am darauffolgenden Tag war ich auf dem Rückweg nach Rom, wo ich in einem der päpstlichen Priesterseminare Anfang September ein Zimmer bezogen hatte (lebte?) und an der Gregoriana im ersten Jahr Theologie eingeschrieben war. Und Italien war in einer Art Ausnahmezustand, vor allem in der Presse und im Fernsehen, voller Bilder und Kommentare zum grauenhaften Tod; es war eine öffentliche Aufgewühltheit und Betroffenheit, wie ich sie bis zum Tod von Lady Diana nicht mehr erlebt habe. Was damals in Idroscalo geschah? Pasolini war tot, die Umstände, die dahin geführt hatten, blieben dunkel, das Ergebnis klar. Klar war, dass es Pasolini war, der hier mausetot gezeigt wurde; ein Anblick wie aus der Passionsgeschichte. Nur handelte es sich nicht um Jesus und auch nicht um einen Heiligen, sondern um Pasolini, der gerade seinen skandalös hoffnungslosen Film *Salò oder Die 120 Tage von Sodom* zu Ende bringen wollte, als wäre dieser Film sein Spiegel gewesen. Im Prozess, der vom Frühjahr 1976 an die Zeitungen füllte, war nur so viel herausgekommen: Pasolini war mit einem Siebzehnjährigen namens Giuseppe Pelosi, den er um die Stazione Termini herum aufgegabelt hatte, von Rom aus in seinem Alfa Romeo zur Idroscalo-Brache, einem traurigen Gelände bei Ostia, gefahren. Unterwegs noch Stopp in einer Bar namens Al Biondo Tevere, unweit vom Ziel. Pelosi hatte Hunger, die Mahlzeit des Henkers: Bier, Spaghetti aglio e olio. Dann, nahebei, Ereignisse, die zum Tod führten, sogenannte sexuelle Handlungen, mit Nägeln gespickte Holzlatten, der Alfa nun mit Pelosi am Steuer über Pasolini hinweg, mehrfach, ihn so liegen gelassen, dann der Tod und mit 150 km in der Stunde davon, dann der Prozess. Der Ragazzo di vita (so heißt auch ein Roman Pasolinis, der von den Straßenjungs, die Pasolini so liebte, erzählte) behauptete da, Pasolini habe von ihm Dinge verlangt, die nicht vereinbart gewesen seien. Was soll da vereinbart gewesen sein? Da seien mit ihm die Sicherungen durchgegangen – eine Entschuldigung, die schon manchem Mörder (im sogenannten Strichermilieu) strafmildernd abgenommen wurde, nicht aber ihm. Er wurde nach dem Jugendstrafrecht zu neun Jahren, sieben Monaten und zehn Tagen Gefängnis verurteilt. Die Verurteilung wurde aber schon drei Monate später wieder aufgehoben, bald doch wieder bestätigt, und der Fall, der bis heute nicht abgeschlossen ist, schließlich von den Gerichten für abgeschlossen erklärt. Die Kommunistische Partei Italiens, die es so auch nicht mehr gibt, vertrat von Anfang an die These einer Verschwörung der Faschisten gegen den bis zuletzt unbequemen Pasolini. Schon im ersten Verfahren war von Mittäterschaft die Rede gewesen. Man konnte einfach nicht glauben, dass ein Einziger etwas Derartiges gemacht haben sollte. Pelosi wurde nach sechs Jahren Freigänger, arbeitete, wie früher schon einmal, bei seinem Onkel in der Holzofenpizzeria und kam schließlich 1983 ganz frei. Zwei Jahre später wurde er als Einbrecher verhaftet, dann wieder beim Versuch, einen Geldtransport zu überfallen.

Ich habe Pelosis Geschichte der Verhaftungen und Freilassungen nicht weiter verfolgen können. Wahrscheinlich lebt er noch und hat ein Buch geschrieben *Wie es wirklich war – Meine Erinnerungen an Pasolini* und lebt davon. (Doch, er lebt noch und hat gerade im Fernsehen gesagt, er sei es doch nicht allein gewesen.)

So viel weiß man: Pasolini hatte in der Todesnacht von Allerheiligen auf Allerseelen diesen Jungen in der Gegend der Stazione Termini gefunden, und der war mit Pasolini gegen Geld Richtung Meer gefahren, der irdischen Liebe wegen. Da Pasolinis Art zu lieben öffentlich nicht anerkannt war, ja fast zeit seines Lebens unter Strafe stand, hatte er sein ungerades, aber aufrechtes Leben führen müssen. Die italienische Faschistenpartei (M.S.I. – Movimento Sociale Italiano), die nachkriegsjahrzehntelang im italienischen Parlament saß, schmähte Pasolini noch über den Tod hinaus, wahrscheinlich tut sie es insgeheim bis heute, wie andere auch. Die römische Öffentlichkeit war für den 5. November von der Kommunistischen Partei zu einer Trauerfeier auf dem Campo de' Fiori aufgerufen. Ich las auf den Litfaßsäulen: »Die Kommunisten Roms gedenken Pier Paolo Pasolinis. Er war ein wahrer Freund«, und rissen so den Toten an sich.

Ich, einundzwanzig, sah, wie über unsere Köpfe der Sarg hinausgetragen wurde, um nach Casarsa gebracht zu werden. Casarsa, das ist ein Ort am Tagliamento, einem Fluss, der aus den östlichen Alpen kommend durch Friaul fließt, über Pasolini in die Weltliteratur einging und bald in die Adria mündet. Da liegt er nun, in Casarsa, in der Nähe seiner schönsten Gedichte und Erinnerungen. Kurzes Fließen, lange Geschichte ... Ich höre noch die Stimme Moravias, die ein Beben war. Der amerikanische Geheimdienst, vielleicht auch der italienische, könnte auch meinen Kopf ausfindig machen und wie ich schaute, auf einem der zahlreichen Fotos, die es von jenem Nachmittag auf dem Campo gibt. Den Campo de' Fiori hatte sich die KPI für ihre Inszenierung ausgewählt, da dies der Ort war, wo Giordano Bruno verbrannt wurde – als wäre auch er, Pasolini, ein Opfer der katholischen Kirche. Moravia stand also beim Bruno-Denkmal, das von den neuen Herren in Rom errichtet worden war, nachdem Italien, das – spätestens seit dem Ende des Römischen Reichs (476) päpstliche – Rom erobert hatte, den Kirchenstaat zur Gänze einverleibt und die Stadt und den Mittelpunkt der weltweiten katholischen Kirche zur Hauptstadt eines vollkommen neuen und relativ unbedeutenden Königreichs gemacht und den römischen Katholiken in aller

Welt ihre Stadt genommen hatte. So konnte es damals auch gesehen werden.

Zweifellos handelte es sich bei Pasolini, geboren 1921 in Bologna, kaum fünfzig Jahre nach diesen Ereignissen, um ein Opfer. Er, Sohn eines Berufsoffiziers dieses neuen Italien und einer Mutter aus dem alten kulturellen Grenzgebiet Friaul, von katholischen Nonnen erzogen, aufgewachsen in einem Land, das den Faschismus erfunden und 1922 eingeführt hatte, begann als Dialektdichter mit Gedichten auf die Liebe, in einer Sprache, dem Friulanischen, dem er zeitlebens anhing und deren allmähliches Verschwinden ihn schmerzte wie das Verschwinden des alten Menschen und seiner Kultur, die schließlich auch ein Opfer des von Pasolini zeitlebens attackierten Neokapitalismus (als »Konsumismus« im Gewand der demokratischen Konsum- und Spaßgesellschaft) und seiner globalen Märkte geworden ist. Er – am Kriegsende zweiundzwanzig und in Casarsa – hatte eine friulanische Akademie mitbegründet und war im Oktober 1945 der Unabhängigkeitsbewegung Friauls beigetreten; bald aber hatte er sich der Kommunistischen Partei Italiens genähert, in die er 1947 eintrat. Im selben Jahr bekam er seinen ersten Literaturpreis (für Dialektlyrik). 1949 war er Ortssekretär des PCI in Casarsa, arbeitete als Volksschullehrer und wurde im Oktober aus der Partei ausgeschlossen wegen »moralischer Unwürdigkeit« (Homosexualität – die Partei war damals noch stalinistisch). Er verlor seine Stelle und zog mit seiner Mutter in ein Armenviertel nach Rom. In dieser Stadt lebte er die weiteren Jahre bis zu seinem Tod und wurde zu Pasolini.

Früh machte er seine *Ketzererfahrungen* (so der Titel eines seiner Essaybände). Pasolini war eine Randfigur der Welt, die er liebte. Er war und blieb – alles in diesem römisch-italienisch-katholischen Rom – ein linker, wie man sagt, marxistischer Intellektueller all' italiana, ein abwegiger Katholik, der, wenn er seine Tage hatte, sich auch als Atheist bezeichnete, ein Dichter, Filmemacher, ein Freund, Liebhaber und Geliebter, angefangen mit seiner Mutter, die ihn um Jahre überlebte und nun neben ihm auf dem Friedhof in Casarsa liegt. Die Sprache am Tagliamento liebte er wohl auch deswegen so sehr, weil sie die Sprache seiner Mutter und seiner frühen Freunde war, die er zum Schwimmen am Tagliamento traf; und von da gingen sie in seine ersten Erzählungen, *Amado mio*, zum Beispiel, über, für immer. Später kamen Elsa Morante, Laura Betti, Maria Callas und andere hinzu, der reine Eros vermischte sich nun mit dem Ruhm und berühmten Menschen, denen er wohl nie begegnet wäre, wäre er nicht selbst berühmt gewesen; und da war Pasolini schon eine eminente Figur der italienischen Öffentlichkeit, fast dreißig Jahre lang, von 1945 bis zu seinem Tod 1975, und von 1975 bis heute. Er war und blieb eine unmögliche Synthese, niemals mainstreamkommensurabel in der jeweiligen Fraktion, ein Einzelgänger mit einem Dazugehörigkeitsverlangen.

Das erklärt mir etwa seine Liebe zum Fußball, eigentlich zur männlichen Welt. Der Fußball war für Pasolini die mystisch erlebte Gemeinschaft, eine heilige Messe der Männer, das Ballsakrament. Wahrscheinlich muss man schwul, katholisch, italienisch und Pasolini sein, um dieses Faszinosum vollkommen zu erfassen. Aber eher bleibt es ein Mysterium. Doch so viel dürfte auch über Italien und Pasolini hinaus gelten und zu verstehen sein: dass der Fußball ein Phänomen ist, das mehr als Fußball ist, ein Spiel, mehr als ein Spiel.

Pasolini liebte, wie viele andere Schriftsteller, schwul oder nicht, den Fußball und die Fußballspieler (diese vielleicht noch mehr als jenen. Oder jenen vielleicht nur ihretwegen). Und er war ein Dissident dazu, der auch an der Gesellschaft und Öffentlichkeit, die ihn nun derart feierte und reklamierte, weil dieses sogenannte Spiel mit seiner militärischen

Terminologie noch eine der wenigen Männerdomänen war, zugrunde gegangen war.

Pasolini war vieles, auch ein Opfer, der für seine handgreifliche Liebe zu Männern bezahlen musste. Nicht nur mit dem Parteiausschluss, am Ende auch mit seinem Leben. Vielleicht wollte er es auch so. Opferphantasien gibt es genug bei ihm. Und die mörderische sexuelle Gewalt feiert gerade im letzten Film, *Salò*, Hochzeit. Er hat früh bemerkt, dass er nicht ganz so war wie die anderen. Aber das hat nicht zu seinem Rückzug und zu seiner Feindschaft den anderen gegenüber geführt; seine Dissidenz brachte ihn im Gegenteil zu einer Liebe zu denen, die nicht so waren wie er, und zu einem gesellschaftlichen Engagement, das seinesgleichen sucht, und nicht nur im Italien der Nachkriegszeit des 20. Jahrhunderts. Der rechte und linke Mainstream-Mensch konnte an ihm irre werden (vgl. Mt 11,6).

Auch seine Verfilmung des Matthäusevangeliums ist im Zusammenhang dieses lebenslänglichen, niemals aufgegebenen Engagements zu sehen. (Das er niemals oder vielleicht erst kurz vor dem Ende widerrufen hat, als er *Die 120 Tage von Sodom* drehte und die Hoffnung, das heißt: Zukunft aufgab und sie durch das bloße Leben ersetzte.)

In Pasolinis Film *Das 1. Evangelium – Matthäus* erscheint Jesus als Prototyp und Wunder eines Dissidenten, welcher mit ungeheurer Kraft der Gesellschaft der Wölfe, an der der einzelne Mensch zugrunde geht, die Leviten liest.

Bei Matthäus wie bei Pasolini erscheint Jesus als einer, der gekommen ist, um es ihnen (den Wölfen) zu sagen: So geht es nicht! Wehe euch Heuchlern! Die Ausbeutung des Menschen wollte Jesus im Matthäusevangelium nicht unkommentiert durchgehen lassen; und ebenso wenig Pasolini in seinem Matthäus-Film aus dem Italien Anno Domini 1964. Da waren diese Wölfe die sogenannten Kapitalisten der Wirtschaftswunderzeit, welche aus den Menschen nach und nach Verbraucher machten. Als wäre dies ein Kapitalismus mit menschlichem Gesicht. Die den Menschen immer mehr über die sogenannten Märkte beherrschten. Die gnadenlose Globalisierung, ein *work in progress*, war schon in Gang, ohne dass es das Wort so schon gegeben hätte. Pasolini hat das nicht mehr erlebt. Was würde ihm zur Welt von heute einfallen, die eigentlich so geworden ist, wie von ihm befürchtet, als wäre er ein Unheilsprophet gewesen? (Ich kann mir allerdings nicht vorstellen, dass er heute, im Jahr der Globalisierung 2008, und sechsundachtzig Jahre alt, auf die Weise Oriana Fallacis, die schon beim Pasoliniprozess in Rom keine gute Figur machte, polemisieren würde. Eigentlich war sein *Salò* sein Sela – sein Psalmenende.)

Doch Pasolini wollte mit seinem Film kein politisches Lehrstück liefern, sondern die Frohe Botschaft und das den Menschen bewegende Drama Jesu vergegenwärtigen.

Zugleich ging es ihm um die Poesie des Textes: Jesus hatte das, was er im Evangelium zu sagen hatte, ja nicht als juristische Verlautbarung dekretiert, sondern er hatte es schön gesagt, das heißt: auf die Weise der Sprache in den Bildern seiner Zeit den Menschen vergegenwärtigt. Matthäus schrieb nach dem Diktat des Engels.

Der globale Kapitalismus im Gewand des Konsumismus stellt auch die Anmut und die Autonomie des Menschen auf der Welt in Frage, der arm ist und dennoch ganz da, ganz Mensch ist, und nicht verachtet wird.

Der globale Kapitalismus im Gewand von Konsumismus und Neoliberalismus stellt den Menschen in Frage, der über eine eigene Sprache verfügt, vor allem über eine Muttersprache, die etwas Globalem wie dem Kapitalismus im Weg ist; die Globalisierung, das Infra-Instrument, beseitigt ja auch die Dialekte und Sprachen des Menschen zugunsten einer einzigen, die am Ende nichts mehr ist als ein einziges

Informations-, Desinformations- und Machtinstrument. Er stellt Pasolinis erste Welt in Frage. Pasolini ging es zu Lebzeiten um seine Sprache und Muttersprache: das Friaulische, in dem er zeitlebens, und ganz besonders von Anfang an, seine Gedichte schrieb. In dieser Sprache und Welt ist Pasolini zentral verankert. Besonders in Italien und anderen katholischen Ländern des Südens gab es einmal – anders als zum Beispiel in den calvinistischen Ländern – eine Solidarität des Menschen mit den Armen: und zwar unabhängig davon, ob es sich um Stadt- oder Landmenschen handelte: Alle waren solidarisch. Die Menschen hatten ihren Stolz und ihre Sprache und ihre Würde, unabhängig von ihren materiellen Verhältnissen, das war im alten Italien so und unabhängig von jeder Politik: dem trauert Pasolini nach. Aber nicht als Romantiker oder im sentimentalen Nachhinein, sondern wie einer, der etwas verloren hat und immer noch dabei ist, etwas durch Zerstörung mit Gewalt zu verlieren, den Menschen, seine Sprache und Welt, und der sich dagegen empört. Der Daten und Fakten auf den Tisch bringt und die sogenannten Verantwortlichen beim Namen nennt. Pasolini sieht in jenen, die im Geld und im Markt das Höchste sehen und von da den Menschen und seinen Wert definieren, Verbrecher. Und in der zugrundeliegenden Ideologie sieht er ein Verbrechen am Menschen. Dabei geht es nicht um rechts oder links, als wären dies Anzeiger für konservativ oder fortschrittlich und andere Etikettenschwindel und Missverständnisse.

Pasolini träumte vielleicht darüber hinaus von einer Versöhnung von allem mit allem, das war seiner immensen religiösen Begabung geschuldet, die eine Tatsache ist, unabhängig von einem Glauben an Gott. Wenn er möglicherweise zu Zeiten auch nicht an Gott geglaubt haben mag, so glaubte er doch an Jesus, wie er ihm im Matthäusevangelium begegnete. In seinem Film nach dem Matthäusevangelium realisiert Pasolini einen Traum vom Menschen, wie er einst war und gedacht war, wie er sein sollte und dereinst sein könnte.

Dass die Verhältnisse nicht so waren, wie sie sein sollten, und dass der Mensch nicht so leben konnte, wie im Evangelium gedacht und geträumt: Darin war sich Pasolini mit der Linken, aber auch der katholischen Kirche aus der Umgebung des franziskanischen Assisi und seiner Pro Civitate Christiana einig. Und darum hat er 1964 das Matthäusevangelium als Vorlage in jener politischen Konstellation von 1964 genommen, auch als Metapher. Und als Impuls. Das Matthäusevangelium spricht vom Reich Gottes und preist die Armen dieser Welt ganz konkret selig, greift die Verantwortlichen ganz konkret an und nennt sie beim Namen. Und da sie schon nicht mehr sprechen können, die armen Menschen, wird Jesus zu ihrem Sprachrohr, als wären diese Armen und ihre Verhältnisse, ihre Sprachlosigkeit die Bedingung der Möglichkeit seines Erscheinens und Redens. Man könnte diese Sicht Jesu als eine politische ansehen. Es ist jedenfalls eine evangelische. (Auch wenn dieses Evangelium von Menschen kommen sollte, und nicht von Gott, Menschen-, und nicht Gotteswort sein sollte, so wäre es doch eine gute Sache, gut genug, um wahrgenommen zu werden von dem Menschen, um den es geht. So dachte vielleicht auch Pasolini.)

Ihn bewegte noch die Frage einer Erlösung des Menschen, er träumte noch von einer Errettung, auch aus den Verstrickungen des Konsums – des Mammons, wie das im Evangelium genannt wird. Pasolini war ja auch selbst verstrickt. Dieses Dilemma konnte er nicht anders lösen als in einer gewaltigen Poetisierung, in Bildern, welche die eigene Verstrickung aufheben. Das war auf der Höhe des Evangeliums, wie Pasolinis, wie der Gesellschaft von 1964. (In *Teorema*, 1968, sollte er dann noch einmal das italienische Neobürgertum oder die entsprechende Gesellschaft und ihre Religionsferne oder ihre Weise des Stumpfsinns geißeln). 1964, dem Jahr von Pasolinis Matthäusfilm, war die Globalisierung des Konsums, der Konsumismus und der Vergnügungsterror, das Panem et circenses noch nicht so weit fortgeschritten. Es schien, als gebe es noch Hoffnung. Das Konzil von Johannes XXIII. verkündete *pacem in terris*, der Sozialismus mit menschlichem Gesicht war noch als eine Utopie am Leben, wenigstens an den Universitäten des Westens. Und die ganze Zeit wussten die Christen von einem wie Franz von Assisi und seiner Vergegenwärtigung des Evangeliums um 1200 und seiner Verneinung des Kapitalismusmodells seiner Zeit. Pasolini wusste dies freilich auch. Man muss sich beim Film Pasolinis immer auch Franz von Assisi dazudenken, nicht nur weil Pasolinis Jesus auch einer wie Franz von Assisi ist und auch so aussieht wie auf jenem Fresko in Subiaco. Pasolinis Seelenverwandtschaft zu Franz von Assisi kam nicht von ungefähr; und Assisi war ja auch der Ort, an dem er auf Matthäus und sein Evangelium stieß: Da lag es in seinem Nachttischchen. Franz hatte auch schon als Dissident zu den beherrschenden Märkten und Ideologien seiner Zeit gelebt und an der Evangeliumsferne seiner Zeit so sehr gelitten, dass er sie nicht einfach hinnehmen wollte: Er hat auf eine Weise dagegen protestiert, dass sein Protest einer Revolte und einer Reformation gleichkam. Franz hat kein Evangelium geschrieben, aber er hat es gelebt, im Gegensatz zu anderen, späteren Reformatoren, die sich evangelisch nannten und die Schrift nach ihren Nöten und Vorstellungen uminterpretierten und weiterlebten und Politik machten – eine Politik, die bald in abscheuliche Kriege, Religionskriege, überging. Das waren sogenannte Reformatoren, die als Theokraten und Religionsterroristen Geschichte machten und endeten. (Calvin in Genf, zum Beispiel. Eine der abscheulichsten Figuren, von denen ich weiß. Er kommandierte einen frühen Religionsterrorstaat und nannte sich christlich, als hätte es

Jesus Christus der Evangelien nie gegeben. Ja, es war so, als hätte es Jesus Christus nie gegeben. Denn der Calvinismus ist eine Religion, die spielend ohne Jesus und das Evangelium auskommt, ja, ein Phänomen, innerhalb dessen ein evangelischer Jesus überflüssig ist und stört). Hätte Franz ein Evangelium geschrieben, dann wäre es vielleicht so wie das Matthäusevangelium gewesen. Doch eigentlich schreibt jede Zeit dieses Buch neu, indem sie es neu liest und vergegenwärtigt und lebt.

Pasolini hat in gewisser Weise auch den Franz verfilmt. Ich habe immer an Franz von Assisi denken müssen, als ich diesen Jesus sah, der schon einmal um 1200 eine Aktualisierung der Frohen Botschaft war, jenen Heiligen, der jeden Besitz radikal ablehnte und nicht einmal Kleider sein Eigen nennen wollte und sich also nackt auf den Boden der ärmsten Kirche (Portiuncula hieß sie – kleine Portion) von ganz Umbrien gelegt hat, um zu sterben; dann aber wurde, wie über dem Grab von St. Peter, so über dem Sterbeplatz des Franz, eine gigantische Kirche gebaut.

Der Jesus des Matthäusevangeliums war, ist und bleibt der Freund des armen Menschen. Das wird niemals umzudeuten oder umzulügen sein. Und sein Anwalt. Der einzige, der letzte und einer wie keiner. Das musste auch eine Provokation sein, gerade der globalisierungsfreudigen Politiker, mit denen es Pasolini auch schon zu tun hatte, die ihre eigene Version der Veränderung der Gesellschaft propagierten (und in der Globalisierung ihr Heil entdeckten). Und das Matthäusevangelium, das Evangelium der Kirche (welche im Lauf der Jahrhunderte diesen Jesus vergoldet hat), das erste Evangelium, von den modernen Theologen auf einen hinteren Platz verwiesen von seinem Ehrenplatz weg, hat Pasolini ja auch genommen, weil es in besonderer Weise Jesus als einen solchen Anwalt in der Sache Gottes mit dem Menschen vergegenwärtigt.

Der Jesus des Matthäusevangeliums ist auch ein Freund der sogenannten Sünder. Damit sind viele gemeint, vor allem aber jene, die dem sogenannten Einen frönen, der Sünde, welche – bürokratisch gesprochen – mit dem Feld der Sexualität zu tun hat.

Das Matthäusevangelium hat auch – das mochte Pasolini sympathisch sein – einen Zöllner zum Verfasser, der also aus einer Berufsgruppe von Menschen kommt, die damals als Sünder galten (Kollaborateure mit der römischen Besatzungsmacht, geldgierig, korrupt). Pasolini kannte das grandiose Gemälde des Malers und Mörders Caravaggio *Die Berufung des Matthäus* in der römischen Kirche San Luigi dei Francesi: Matthäus sitzt an seinem Geldtisch, und Jesus kommt herein, zeigt mit der Hand auf ihn und sagt: Folge mir nach! Du bist gemeint! Es geht um dich! – Ein solcher Sünder erscheint auch im Film Pasolinis. Pasolinis Jesus, Enrique Irazoqui, sieht so aus, als wäre er nach diesem Bilde des Caravaggio geschaffen. Es sind also gleich mehrere bekannte Sünder im Spiel dieses Films: zuerst Matthäus. Dann der Maler des Matthäus, Caravaggio, der ein Mörder war. Und auch Pasolini selbst, dessen Leben und Sterben weltweit bekannt gemacht wurden.

Der einzelne Mensch wird angesprochen, seiner erbarmt sich dieser Jesus, der da höchstpersönlich von außen hereinkommt und diesem Matthäus Licht bringt; und in ihm zugleich allen, den Armen wie den Reichen, und es geht auch um den Einzelnen, um jeden, um ihn. Nicht nur um den Menschen an sich, wie in den jeweiligen Gesellschaftstheorien zu den jeweiligen gesellschaftlichen Verhältnissen in einer jeweiligen Zeit.

Nicht zuerst die Gesellschaft ist im Blick dieses Jesus, sondern der Mensch, der Zöllner und Sünder inmitten dieser Gesellschaft von Zöllnern und Sündern. (Etwas ähnelt dieser

Matthäus auch Giuseppe Pelosi. Oder nicht? Die beiden – Jesus, Pasolini – hätten wohl auch Erbarmen mit ihm gehabt. Das ist ja das Große und das ganz Andere an dieser Erscheinung: Auch solchen, für die es keine Gnade mehr gibt auf dieser Welt, und solchen, die nichts mehr zu hoffen hatten, kam dieser Jesus mit seiner Hoffnung.)

In den Augen manches orthodoxen Genossen musste der Pasolini von 1964 mit seinem Matthäusevangelium und seinem christlichen Individualismus ein Reaktionär sein, der dem Klassenfeind (zuoberst der römischen Kirche in guter italienischer Tradition seit dem frühen 19. Jahrhundert) zuarbeitete. Aber in diesen Kategorien dachte und lebte Pasolini nicht.

Diesen Jesus hat Pasolini zur Hauptfigur seines Evangeliums erwählt.

Wir wollen keinen christlichen Martyrer (Blutzeugen) aus ihm machen, sondern ihn sein lassen, was er war: ein am Leben teilnehmender, zuzeiten nach Erlösung verlangender Mensch von 1964, zweiundvierzig Jahre alt, hineingeboren ins 20. Jahrhundert Italiens, seine Stimme erhebend in die italienische Nachkriegsgesellschaft, die von Kapital und Konsum bestimmt war – und von einem politisch ausgetragenen Streit um ihm –, erschüttert vom Verschwinden des Menschen und seiner Sprache und seinem nicht auf den Mammon gegründetem Stolz, in seiner anmutigen italienischen Version, der dabei war, in der Globalisierungskelter zu verschwinden.

Pasolini war einer, der gesucht und gezweifelt hat und im Evangelium etwas wie sonst nirgendwo fand, das seinem Erlösungsbedürfnis entsprach. Als hätte er in Jesus einen Kombattanten einer Sache, die auch seine war, gefunden. Dazu war er ein Sprach- und Bildmensch und als solcher ein Dichter, wie es sie ganz selten gegeben hat. Ihm verdanken wir diesen Film.

In Assisi, dem Ort des Franziskus, der im 13. Jahrhundert seinen evangelischen Traum lebte, hatte Pasolini also, der von der katholisch-franziskanischen Pro Civitate Christiana dorthin eingeladen worden war, das Matthäusevangelium sozusagen im Nachttischchen gefunden. Die Stadt war damals (1962) wegen des Besuches von Papst Johannes XXIII. gesperrt, und Pasolini saß fest. Dort vernahm er sein Tolle lege (Augustinus hatte einst eine Kinderstimme gehört: »Tolle lege!, tolle lege!« – Nimm und lies! Nimm und lies – und daraufhin erst einmal mit der Lektüre der Heiligen Schrift begonnen). Eigentlich hatte er abreisen wollen, dann aber las er, und sogleich war ihm klar, dass das etwas für ihn war, den Dichter wie den Menschen, das politische und religiöse Wesen, das er, Pasolini, war. Bald ließ er die Welt, zunächst seine Umgebung, wissen, was er vorhatte: das Matthäusevangelium zu verfilmen. Doch vor allem die Produzenten, die Geldgeber und andere, die ihn zu kennen glaubten, schüttelten den Kopf. Sie taten das aus vielerlei Gründen, auch, weil es Pasolini war. Bald schrieb er: Ich liebe diesen Jesus aus ganzem Herzen. Er glaubte, wenn schon nicht an Gott, so doch an Jesus und seine Sache. Und er hoffte von ihm und ihr her. Schließlich hat er das Geld doch zusammen, und der Film konnte gedreht werden. Er wolle getreu den Wortlaut dieses Evangeliums in Bilder übersetzen. Und: Ich möchte eine ganz dichterische Arbeit, schrieb er. Freilich wusste er auch, wie er in einem seiner zahlreichen Briefe im Vorfeld der Entstehung des Films schrieb, dass dieses Projekt seine ganze Karriere als Schriftsteller ernsthaft gefährdete. Er meinte damit wohl gleichermaßen sein Ansehen als Störenfried der italienischen, weithin säkularisierten Mainstream-Gesellschaft und als intellektuelle Leitfigur der Linken, als wäre er nun an die katholische Kirche verloren, wie auch an seinen geistigen Lebensweg.

Das von Pasolini schon im Filmtitel als das *1. Evangelium* titulierte Matthäusevangelium ist der Mainstream-Theologenschaft von heute nicht mehr viel wert. Moderne Exegeten haben ja auch vor einigen Jahrzehnten herausgefunden, dass es nur zwei Worte Jesu in den Evangelien gibt, die als echt gelten können. Möglicherweise sind aber auch diese zwei mittlerweile als unecht überführt. Armer Jesus der historisch-kritischen Theologie! Das Evangelium der Kirche, in dem provozierende Sätze wie »Du bist Petrus der Fels, und auf diesen Felsen werde ich meine Kirche bauen, und die Pforten der Hölle werden sie nicht überwältigen« stehen und auch im Film an zentraler Stelle wortwörtlich erscheinen, wurde auf einen hinteren Platz verwiesen. Etwas ganz anderes war es für Pasolini. Ihm war es das liebste und das wichtigste dazu. Und zwar so, wie er es geschrieben las. Da fand er seine Lieblingsstellen – wie jeder Leser fand auch er das, was ihn besonders ansprach: Arm und Reich – Die Gesellschaft der Phärisäer und Jesu: Wehe euch, Schlangenbrut – *Razza di vipere*!! Sonst hätte er nicht dieses verfilmt, sondern ein anderes, vielleicht auch ein apokryphes, das der historisch-kritischen Theologenschaft so wichtig ist, die sich ja mehr von ihrem Forscherinteresse als vom Heiligen Geist motiviert sieht.

Oder gar kein Evangelium, sondern irgendein Projekt. Das Evangelium nach Matthäus war aber für Pasolini kein Projekt, sondern ein Herzensanliegen.

Das bedeutet aber nicht, dass sich sein Film instrumentalisieren ließe, und wäre es von der römischen Kirche, die in der Nachfolge des Petrus steht und sich versteht, mit diesem zweifelhaften Simon, genannt Petrus, als Ober-Hirt, welcher Jesus dreimal verleugnete, ein richtiger Mensch und Feigling zunächst (im Evangelium wie im gleichnamigen

Film in seiner Schwäche sehr sympathisch), dann aber doch Martyrer (Blutzeuge) und nach alter Überlieferung in St. Peter zu Rom begraben, ursprünglich nicht aus der Hirtenbranche, sondern ein Fischer vom See Genezareth. Und dort von Jesus zum Menschenfischer berufen. Da ruht er nun zu St. Peter, mit der Kuppel von Michelangelo und der katholischen Kirche als Überbau.

Der Film ist Papst Johannes XXIII. (»Alla cara, lieta, familiare memoria di Giovanni XXIII.«) gewidmet, dem Papst, welcher der Kirche das *Aggiornamento* (Öffnung der Kirche zur Welt hin) verordnet und der Welt sein *Pacem in terris* verkündet hat. Das ist der Papst, der bis heute noch mehr geliebt wird als andere Päpste, die ihm folgten; und zwar von allen und gerade auch von einem italienischen Dichter, Intellektuellen, Homosexuellen und Kommunisten wie Pier Paolo Pasolini.

Freunde, Kombattanten und selbst seine Mutter bezog er in seinen Film als Darsteller ein, Leute von der Straße Süditaliens. Aber für seinen Jesus wollte Pasolini keinen Laiendarsteller und auch keinen Schauspieler, keinen Heiligen, sondern einen Schriftsteller – oder Dichter (wie er selbst einer war). Er hat überall nach dem Christusdarsteller gesucht. »Ich habe an einen russischen Dichter gedacht [...] Ich sollte ihn vielleicht unter den Dichtern suchen [...] Ich dachte, die Einzigen, die in Frage kämen, wären die Dichter.« Kandidaten waren Kerouac, Goytisolo und Ginsberg, auch Jewtuschenko. Ihm schrieb er einen Brief, dass er sich ihn, einen Marxisten und Schriftsteller, für diese Rolle schon lange ausgedacht habe. (Ich weiß nicht, was Jewtuschenko antwortete.) Am Ende war es ein Student der Wirtschaftswissenschaften von der Iberischen Halbinsel, der eines Tages in der Zeit seiner Suche nach dem idealen Jesus für seinen Matthäusfilm vor Pasolinis Wohnung stand, um den Dichter von *Ragazzi di vita* zu sehen: Enrique Irazoqui hieß dieser

Mann. Und Pasolini wusste sofort: Das ist er. Er sah aus wie der Jesus auf dem Bild des Caravaggio: *Die Berufung des Matthäus*. Und wenn er nicht ganz so ausgesehen haben sollte, dann wurde die Ähnlichkeit durch die für so etwas zuständigen Mitarbeiter des Films doch hervorgehoben.

Die Originalschauplätze – wenn wir zuerst der Heiligen Schrift Glauben schenken wollen und nicht totalitären Theologen-Experten in einem zeitlichen Abstand von annähernd zweitausend Jahren – Bethlehem, Ägypten, den Jordan, den See Genezareth, Galiläa, Jerusalem – hat Pasolini nach einer Reise vor Ort (auf der ihn auch die Patres Caruso von der katholischen Cittadella in Assisi und Carraro, ein Bibelspezialist, begleiteten) verworfen und dafür Orte und Gesichter genommen, die aussahen, wie jene einzigen ausgesehen haben könnten. Im entlegenen Süditalien fand er auch noch solche Menschen, Abgründe, Höhen und Höhlen und eine Lebensweise, von der er annahm, sie käme dem Leben der Menschen, mit denen es Jesus zu tun hatte, noch sehr nahe. Tatsächlich hat sich zwischen der Zeit Jesu und dem Beginn des 20. Jahrhunderts in so einer archaischen Welt weniger verändert als von da bis heute. Schon äußerlich.

Der Film ist nicht einfach ein katholischer Film. Er ist von einem, der sagt, er sei nicht sehr katholisch. Immerhin katholisch. Wenn Pasolini ihr auch, der Kirche, wie überhaupt der Gesellschaft um 1964, bestehend aus Kapitalisten, Kommunisten, gläubigen Atheisten und ungläubigen Kapitalisten, aus Idealisten und Zynikern, aus Gläubigen und Ungläubigen, den Spiegel vorhält, als wollte er auch sie, und sie alle auf einen Diskurs einladen. Einen poetischen Diskurs, dessen Impuls und Impetus Pasolinis Liebe war. Und doch: Am Ende ist dieses Evangelium ein für Jesus engagierter Film geworden, der einem Papst gewidmet ist, ist Pasolinis *vangelo secondo Matteo* doch etwas sehr Katholisches all' italiana.

Pasolini war ein profunder Homo religiosus, und ein profunder Homo politicus, was in Personalunion sehr selten vorkommen dürfte. Pasolini war aber noch mehr, er war ein Multitalent: politisch, dichterisch und religiös hochbegabt. Aber das öffentliche und das private Interesse an Pasolini waren immer etwas einseitig, und von da relativ, begrenzt. Oder auf ein Entweder-oder beschränkt. Pasolini war beides.

Niemand in Italien liest die Bibel (anderswo ist es auch nicht anders; niemand liest, hätte Pasolini genauso sagen können). Das war Pasolinis Erklärung dafür, dass sein Film einen Aufschrei zur Folge hatte und so viele indignierte. Und andere (von rechts und links in Italien, das vor allem seit den Risorgimento- und Eroberungszeiten über eine starke papst- wie religionsfeindliche Fraktion verfügte) in ihren areligiösen Empfindungen verletzte. Aber wie war es mit den durchschnittlichen Italo-Katholiken? Katholiken-Italienern? »Ich habe jeden gefragt, den ich kannte, und höchstens drei oder vier hatten das Evangelium gelesen, und keiner hatte einen solchen Christus erwartet, weil keiner das Matthäusevangelium gelesen hat.«

Von offiziellen Gläubigen wurde ihm vorgeworfen, Pasolinis Jesus kehre die politische Seite, die menschliche, heraus und vergesse das Gottmenschentum Jesu Christi. Atheistische Linke (das ist keine Tautologie) fürchteten um die Reinheit der marxistischen Glaubenslehre. Ein Genosse schrieb ihm, er arbeite mit seinem Film dem ideologischen Feind zu. Und Pasolini sah sowohl in der Religionsfeindlichkeit bestimmter Linker wie auch in der Kommunistenphobie bestimmter katholischer Kreise einen neuen Rassismus. Nach Pasolini war beides möglich: Christ und Kommunist zu sein. (Für Pasolini war das christliche Modell freilich das katholische.) Damals war das ein Unding oder wenigstens eine unmögliche Synthese. Pasolini entgegnete marxistischen Kritikern des Matthäus-Projekts, dass ein atheistischer Marxismus nicht der einzig mögliche Marxismus sei. Dabei hatte Pasolini wohl vor allem italienische Verhältnisse im Blick; in ihrer Mehrheit war die marxistische Basis, die Arbeiterklasse, immer gläubig, und auch in den höheren Rängen der Partei, behauptete er. Tatsächlich gab es zahlreiche Intellektuelle in Italien, die sich als katholische Marxisten sahen. Einer von ihnen war Pasolini.

In einer Distanz von über vierzig Jahren sind die Vorwürfe, welche Pasolini mit seinem *Matthäusevangelium* trafen, kaum mehr nachvollziehbar. Er war kein Parteipolitiker, sondern Pasolini. So ließ und lässt sich also dieser Solitär schon damals nicht vereinnahmen, obwohl es auch auf dem Campo de' Fiori noch einmal versucht wurde. Und was die Debatte, auch die in den Feuilletons, betraf: Sie war irgendwann vergessen.

Es bleibt übrig ein Film, der mehr als ein Film ist. Eine Botschaft: *Das 1. Evangelium – Matthäus.* Hineingezeigt in ein Land, einer Gesellschaft vorgehalten, in der die Religion in Form des Katholischen eine hochpolitische, öffentliche Angelegenheit war und die Politik eine religiöse: Das Konkordat, welches 1929 die Beziehung zwischen Italien und dem Papst regelt, der seit der Eroberung von Rom durch Italien im Jahr 1870 (es gab Tote) als Gefangener im Vatikan lebte, war 1964 gerade fünfunddreißig Jahre alt.

In dieses Land und diese Gesellschaft hineingezeigt, hat dieser Pasolini-Christus-Film verunsichert. Dieser Jesus ist der Vorschein einer anderen und besseren Welt, weich und hart, politisch und unpolitisch, Opfer des Systems und gewalttätiger Austreiber der Tempelhändler; einer, der sich empört und der erleidet: einer, ein wenig wie Pasolini selbst. Pasolini hat die Problematik seines eigenen Lebens wiedererkannt in diesem Matthäus-Jesus – und gerade einen autobiographischen Impuls, seine eigene Vorgeschichte hineingenommen in diese Jesusfigur. Und auch die Öffentlichkeit hat in diesem Jesus Pasolini wiedererkannt. Es dürfte die damaligen Menschen (in Italien) mindestens ebenso dieser Pasolini wie dieser Jesus zuerst aufgeregt, dann bewegt und schließlich verstört haben.

5. Die Magd der Theologie

»Ich habe nach zwei oder drei Jahren den Film wieder gesehen [...] Nichts von dem, was ich je gemacht habe, passte mehr zu mir, als dieses Evangelium [...] Mir ist auch klar, dass die Figur Christi ganz ich bin, wegen dieser seiner verstörenden Ambiguität.«

Pasolinis Film steht nicht im Dienst der Theologie, und auch nicht der Kirche, ist also keine *ancilla theologiae* (Magd der Theologie, als welche lange genug alle konkurrierenden geistigen Regungen von der Theologie angesehen wurden). Pasolini hatte, wie gesagt, zwar geistliche Berater und Freunde, theologisch geschulte Patres aus Assisi (in der Nachfolge des Franziskus, der bald nach seinem Tod unschädlich gemacht und heiliggesprochen wurde) und Rom, die das Projekt katholisch-theologisch absichern; aber er hat jene Theologen, sowohl die kritisch-theologischen als auch die dogmatischen, welche die Evangelien nicht stehen lassen können, sondern in ihre Welt einbeziehen und auf ihre Weise verwursten, und im Text der Evangelien einen Steinbruch für ihre Theorien und Dogmen sehen (und die Bibel als etwas, auf das sie ein Ausschlachtungspatent hätten), außer Acht gelassen. Es ging ihm nicht um Wissenschaft oder Theologie, sondern um das Evangelium, auf das er in seinem Hotelzimmer in Assisi gestoßen war. Pasolini wollte eine poetische Vergegenwärtigung dessen, was er gelesen hatte; und sie glückte ihm. 1963, im Vorfeld der Dreharbeiten, schrieb er an Don Caruso (und damit an die Adresse der katholischen Seite): »... ich möchte das Matthäusevangelium getreu in Bilder übersetzen, ohne etwas hinzuzufügen oder wegzulassen ... Es ist der poetische Rang des Textes, der mich inspiriert. Ich möchte etwas Dichterisches schaffen, nicht etwas Religiöses im heutigen Sinn, also nichts Ideologisches ...«

6. Buchstabe und Geist

Abba und amen sollen die zwei einzigen authentischen Jesus-Worte sein. Es ist nach der Lesart der Evangelien durch diese Art von Exegeten und Leser der Heiligen Schrift, bei ihrem respektlosen Umgang mit einem Buch, das mehr als ein Buch ist, vom Wortlaut der Evangelien, von ihrer Schönheit und ihrem Schrecken, diesem *mysterium tremendum et fascinosum,* nichts übrig geblieben. Als wären sie von der Metzgerzunft.

Wie wäre es aber, wenn die Evangelisten mit ihrem Zeichen-und-Wunder-Bericht diesen Jesus doch besser verstanden hätten als die späten epigonalen Exegese-Interpreten?

Im Matthäusevangelium von Pasolini haben wir die weltbewegende Verkörperung des Wortes Gottes. Es genügt eigentlich, zu sehen und »Ja« zu sagen zu dieser (weltbewegenden) Lektüre. Die Konstruktion der Theologie, dem Evangelium nachgeordnet aufgrund von diesem, das Dogma, welches erst recht von Luther an den Theologen zu schaffen machte, weil immer der Text für Theorien, für diese oder jene Theologie, herhalten musste, hat Pasolini nicht interessiert. Am Ende einer langen Geschichte wurde von Theologen erklärt, der Text stimme nicht. (Weil er zur theologischen Konstruktion nicht passt). Diese Konstruktionen hat, ich wiederhole, Pasolini ganz außer Acht gelassen: Er hat einfach das Evangelium des Matthäus gelesen und »Ja!« gesagt, den Text gelesen und dann seinen Film gemacht. Heute weiß jeder Theologiestudent, dass Jesus nicht der Sohn Gottes sei. Ein katholischer Theologe, der heute vom »Gottmenschen Jesus« spricht, setzt sich dem Gespött der gesamten Theologenzunft aus, wie es Klaus Berger vor wenigen Jahren wieder geschehen ist. Ich nenne die Theologenzunft: die Schriftgelehrten. Ihnen gilt das größte »Wehe!« Jesu.

Auch ich habe meine Tage, manchmal glaube ich an nichts, manchmal an alles. Ich bin ja nicht der Papst, dessen Glaube gleichmäßig über das ganze Leben verteilt sein muss und dabei immer größer wird. Das ist höchste Kunst. Wenn ich aber einen Film wie diesen hier sehe, ist alles ganz klar: Ich muss ja gar nicht mehr glauben, ich sehe es ja, alles ist einleuchtend und evident. Es ging mir beim Matthäusevangelium von Pasolini wie Julien Green bei der Betrachtung von Rembrandts Emmaus-Bild: »Christi Gesicht würde, glaube ich, selbst einen Atheisten bekehren – und Matthäus schreibt nach dem Diktat des Engels« (Tagebuch, 23. Juni 1966). Als hätte dies Pasolini auch so gemacht.

Ganz am Anfang des Pasolini-Matthäusevangeliums erscheint, wie im Text auch, ein Engel, als wäre dies das Selbstverständlichste auf der Welt. Dieser Engel erscheint dem Josef und sagt ihm, er solle Maria nicht verlassen und solle sich nicht fürchten, die (nicht von ihm) Schwangere zur Frau zu nehmen, denn das Kind, das sie erwartet, sei vom Heiligen Geist (Mt 1,20). Wenn das kein Wunder ist! Wer, wenn nicht irgendein Engel, hat Matthäus zu diesem Buch gebracht? Pasolini hat dieses Wunder nicht nur übernommen, sondern sogar an den Anfang seiner Filmerzählung von Jesus gesetzt. Ein Wunder. Aber das kann ein kritischer Theologe ja nicht gelten lassen. Dabei verstehen diese Theologen sich, wie zum

Hohn, als Literaturmenschen und lesen die Bibel als Anthologie der verschiedensten literarischen Formen vom Gedicht bis zum Gesetzestext, von der Kurzgeschichte bis zum Epos und neuen Formen wie dem Evangelium (vgl. die 1975 erstmals erschienene *Einführung in die exegetischen Methoden* von Adam-Kaiser-Kümmel, ein Standardwerk). Um anschließend darüber herzufallen. Alles wegzurationalisieren und wegzuerklären. Und so wird, wie gesagt, auch die Poesie dieses Evangeliums wie der ganzen Heiligen Schrift zerstört, die ja auch ein Sprachkunstwerk ist, für das ein bürokratisch exegetischer Grobian und Wortzähler-Experte, so ein merkwürdiger Literaturwissenschaftler, der sich ein Leben lang mit einem einzigen Buch befasst wie ein Hightech-Experte (früher: Automechaniker) mit einem Auto, trotz aller Gegenbeteuerungen, keinen Sinn haben kann. Wunder sind ihnen dabei die spezielle Märchenform der Heiligen Schrift. Dabei setzt doch jede Theologie, die sich nicht als Religionswissenschaft versteht (und zukünftige Pfarrerinnen und Priester unterrichtet) den allergrößten Wunderglauben voraus: dass es so etwas wie Gott gibt, der so etwas wie den Menschen geschaffen hat und diesen nun, wie es in Psalm 8 heißt: *machen* lässt. Wenn es schon so ein großes Wunder wie Gott gibt, dann mag es auch kleinere geben, wie einen Engel, der einem gewöhnlichen Menschen wie Josef erscheint. Und dem Menschen Wort für Wort die Frohe Botschaft bringt. Und immerhin ein kleines Wunder sollte es einem solchen Theologen sein, dass es ihn selbst, der sich über Wunder den Kopf zerbrechen kann und nicht zerbrechen möchte, überhaupt gibt. Oder nicht? (Vielleicht oder sogar wahrscheinlich ist ihnen auch Gott nichts als ein wunderbarer Gedanke des Menschen, der Gott nach seinem Bild geschaffen hat?)

Ich weiß es auch nicht, aber so einfach, wie es sich die kritischen Theologen machten, kann man derlei nicht wegputzen. Vor allem lässt dies einen wie Pasolini ganz kalt: Er nimmt das Buch und liest. Es ist vielmehr so der Interpretationshorizont von Pasolini, von Psalm 8 her: Was ist der Mensch, dass du an *ihn* gedacht hast? Dieses Menschenkind, dass du es *machen* lässt?!

Ich glaube, um wieder glauben zu können (oder auch nur wieder auf das Evangelium selbst, die schöne und dabei oftmals erschreckende Frohe Botschaft, zu kommen), muss einer, der Theologie studiert hat, den Ballast an Wissen aus der nun bald fünfhundertjährigen historisch-kritischen Theologie über Bord seiner selbst werfen, er muss einen Film wie *Das 1. Evangelium – Matthäus* sehen und gesehen haben, Zeugnis eines Menschen, Sünders und Künstlers, das den Weg aus einem Holzweg weisen kann, der die historisch-destruktive Theologie ist.

Als wären diese Theologen die Experten des toten Buchstabens, während bei Pasolini der Geist lebendig wird, der Leben schafft. Was sie zu Pasolinis Sicht der Dinge gesagt haben, weiß ich nicht, wahrscheinlich haben sie über seine Torheit gelacht und den Kopf geschüttelt über so viel theologische Dummheit, vielleicht haben sie sich auch geärgert, diese Metzger mit ihren Seziermessern und ihrer naturwissenschaftlichen Exaktheit, und schließlich dieses ihr vermeintliches Deutungs- bzw. Ausschlachtungsmonopol in Frage stellende Ärgernis mit Schweigen übergangen. Unter einer solchen theologischen Metzgerschaft einen Gläubigen auszumachen, einen, der beim Lesen erfüllt wird vom heiligen Geist der Literatur, welche das Matthäusevangelium doch auch ist, dürfte wahrscheinlich fast so schwer sein, wie es für Luther war, in Rom einen Beichtvater zu finden. (Das war ja, so heißt es, der eigentliche Ausgang von Luthers sogenannter Reformation.) Bald fünfhundert Jahre haben wir nun, von Luthers Sola-scriptura-Prinzip an, diese Lesart der Schrift, und im Zentrum: der Evangelien. Und auf diesem (Irr-)Weg der Lektüre kommt buchstäblich nichts heraus:

Allenfalls, was Jesus nicht war und was er nicht gesagt hat. Aber nichts von dem, was er vielleicht war, ist und möglicherweise sein wird.

Dazu haben wir zum Glück diesen Film. So wie und mehr als andere Kunstwerke, Grünewalds Isenheimer Altar zum Beispiel oder auch Dostojewskijs Romane, die uns, wenn überhaupt, Ja! sagen lassen. Wenn das keine Frohe Botschaft ist.

7. Die Evangelien: Partituren der Hoffnung

In den Evangelien haben wir die Partitur der Hoffnung des Menschen, dass es nicht aus ist mit ihm. Und zwar wortwörtlich, Wort um Wort. Und gerade im Matthäusevangelium, das einem wie Pier Paolo Pasolini derart zu Herzen ging, dass er es in unerhörte Filmsequenzen übersetzte, sagt Jesus ganz zum Schluss: »Seid gewiss: Ich bin bei euch alle Tage bis zum Ende der Welt.« Das ist sein Schlusssatz. Den schönsten Satz, den Menschen hören können, solange sie leben, hat sich der Evangelist als letzten aufgespart.

Freilich haben mir – einem Theologiestudenten von 1973 bis 1979 – die sogenannten historisch-kritischen schriftgelehrten Theologen, die Pharisäer und Schriftgelehrten meines Lebens, auch dieses Schlusswort wegerklärt: Das sei gar nicht von Matthäus, und schon gar nicht von Jesus, sondern eine spätere Zufügung von fremder Hand unter dem Namen des Matthäus, also eine Mogelei.

Als könnten wir einfachen Menschen nicht lesen. Als hätten wir keine Vorstellung und keine Imaginationskraft. Als bedürften wir der Erklärungen dieser Wildsau-Theologie. Und der Erkenntnisse von solchen, die mit dem Weltbild der Stiftung Warentest ausgestattet sind.

Ich sollte ihnen glauben und glaubte es, dass fast alles nicht so ist, wie gelesen und geglaubt, sondern so, wie von ihrer Zunft herausgefunden. Es dauert, bis einer von diesen Informationen geheilt ist. Möglicherweise geschieht dies niemals. Mein Vorschlag: Für Theologiestudenten sollte mit diesem Pasolini-Film der erste Studientag beginnen.

Pasolini (und auch ich) haben jedenfalls dieses Evangelium als eine Frohe Botschaft gelesen für hier und jetzt, wie ein Kind, das gerade zu lesen begonnen hat, das staunt, bei weitem nicht alles versteht, eigentlich fast nichts versteht, und auch erschrickt über die Unverhohlenheit von Jesus Wehe!-Reden und erschüttert ist von der Grausamkeit seines letzten Lebenstages und dann doch getröstet ist über dieses Übermaß an Trost und Zuversicht und Hoffnung des letzten und entscheidenden Kapitels (28) dieses Buches, das ursprünglich gar nicht in Kapitel eingeteilt war (verdanke ich also doch etwas der exegetischen Forschung?) und vor Freude weinen könnte. Nicht umsonst stehen ja die Kinder von Bethlehem im Zentrum dieses Gegen-Entwurfs zur antiken Welt bis Nietzsche und anderen Übermensch-Phantasien und mehr.

Immer wieder war die Schrift eine Inspirationsquelle für sogenannte Künstler, gerade auch für Nietzsche, der sich in unseren Breiten am heftigsten von dieser Quelle abgewandt hat und am meisten von diesem Abgrenzungsversuch profitierte: Nietzsche war ja ein großer Sprachmensch, ein Dichter, der im *Zarathustra* einen Anti-Jesus und ein Anti-Evangelium, zu hundert Prozent geschult am Original, versucht hat. Aber darum, dass das Buch der Bücher – und in seinem christlichen Hoheitsbereich besonders das Evangelium immer auch die (Inspirations-)Quelle eigener schöpferischer Arbeit war, geht es hier nicht. Nietzsches Leiden war übermenschlich. Das war vielleicht das Einzige an Übermensch an ihm.

Pasolini hat nicht seine Zweifel offenbart, sondern seinen Willen und seine Bewunderung für diesen Jesus, dass seine Botschaft wahr war, weil sie dem konkreten Menschen, der nichts hatte, nicht einmal Hoffnung, etwas gab: die Hoffnung. Es geht um das Zeugnis. In seiner Zeugenschaft zu vergleichen mit Pasolini ist der Impetus Dostojewskijs. »Kommt her, ihr Schweine!«, lässt Dostojewskij seinen Jesus am Ende des 19. Jahrhunderts sagen. Es ist Jesus persönlich, der hier erscheint. Der Mensch, auf den Jesus im Matthäusevangelium und von da im ersten Evangelium nach Matthäus nach Pasolini stieß, war einer wie Marmeladow in Dostojewskijs *Verbrechen und Strafe* (früher: *Schuld und Sühne*), der in einem Petersburger Keller einen Säufer die Auferstehungsrede halten ließ. Jener Jesus rief seinen Säufern zu: »Kommt her, ihr Schweine. Komm! – Auch du!« Im Matthäusevangelium von Pasolini ist es auch so. Da erscheint ein Jesus, der den Menschen gemeint (das Wort kommt von minnen), also geliebt hat. Es ist das Matthäusevangelium nämlich eine Liebesgeschichte Gottes mit den Menschen.

Die Theologie dieses Filmes ist eine Art Befreiungstheologie: Es geht um den Menschen, der nach dem Bilde Gottes geschaffen ist, und seine Würde. Er soll frei sein, und zwar hier: Dieser Jesus, nicht von dieser Welt, hat aber hier gelebt und in diese Welt hineingesprochen: dem Menschen zuliebe gesagt und gelebt. Die Geschichte des Menschen ist ja von Adam und Eva an eine der Missverständnisse, der Verführung und der Gewalt. Der erstgeborene Mensch, Kain, ist gleich der erste Mörder an seinem Bruder Abel. Das fassbare, unfassbare menschliche Drama beginnt. Und es wäre ewig so weitergegangen und ginge ewig so weiter, wenn nicht einer wie Jesus im Evangelium nach Matthäus dazwischengefahren wäre, Himmel und Erde versöhnt hätte, sage ich einmal ganz pathetisch, sodass wir alle nun mit dem Satz »Folge mir nach!« weiterleben können. Folge mir nach – das heißt auch, einzusehen, dass wir so wie bisher nicht mehr weiterkommen und dass wir es nicht schaffen. Das hat auch einer wie Pasolini vernommen. – Die Sintflut (von sin = groß), der erste Untergang, von dem im Übrigen auch nur berichtet wird, um des Olivenzweigs willen, der Heilsgeschichte zuliebe, wie es weitergegangen ist nach der Flut, würde sich auch zur Verfilmung eignen. Gerade heute. Und wurde auch schon verfilmt. Aber Pasolini hat die Frohe Botschaft genommen, und zwar das erste Evangelium nach Matthäus. Pasolini hat sich damit wie mit einem Herzensanliegen seines Lebens befasst.

Hundert gedachte Taler sind noch keine hundert wirklichen Taler, nach Kant. Und so ist es vielleicht auch mit Gott und der Sehnsucht des Menschen nach ihm.

Doch: Es ist eine Tatsache, dass der Mensch Sehnsucht hat, und seine Sehnsucht ist wahr, unabhängig davon, ob etwas daraus wird oder nicht.

Wenn ein Mensch etwas erfahren will von Jesus, oder auch nur von der Sehnsucht dieses Menschen nach einem solchen Jesus-Salvatore, dann sollte er diesen Film sehen. Und dann wird er schon sehen.

Pasolini vermag einem die Augen zu öffnen mit seinem Film und zu zeigen, was das für einer ist, dieser Jesus. Ich selbst hatte von der Theologenseite jahrelang nichts anderes gehört und für wahr genommen, dass Jesus ein ganz anderer sei als in den Evangelien. Das war die konsensfähige Mainstream-Teologie, in der Sache ganz ohne Engagement und folgenlos. Sie, die moderne Exegese, ist auch längst zum Fels des Atheismus geworden, an dem der gläubige Theologiestudent vom ersten Semester an scheitern muss – bei Georg Büchner war es noch der Schmerz gewesen, immerhin etwas, das den Menschen quält und umbringt, aber nicht rettet. Pasolinis Film verhält sich geradezu konträr zu allen

Weisheiten und angeblichen Erkenntnissen der kritischen Theologie: während ihr am Evangelium fast alles unecht und falsch ist, wird im Film alles authentisch und wahr. Und dabei ist jedes Wort, alles, was gesagt wird in diesem Film, Wort für Wort, dem Text des Matthäusevangeliums entnommen. Das ist das Drehbuch für diesen Film, der mehr ist als ein Film: Es ist etwas Einleuchtendes, schlicht gesagt: Es könnte die Wahrheit sein. Auch wenn einer schließlich doch nicht glaubt, wird er an *Das Evangelium nach Matthäus* glauben; er wird dieses Zeugnis und die zum Vorschein gebrachte Wahrheit für glaubwürdig halten, für die einer wie Jesus sein Leben gegeben hat und später andere, die das »Folge mir nach!« realisiert haben.

8. Ja!

Der Mensch, dessen historisch verfolgbarer Weg, dessen äußere Spur von der Steinschleuder zur Megabombe (Adorno) führt, wird hier, im Film-Evangelium, gezeigt als erlösungs- und hilfsbedürftiges Wesen, das nicht aufgegeben ist. Das der Erlösung oder auch nur der Hilfe und des Erbarmens bedarf und erbarmungswürdig ist und erlöst werden kann: und zwar von einem wie Jesus und seinem Appell; und nicht aus sich selbst, indem der Mensch etwa bestimmte philosophische Prinzipien umsetzte (wie es im Buddhismus gelehrt wird) – oder über die Welt nachdenkt und sie verändert. Da erscheint einer, der sich des armen Menschen erbarmt hat; und zwar zu Lebzeiten. Und darüber hinaus. Dass er die seinerzeit geläufige Ideologie hinter sich lässt, und, wie auch in *Teorema*, das trotz dieses Titels zum großen Gleichnis der Sehnsucht des Menschen wird, und zwar der Erlösungssehnsucht. Das mag man, wenn man religiös unmusikalisch ist, fragwürdig finden. Man kann sich aber auch ergreifen lassen.

Dass der Mensch dem Menschen ein Wolf ist, das ist eine römische Weisheit, die aber laut Evangelium nicht der Weisheit letzter Schluss ist, wenn man ihn, den Menschen, im Lichte dieser Botschaft sieht, wie sie hier von Pasolini vergegenwärtigt wird.

Gewiss, der Mensch ist zuzeiten ein Wolf, und er wird immer wieder mit dem einen oder anderen Tier verglichen, das arme Schwein. Aber am Ende ist er einer, der sich selbst nicht mehr helfen kann: das ist der Augenblick, in welchem Pasolinis Jesus erscheint und sagt: »Folge mir nach!« Und jeden Einzelnen beim Namen ruft, der Reihe nach: Petrus zuerst, Andreas, Jakobus und alle anderen wie du und ich, entschuldigen Sie.

Buddha lehrte den Menschen, Prinzipien zu befolgen und dadurch sich selbst zu erlösen. Welche – eigentlich unmenschliche – Anstrengung wird da dem Menschen abverlangt! So gescheit und stark dürften die meisten nicht sein. Auch der Jesus bei Matthäus (besonders im Kapitel 24, doch auch schon in der sogenannten Bergpredigt, Kap. 5 f.) ist ein strenger Prediger, der keines der Gebote aufgibt. Aber er weiß ja, was für ein Mensch der Mensch ist. Und dass sein Leben kein Hundeleben sein darf. Und der weiß, was das für ein Jesus ist: Il Salvatore. Einer, der nicht vorrechnet und verbucht, sondern vergisst und vergibt und gekommen ist, zum Zeichen, dass es nicht aus ist mit ihm. Gewiss: auch der sogenannte Sünder muss das Seine dazutun, er muss seine Verstrickung erkennen und wollen, dass es anders wird, sagen wir: Er muss seine Geschichte aufarbeiten (abarbeiten). Aber ihm wird von diesem Jesus klargemacht, dass die Hilfe von außen kommt, dass es der (einst so genannten) Gnade bedarf, dass sich dieser Mensch nicht selbst herausziehen kann aus all diesem Dreck. Der Mensch kann und muss nicht viel mehr als Ja! sagen. Das Göttliche zeigte sich im Menschlichen. Das ist es, was es für Pasolini war, warum er den Matthäus gemacht hat: Er war angesprochen und gemeint: Er hat die Hand nach ihm ausgestreckt, wie schon einmal, am Tag der Schöpfung, die am Himmel über der Sixtinischen Kapelle zu sehen war und ist. Und auch in der *Berufung des Matthäus* des Caravaggio, jenem Bild, das einen einzigen Bibelvers vergegenwärtigt, ist da eine Hand ausgestreckt.

Und dann stößt er auf diese Hand, die ihm sagt: Folge mir nach! Das heißt: dass es weitergeht mit ihm.

Der Mensch, auf den Jesus stieß, muss ein anderer gewesen sein als jener, mit dem siebenhundert Jahre früher der große Buddha zu tun hatte. Jener ostasiatische Mensch muss irgendwie noch einsichtiger, stärker, noch nicht ganz so verderbt und überdies intelligenter gewesen sein: noch in der Lage, durch Nachdenken und entsprechendes Handeln sich selbst zu retten, sowie von einer unglaublichen Weisheit. Jesus stieß auf Menschen, die ins Leben verstrickt waren. Sie waren gläubig oder ungläubig, einsichtig oder uneinsichtig, dumm und gescheit, voller Liebe und Hass, Lust und Schmerz, Trägheit und Unruhe, er stieß auf Menschen wie Matthäus, zum Beispiel, der ein Zöllner und Sünder war – und ein seit bald zweitausend Jahren weltberühmter Schriftsteller.

Alles in allem fand Jesus Menschen vor, die von sich aus gar nichts mehr konnten, für die es zu spät gewesen wäre. Nach allem, was wir vom Menschen wissen können und wissen. Und doch war einer wie er, Matthäus, aufgerufen, unter den ersten Jüngern dieses Gottessohnes zu sein, von einer Wirkung, dass wir heute noch von ihm wissen; und so, dass einer wie Pasolini gewissermaßen sein Leben verfilmt hat.

Auch Pasolinis Jesus ist kein anderer als jener, der zu den Menschen dieser Welt geht, diesen Armen, um sie beim Namen zu rufen: Petrus, Andreas, du … Ein Mensch, der diesen Film sieht, kann nicht anders als glauben wollen und sein Leben ändern wollen, und Ja! sagen. Wenigstens solange er diesen Film sieht. Und auch noch auf dem Nachhauseweg.

Das ist der Salvatore, auf den ich in *Il vangelo secondo Matteo* stieß.

2. Für dich, für mich, für immer
Die Berufung des Matthäus auf dem Bild des Michelangelo da Caravaggio in der Kirche San Luigi dei Francesi zu Rom

Als Salvatore weiterging, sah er einen am Zoll sitzen, bei Geld und Welt, und sagte zu ihm: »Matthäus, komm, gehen wir! – Folge mir nach!« Und er stand auf und folgte ihm. Bald waren sie in seinem Haus beim Essen, das Haus war voller Sünder und nichtsnutzigen Volks, und sie alle aßen zusammen, Salvatore, diese Leute und alle, die er in dieses dubiose Haus mitgebracht hatte. Ein paar alte Pharisäer sahen das und warfen Salvatores Jüngern vor: »Wie kann euer Meister zusammen mit diesem Gesindel essen?« Er aber hörte das und ließ sie wissen:

»Nicht die Gesunden brauchen den Arzt, sondern die Kranken! Ich will Barmherzigkeit, und nicht irgendwelche Opfer! Die Sünder zu rufen, nicht die Gerechten: Deswegen bin ich hierhergekommen.«

Die Berufung des Matthäus (Mt 9,9 ff.)
Übertragung: Arnold Stadler

1. Vorbemerkung

Im Folgenden wird nicht kunsthistorisch, sondern theologisch argumentiert. Es wird eigentlich gar nicht argumentiert, sondern zu vergegenwärtigen versucht, was ich gesehen habe.

Die Kunsthistoriker sahen gerne in jenem Alten, der angeblich auf sich zeigt, den Apostel Matthäus.

Ich sah in jenem ganz am Ende des Tisches sitzenden jungen Mann den von Jesus berufenen Jünger Matthäus.

Matthäus muss jener sein, der von Jesus am weitesten entfernt ist und seine Botschaft am ehesten nötig hat, und dessentwegen er am meisten gekommen ist.

Denn wie hätte so ein Alter noch in die Mission gehen können! Jesus, zum Zeitpunkt der Berufung um die dreißig, wird doch keinen für diese mühselige Aufgabe berufen haben, der viel älter war als er selbst.

Der von den Kunsthistorikern als Matthäus gedeutete Mann sitzt an der Seite, lateral, ist im Bild eigentlich eine Nebenfigur. Jesus hat es auf den anderen abgesehen und Caravaggio auch: jenen schönen jungen Sünder, für den das Opfer besonders groß ist: auf alles zu verzichten, auf das Geld zuerst, das vor ihm liegt. (Aber vielleicht ist es auch ganz anders. Dass vor allem die Kunsthistoriker es anders gesehen haben, ändert aber an der »Theologie« dieses Bildes nichts.)

Hier geht es um die Nachfolge. »Bin ich's?« Die bange Frage, die sich die ebenfalls an einem solchen Tisch versammelten Jünger beim – unzählige Male ikonographisch vergegenwärtigtem – letzten Abendmahl stellen, nachdem Jesus gesagt hat: »Einer von euch wird mich verraten«, steht auch hier im Raum. »Bin ich's?«

Das Missverständnis jenes bärtigen Mannes an der Tischseite, der mit seinem Zeigefinger angeblich auf sich zeigt, ist vielleicht auch das Missverständnis jener, die diesen irgendwie daneben sitzenden Mann mit der Frage im Gesicht für den Berufenen halten. Den Zeigefinger hat aber, meines Erachtens, der Bärtige gar nicht auf sich selbst gerichtet, sondern er, der Zeigefinger, ist nur eine Verlängerung des weit ausgestreckten Armes Jesu und zeigt geradewegs auf den sich duckenden Kopf des sich duckenden Mannes am Tischende. Und auch die »Geraden des Lichts« laufen auf diesen Mann zu, als säße er am Ende eines Dreiecks.

2. Kleine Mörderkunde – Genealogie eines Mörders

Vom ersten Mörder unserer Geschichte wissen wir, weil er in der Bibel gleich am Anfang und fanalartig für die Möglichkeiten des Menschen steht. Kain, der Sohn von Adam und Eva und damit der erstgeborene Mensch, erschlug seinen jüngeren Bruder Abel aus Neid.

Doch von den meisten der zahllosen, Kain folgenden Mördern wissen wir nichts. Und auch von Caravaggio wissen wir nichts, weil er ein Mörder war, sondern weil er uns und unseren Augen Bilder hinterlassen hat, geschenkt sozusagen, grandiose Geschenke wie *Die Berufung der Matthäus* in der Kirche San Luigi dei Francesi mitten in Rom, als wäre es für mich, für dich, für immer.

3. Hoffentlich übersieht er mich

Caravaggio hat den Augenblick gemalt, da Jesus (Il Salvatore, der Erlöser, im Folgenden zumeist Salvatore genannt) auf diese Leute, Zöllner, als Kollaborateure mit der römischen Besatzungsmacht verschrien, stößt und mit seiner Hand ans andere Ende des Tisches zeigt. Dort sitzt einer vor seinem Geldhaufen und duckt sich wie ein Schüler in der Schulbank. Hoffentlich übersieht er mich … Aber vielleicht ist der auch nur müde. Das Leben ist anstrengend. Aber diese Hand ist geradewegs gegen ihn hin ausgestreckt: Komm her du … »Schwein« sagt er aber nicht. Deinetwegen bin ich hierhergekommen. Im Gesichtsausdruck Salvatores ist nicht eine Spur von Zweifel, dass dies der Richtige ist. Da hebt einer seine Hand, als wäre sie die Hand des Adam aus Michelangelos Sixtinischem Fresko. Und gleichzeitig nimmt sie eine Richtung, als wäre nicht nur der sich irgendwie duckende Matthäus gemeint, sondern jeder, der dieses Bild sieht, als wäre Matthäus nur unser Stellvertreter.

Caravaggio muss kein Theologe gewesen sein, nicht einmal Katholik, nicht einmal Gläubiger, um ein solches Bild gemalt zu haben. Aber er lebte in einer Welt und Zeit, in der das Evangelium das wichtigste Buch war – und von den vier Evangelien ist dieses von Matthäus das Erste im mehrfachen Sinn.

Dieser Jesus ist von einem gemalt, der die Quelle kannte, die Stelle bei Matthäus. Das ist ein wissender Erlöser, der hier hereinkommt, einer, der sich in die Heilsgeschichte fügt, die er zu erfüllen hat – das ist eine Szene vom Anfang: wie er beruft, die Jünger um sich schart, im vollen Wissen (Vorauswissen), was daraus folgt, was kommt, die Passion – und wen er da beruft: einen zukünftigen Martyrer – daher ist das Gesicht und die Hand des Jesus auch schon mit einem Vorausschmerz versehen: Hier ist nicht der triumphierende, starke Apoll, der Sieger, wie man sich einen solchen vorstellt, sondern das Instrument der Vorsehung gemalt – der Messias, nicht wie ein griechischer Kriegsgott, sondern als Erfüller des göttlichen »was sein muss«, welches das Allererste ist, was Jesus im Matthäusevangelium (3,14) zu Johannes sagt: »Ich müsste von dir getauft werden, und du kommst zu mir.« Jesus antwortete ihm »Lass es nur zu! Denn nur so können wir die Gerechtigkeit, die Gott fordert, ganz erfüllen, das, was sein muss.« (Mt 3,15) Das sollten jene Kunsthistoriker wissen – und vielleicht bedenken, die in diesem Gesicht und dieser Hand etwas seltsam Zögerliches und etwas seltsam Schwaches erkannt haben wollen. Hier ist das neutestamentliche »was kommen muss, was geschehen muss« gemalt.

Salvatore zeigt auf einen ganz hinten – und doch so entschieden und ganz ohne Zweifel, als müsste der, auf den gezeigt wird, jeden Augenblick aufstehen und tun, was das Bild sagen will: »Folge mir nach!« Das Licht führt den Gedanken aus und gibt ihn auch über diese Hand weiter. Mit der Hand kommt das Licht, das von Salvatore, von der einen Seite der Welt dieses Bildes bis an sein anderes Ende reicht.

Und was ist mit dem einen Bein des Zöllners und späteren Apostels? Als wäre es ein gigantischer Phallus, auf gut Deutsch: Riesenschwanz, etwas Priapistisches, mein Gott, bist du gescheit. Es zeigt, mit einem Neigungswinkel zum Verschwinden (im Bild auch eine Lichtrichtung), nach unten, verfolgt eine absteigende Linie: Und das soll jetzt alles zu Ende sein? Und überhaupt, was ist mit dem Leben unterhalb der sogenannten Tischdecke auf diesem Bild? Was mit den *partes inhonestae* dieser Menschen, den Beinen, als wären sie nackt, die ein Eigenleben führen, das auch fanalartig aufscheint. Was ist vor allem mit dem Breitbeinigen in der Bildmitte, der sich von hinten den Augen des Betrachters, jedem, der in der Seitenkapelle vor ihm steht, anbietet? Ein toller Kirchenmaler! Diese Männer am Tisch sind noch ganz von ihrer Lasterhaftigkeit, die vielleicht nur darin liegt, dass sie in das tägliche Leben verstrickt sind, gefangen, im Augenblick, da Salvatore einbricht in ihre Welt. Diese Welt ist zwar noch im Mittelpunkt des Gezeigten (während ich von Salvatore im rechten oberen Bildrand fast nichts sehe, als wäre diese Welt noch nicht darstellbar), aber die hier gemeinte Hauptsache ist der unsichtbar im Raum stehende Satz, der von der Figur rechts oben mit Hilfe der Hand und des Lichtstrahls zu jener links unten sitzenden Person reicht. »Folge mir nach!« – oder »Komm! Und geh mit mir.«

Es ist ein Hereinkommen und Erscheinen, ob es nun in einen Raum oder eine Welt ist – egal. Es ist beides, kann auch im Freien sein. Vor einer Wand auf alle Fälle, die nun keine Wand mehr ist, sondern ein metaphysisches Zeichen (Das Wort Metaphysik kommt von *meta ta physica* – nach den Dingen – oder Büchern der Physik des Aristoteles.)

Ob dieses Bild einen Innen- oder Außenraum zeigt, das sollen die Kunsthistoriker klären. In der Bibel ist es ja auch nicht gesagt. Und so lässt der worttreue Caravaggio – wie die Bibelstelle – beide Möglichkeiten offen. Das Bild scheint aber eher dafür zu sprechen, dass die Begegnung der beiden im Freien war, vielleicht nachts. Auch das Fenster und die Wand sprechen dafür. Warum nicht im Freien? In Italien stellen die Menschen doch immer noch die Stühle nach draußen, wenn auch immer seltener, denn ihr Abend ist nun auch ein Fernsehabend; und so fein war die Gesellschaft doch auch nicht. Es war ja kein Gipfeltreffen, damals, als Salvatore auf diese Zöllner stieß (für die Weltgeschichte schon).

Petrus, der Fels, sein Vize, hat sich schon davorgestellt und dazwischengeschoben, vor jenen, der nicht von dieser Welt ist, hat sich vor Salvatore gestellt, als Zwischeninstanz und ganz schon Vermittler, als welche sich die Kirche um 1600, als das Bild gemalt wurde, verstand und sich nach wie vor versteht. Das Bild hält den Augenblick fest, in dem alles umkippt, die Welt eine andere wird, wenigstens für Matthäus. Kurz bevor er Ja! sagt, das heißt: Nein! zur Welt, die bisher seine war.

Die in die untere Bildmitte gemalten *partes inhonestae*, die angedeuteten Schwänze, Beine, Füße und Ärsche also, sind kaum oder gar nicht verhüllt. Dagegen ist die obere Hälfte des Personals geradezu ausstaffiert nach der Weise von 1600 im päpstlichen Rom. Festliche Gockel sitzen da am Tisch, als wollten sie der Welt imponieren, auch noch hier, im Clair-obscur, eine *bella figura* machen, als hätten sie später noch ein Rendezvous, wenigstens die Jungs mit ihrem Kopfputz, vielleicht sogar der eine mit dem anderen.

Jeder Veranstalter von Lesungen weiß, dass man den unteren Teil des vorführenden Künstlers nicht sehen sollte, also kommt eine Tischdecke, die bis zum Boden reicht, oder ein nicht einsehbares Möbel auf die Bühne. Nicht aber bei Caravaggio. Er zeigt alles, gerade dieses. Als hätte er schon die Plakate an den amerikanischen Highways, auf denen *We bare all* steht, vorwegnehmen wollen. Bei Caravaggio kommen so das Himmlische und das Irdische auf engstem Raum zusammen und werden von einem Licht ausgeleuchtet. Wie man sich das um 1600 vorstellte und wenn einer malen konnte wie Caravaggio.

Im ersten Augenblick ist er (Matthäus) ganz unwillig. Mit einem wie schuldbewussten Ausdruck oder mit einem Warum ausgerechnet mich! auf dem Gesicht – soweit ich das überhaupt sehen kann. – Soll er doch einen anderen nehmen! Es sitzen doch noch andere am Tisch. – Das kennen wir schon aus den Berufungsgeschichten der Propheten …

Jona will nach Tarschisch fliehen (unter uns gesagt, war das das damalige Ende der Welt, hinter den Säulen des Herkules) und landet im Bauch des lange so genannten Walfischs. Oder Jeremia: Nimm einen anderen … Ich bin zu jung … Ich kann ja nicht reden – und was die Ausreden der Berufenen von Anfang an waren. Schließlich folgte der Berufung ein entsprechendes Leben und oftmals ein entsprechender Tod. Das ahnte dieser Matthäus. Und Caravaggio wusste es. Was im Falle des Matthäus folgte, hat der Maler auf der in San Luigi dei Francesi der Berufung gegenüberliegenden Seite verewigt: Es sind Szenen wie aus Abu Ghraib.

Die Gnade der Nicht-Berufung und des Unglaubens: Vielleicht träumte der Zöllner noch einen Augenblick lang davon, kurz bevor er aufgab und Ja! sagte. Dann komme ich eben, wenn es so sein soll. So viel steht fest: Begeistert war er nicht.

Was will denn der?, scheint er, dieser junge Mann, der ganz anderes im Kopf hat, sich zu fragen, der ganz hinten sitzt und sich duckt, vom Finger der Person aus gedacht, die da hereinkommt wie in eine Welt, auf ihn zeigt und alles durcheinanderbringt. Bevor diese Tür aufging, war die Welt noch eine andere.

Wir können ja nicht hineinsehen in dieses eher mürrische als nachdenkliche, nach unten gewandte Gesicht, das mit seinem Tisch und Stuhl und Geld verwachsen scheint, aber wir kennen die Folgen: Jener Matthäus ist dann doch aufgestanden, was in diesem Augenblick noch gar nicht vorstellbar ist, von diesem Tisch weg folgte er diesem Salvatore und änderte, *as a matter of fact*, sein Leben in einer Weise, von der Rilke vielleicht träumte, als er – durch den apollinischen Torso im Belvedere angeregt – die Zeile: »Du musst dein Leben ändern« auf sein Büttenpapier schrieb. Matthäus änderte sein Leben tatsächlich, so sehr, dass es irgendwann als Vorlage für das Bild auf der gegenüberliegenden Seite in der Contarelli-Kapelle, eine Folterszene, figurieren konnte.

Tatsächlich, für die hier gezeigten Menschen, die doch gelebt haben, aber gar nicht so heilig, Anno Domini 1600, in Rom, die auf diesem Bild so deutlich zu sehen sind, änderte sich wohl nichts, so wenig wie für Rilke, der weiterhin seine Gedichte auf Büttenpapier schrieb. Die Leute, die hier gemalt und verewigt sind, blieben wahrscheinlich sitzen, standen nur zum Weinholen auf und kamen und setzten sich wieder und sind irgendwann, aber gewiss, gestorben, wahrscheinlich nicht am Rauchen, sondern an einer zeitbedingten Krankheit, vielleicht an der Syphilis oder sonst einer Krankheit, für die es noch gar keinen richtigen Namen gab, die genauso zum Tod führte wie das Leben zu allen Zeiten und auch heute zum Tod führt, unter jeweils zeitbedingten Umständen, und sind aus der Geschichte verschwunden.

Caravaggio starb, auch einsam, auf dem Weg zurück nach Rom, nach jahrelanger Flucht, ohne sein Bild und seine Stadt und seine Menschen wiedergesehen zu haben. Sein Bild aber, gemalt Anno Domini 1599 auf 1600, hängt nun seit über vierhundert Jahren in der Capella Contarelli, Öl auf Leinwand, 322 × 340 cm, und zeigt, beinahe raumfüllend, wobei ungewiss ist und bleibt, ob es ein Außen- oder ein Innenraum ist, sieben Männer unterschiedlichen Alters, fünf davon um einen Tisch sitzend und zwei von ihnen stehend, mit Heiligenschein.

4. Folge mir nach!

Die Sünder hatten Besuch, haben Besuch und werden Besuch haben. Und zwar von keinem anderen als von Salvatore, dem Erlöser persönlich, der mit Petrus, dem späteren ersten Papst, sich des armen Menschen annimmt. Diese Leute sollen ihr Leben ändern. Was das für ein Leben war, weiß man, wenn man die Referenzstelle bei Matthäus kennt. Und auch das

Leben der hier Abgebildeten, das längst vorbei ist, kann ich mir dazudenken. So könnten auch Matthäus und die Menschen von einst ausgesehen haben, sahen sie tatsächlich zur Zeit Caravaggios aus: Er hat sie direkt von den Gesichtern weg auf die Leinwand gemalt. Auch dieser Jesus sieht wie einer von ihnen aus, doch im Gegensatz zu ihren zögerlichen und unentschiedenen, diesseitigen Gesichtern hat er einen Gesichtsausdruck wie bei der *Tempelreinigung* und wie auf dem *Jüngsten Gericht* in der Sixtinischen Kapelle.

Diese Hand sagt: Du!, sagt: Komm! Wer sagt, dass Bilder nicht sprechen können? Und keine Sprache haben?

Auch für einen Kunsthistoriker oder auch nur einen, der auf dieses Bild stößt, wäre es hilfreich, die Bibel zu konsultieren, genauerhin: das sogenannte *Neue Testament*, welches der christliche Teil derselben ist, mit den vier Evangelien darin, deren erstes das Evangelium nach Matthäus ist, das Evangelium der Kirche genannt, in dem man, in Koine-Griechisch im ersten Jahrhundert nach Christus verfasst, obige Stelle lesen kann. Und noch mehrere Berufungsstellen, auch jene, auf die sich der Papst beruft in seinem Anspruch, Stellvertreter Christi zu sein: Du bist Petrus, der Fels, und auf diesen Felsen werde ich meine Kirche bauen.

Es kommt vielleicht dem Sehen zugute und schadet nicht, auch einmal jenen dem Caravaggio-Bild zugrundeliegenden Bibelvers bei Matthäus nachzulesen.

Das hilft möglicherweise auch, das Bild besser zu verstehen (man darf ja nichts unversucht lassen … Der primäre Referenzvers zu diesem Bild ist jedenfalls nicht in der Apostelgeschichte zu finden, wie ich in einem gelehrten italienischen Caravaggio-Buch las. Es war das Matthäusevangelium, welches dem Maler vorlag bzw. vorgelegt wurde, und nicht sonst ein Evangelium oder eine heilige Schrift, als er sich daranmachte, dieses Bild zu malen. Erst ließ er sich die Stelle, die Stellen bei Matthäus in der Vulgata zeigen, der lateinischen Version der Bibel, die seit dem Konzil von Trient die authentische Version der Heiligen Schrift war. Das leuchtet ein.

Und so hat Caravaggio sie gemalt. Er hat die Runde, auf die Jesus-Salvatore stieß, in die Straßen Roms verlagert, und als Vorbild hat er wohl Leute genommen, die mit ihm verkehrten. Und nun hängen sie da an einer Kirchenwand. Was das für welche waren? Gewiss sind auch Sünder darunter. Aber was für welche? Da müsste ich Caravaggio fragen.

Petrus ist mitgekommen, Jesus hat ihn mitgebracht, den hat er schon auf seiner Seite, sich schon geschnappt, sozusagen. Auch er steht da mit seiner Hand. Eine Verlängerung, die zweite Hand ist das, wie ein irdisches Abbild der himmlischen Hand. Eine verkleinerte, eine Schatten nachbildende, die Geste nachzeichnende Hand, eben eine Stellvertreter-Christi-Hand: aber schon ein klein wenig erhoben und belehrend. Das ist Petrus. Das ist die Kirche, der Zeigefinger der Kirche, der hier in Petrus gemalt ist. Nicht ganz so groß, nicht ganz so erleuchtet, nicht ganz so weit vorne, aber dafür irdischer, fester, in Reich- und Greifweite: Hört bitte zu, was er zu sagen hat! Das war vor allem den sogenannten Gläubigen gesagt, die dieses Bild zu sehen bekamen.

Dieser Mann ist, daran lassen die biblischen Referenzstellen des Bildes keinen Zweifel, Petrus. – Dass es sich bei dem Bärtigen, der vor Salvatore steht, um Petrus handelt, den Ersten, auf den er gezeigt hat und den er mit Namen ansprach, das kann nur einem nach stilkritischen oder werkimmanenten Kriterien, unter Absehung der von Caravaggio ins Bild gesetzten Bibelstelle vorgehenden Betrachter einen Zweifel wert sein.

Die beiden, Salvatore und sein späterer Stellvertreter, stehen – und dann sitzen noch ein paar Kerle um den Tisch herum. Leute aus dem Leben von einst, als Salvatore auf sie stieß. Wahrscheinlich, dass Caravaggio einen Teil ihrer Geschichte kannte, sie sogar mit ihnen teilte, wusste, wie sie hießen und wer sie waren, er hatte ihre Stimme im Ohr, und was sie auf dem sogenannten Kerbholz hatten, wusste er auch. Die Hauptperson am Tisch ist aber der Zöllner, der später Matthäus genannt wurde: auch er einer von ihnen. Ein konzentriertes Wegschauen ist das, als hätte er Wichtigeres zu tun. Dabei will er eigentlich Nein! sagen, als wäre er gerade gefragt worden: »Nehmen Sie die Wahl an?« Und bei dieser Frage hat sich ja auf der Welt bisher kaum einer geziert. »Ich nehme die Wahl an, Herr Präsident!« – So lautet die richtige Antwort. Aber hier geht es ja nicht nur um eine Legislaturperiode oder um Deutschland. Wenn schon, dann ist hier mindestens ein Augenblick der Weltgeschichte festgehalten.

Der Heiligenschein, der Nimbus des Erlösers, ist kaum zu sehen. Salvatore, von dem wir nur das Gesicht und die Hand sehen, kommt auch als Mann der Straße daher, wie ein schöner Mann, wie sie manchmal vorbeigehen. Die anderen zwei, die so neugierig zu ihm und seinem Jünger hinschauen, tun das mit einem Blick, als wären sie auf Kundschaft aus, immer ein Geschäft erwägend.

Das Bild löste gewiss bei einigen in Rom Unmut aus, so wie Jesus Unmut auslöste, als er ausgerechnet Leute wie den Matthäus berief und um sich scharte und mit ihnen in Galiläa herumzog und es unsicher machte (das heißt: sie unsicher machte, die eingefahrene Welt).

Den Realismus, ja den fast schon exhibitionistischen Naturalismus in der Wiedergabe der Szene konnte Caravaggio durchaus mit der Bibelstelle rechtfertigen, und auch mit den Ansprüchen der neuen Einfachheit nach dem Konzil von Trient konnte er sich herausreden. Das kam ihm entgegen. Trotzdem konnte schon dem damaligen Betrachter der Verdacht aufkommen, dass der Maler zu weit gegangen war, derart die Ebenen zu verbinden oder durcheinanderzubringen, römische Stricher als Heiligen-Models. Also musste Caravaggio auch noch das theologische, speziell das römische Interesse an dieser Matthäus-Berufung in die Szene einbauen: Die Figur des Petrus übernimmt diese Aufgabe.

In der Mitte der Kapelle, zwischen den beiden großen Szenen, hängt heute, wie ein Nebenbild, der später (1602), als Letztes dieses auf drei Wände verteilten Triptychons, dazugemalte heilige Matthäus, wie ihm ein Engel die Hand führt, beim Schreiben seines Evangeliums. Das Bild rechts hingegen, *Das Martyrium des heiligen Matthäus*, ist wiederum ganz aus dem Leben, von hier, zeigt eine Szene aus den Folterkellern dieser Erde, eine Gefangenschaftsszene, und zugleich, wie die irdische Geschichte des Apostels endet. Das war's. Caravaggio wird solche Szenen gesehen haben.

5. »Allein: du mit den Worten und das ist wirklich allein« Ein nach dem Konzil von Trient wider die protestantische Wort-Einsamkeit gemaltes Bild

Die Einfachheit der Szene in Bezug auf die Menschen und auch die Einfachheit, die in dem Sich-Beschränken auf einen biblischen Stoff liegt, überhaupt die Rückkehr zum Wort Gottes, zum Evangelium, darf man gewiss auch als eine Reaktion auf Luther und die Folgen und als Umsetzung einer katholischen Reformation (genannt Gegenreformation) lesen, wie sie, auf grundlegende Weise, im Konzil von Trient versucht wurde. Dieses Bild, zwar von Anfang an berühmt, ist – als religiöses Sujet – auch ein gegenreformatorisches

Bild, dem Ernst der biblischen Botschaft gewidmet, für eine eher unwichtige Kirche gemalt, in Rom immerhin, aber für eine Kirche, und nicht für einen Papstpalast oder eine päpstliche Basilika. Von 1545 bis 1563 fand, auf mehrere Sitzungsperioden verteilt, das Konzil von Trient (in Trient, weil es auf damaligem Reichsgebiet lag, aber schon auf halbem Weg nach Rom, vom reformatorischen Teutschland aus gedacht) statt, auf welchem die katholische Kirche sich besann und definierte, also ihre Form fand, die bis zum Zweiten Vatikanischen Konzil galt. Eigentlich waren es die Protestanten, welche der katholischen Kirche die Möglichkeit gaben, darüber nachzudenken, was katholisch ist, sich selbst sozusagen wieder einmal zu formulieren und zu reformieren. So wurde die Tradition der lebenden Kirche, welche die Schrift immer wieder neu versteht und vom Kirchenamt zusammengehalten wird, gegen eine reine Sola-scriptura-Lehre Luthers (die Heilige Schrift als einzige Grundlage des Glaubens) und dessen geschichtslose Individualität herausgestellt. Der einzelne Mensch einem allmächtigen, ewigen Gott gegenüber? Das konnte nicht sein. Das war eine ungleiche und ungeheure Zweierbeziehung. Ein schwankender, im Glaubensleben unsicherer Katholik mag dankbar dafür sein, dass er als Instanz zwischen dem Allmächtigen und seiner kleinen Vergänglichkeit die Vermittlungsagentur der Kirche und ihre lebende, von Anfang an niemals unterbrochene Tradition haben kann, die älter ist als die Schrift – die Evangelien wurden lange nach dem Tod Jesu aufgeschrieben und sind ein Notbehelf –, und dazu gibt es in der katholischen, auch der orthodoxen Welt noch die Heiligen und ihre Bilder und Hilfsmittel. Während der einzelne Protestant nur die Bibel hat, an der man irre werden kann (vgl. Mt 11,6), verwiesen auf die Heilige Schrift und sonst nichts. »Allein: du mit den Worten / und das ist wirklich allein«, (Benn, ein Pfarrersohn). Andererseits muss ein auf sich gestellter Protestant nicht auch noch die Sünden der Kirche und ihrer Geschichte tragen, darunter von Päpsten, die Mörder waren (vgl. Sixtus IV., 1471–1484).

Verglichen mit dem Quattro- und der ersten Hälfte des Cinquecento, wurde der Kirche auf dem Konzil von Trient eine neue Einfachheit beschieden. Und auch die Musik, wesentlicher Teil der Liturgie, wurde vereinfacht, fand eine entsprechend neue Form. Palestrina ist ihr atemberaubend schöner Kronbeleg: wie, zum Beispiel, das *Credo* der *Missa in honorem Papae Marcelli* durchkomponiert ist, wie geradlinig! Es gibt keinerlei Abweichungen vom Text, das Ganze ist eine Kongruenz von Wort und Musik, ein einziges Credo. Die Musik ist zwar *ancilla verbi*, Magd des Wortes, doch dieses Wort ist gesungen. (Heute ist es umgekehrt, zumal in der U-Musik: Auf Wort und Sprache kommt es nicht mehr an, zumindest auf das Verstehen nicht, zumindest im außer-angloamerikanischen Sprachraum nicht. Es kommt vor allem auf die Reiz- und Schlüsselwörter an, wie in der Poesie.)

In diesem Zusammenhang einer neuen Einfachheit, angeordnet durch das Konzil von Trient, wurde auch Funktion und Bedeutung der bildlichen Darstellung im liturgischen Raum neu bedacht und auf speziell biblische Sujets konzentriert.

So ist *Die Berufung des Matthäus* auch als nachtridentinisches Bild zu sehen, ist eigentlich nichts anderes als das für eine Seitenkapelle (einer kurz nach dem Konzil gebauten katholischen Kirche in Rom) gemalte Andachtsbild, eine Umsetzung des Bibelverses aus dem Matthäusevangelium. Eigentlich nichts anderes als eine bildliche augenblickliche Wiedergabe des Bibelverses *Folge mir nach!* So, wie sich das der große Caravaggio vorgestellt hat. Dass er dann noch auf seine Weise die geforderte Einfachheit mit einer gewissen frivolen Note versieht, das macht aus dem Bild einen echten Caravaggio. *Grazie, Maestro!*

Pasolini beklagte sich einst, dass keiner lese in Italien, schon gar nicht die Bibel, »niemand liest«, sagte er.

Selbst die Zeitungen haben viel geringere Auflagen als im vergleichbaren Anderswo. Es wird aber viel geredet. Dafür ist das Wort Gottes von den Malern aufgegriffen und umgesetzt worden in Italien, als käme der Glaube vom Sehen. Das Wort Gottes ist gerade in Italien so oft gemalt wie nirgendwo auf der Welt und auf die Leinwand oder eine sonstige Wand projiziert worden. Selbst auf Papier. Selbst gezeichnet. Jeder einzelne Vers. Ein solcher gemalter Vers ist auch dieses Bild von Caravaggio.

Die große europäische Malerei, die über Jahrhunderte vor allem ein auf die italienische Halbinsel zu lokalisierendes Ereignis ist, entstand aus dem Malen und dem Sich-Ausmalen der Heiligen Schrift, erst waren es Fresken an der Wand als *biblia pauperum*, Bilder für solche, die die Heilige Schrift nicht lesen konnten, ob sie nun Analphabeten oder sonstige gewöhnliche Arme waren, die sich eine handgeschriebene Bibel nicht leisten konnten. Aber sehen konnten sie. Später waren es Glas- und Tafelbilder; und für die Größten jener frühen Zeit, für die analphabetischen Potentaten von einst, zum Beispiel Karl, den man immer noch den Großen nennt, gab es schon die illuminierten Bücher und darin das eine oder andere kostbare Bild auf Goldgrund, byzantinisch, karolingisch und so fort.

Im Anfang war das Wort. Bald gab es aber auch Maler, die es gemalt haben. *Ancillae theologiae* (Mägde der Theologie) waren sie zunächst, im Dienste eines theologischen Programms, dachten die ersten Auftraggeber, also eine Art Missionsangestellte, und später, im geistigen *saeculum obscurum* (als welches das Jahrhundert der Renaissancepäpste erscheint), waren sie, die Maler, zur Bilderlust der Machtmenschen abgestellt. (Es entstand aber dabei auch große Kunst.)

Das blieb lange so, bis sich die biblische Malerei aus der Kunstgeschichte verlor und erst wieder einzelne Malerexistenzen der Moderne, mit und ohne Auftrag, sich wieder auf die Anfänge, das ursprüngliche Heilige besannen, so Mark Rothko oder Henri Matisse oder Joseph Beuys. Andere im zwanzigsten Jahrhundert bauten aus purer Frömmigkeit Kirchen, so Luis Barragán, der ein kontemplatives Frauenkloster im Süden der Stadt Mexiko aus der Privatschatulle plante und bezahlte, seiner Seele zuliebe. Aber alles nun in privater Mission, ohne öffentlichen Auftrag. Heute, in postmoderner Zeit, ist alles möglich, alles gleichzeitig, nebeneinander, gleich nah und weit, *anything goes.* Auch Heiligenbilder sind wieder möglich. Und Kirchen von Stararchitekten: die Zumthor-Kapelle, errichtet von einem Ehepaar, Bauern, zum Dank für ein schönes Leben; und auch die Renzo-Piano-Basilika für den heiligen Padre Pio.

Die Berufung des Matthäus ist zuerst ein Bibelvers und dann, 1600 Jahre später, ein Bild, ein Auftragswerk aus dem Umfeld der katholische Kirche, unter deren Mantel ja vieles Platz hat, mitten in Rom.

Caravaggio wird sein Geld für das Bild schon bekommen haben, es bald vielleicht verspielt, versoffen und sonstwie mit mehr oder weniger schönen Männern durchgebracht haben, solchen, wie sie hier auf dem Bild herumsitzen, die lange tot sind. Zum Glück gibt es das Bild noch, während alles andere darum herum vergessen ist.

Man, also auch ich, kann das Bild, das so schön (um das vom Kunst- und Kunstkritikbetrieb verworfene Wort auch einmal zu verwenden) ist, dass ich es abschlecken möchte, und das an einer Kirchenwand hängt, in einer Kirche, in der täglich das Mysterium Christi gefeiert wird, auch ganz anders sehen.

Also nicht über den Bildrahmen hinaus, Raum und Zeit vergessend. Im Rahmen der reinen Kunstbetrachtung also.

Es schadet aber auch nichts, wenn ich, zum Beispiel, das Bild als Theologe sehe. Und Matthäus, der hier nicht umsonst gezeigt wird, hat das Matthäusevangelium, das erste Evangelium, das Evangelium der Kirche geschrieben. Es ist hier auch ein Schriftsteller abgebildet, in dessen, freilich vom Engel diktiertem, Buch einige der schönsten und berührendsten Sätze stehen, die je geschrieben wurden.

7. Kommt her, ihr Schw…

Auch Dostojewskij hat diese Stelle im Text gekannt und geliebt und ihr ein Denkmal gesetzt – zusammen mit der Sünderin aus dem Johannesevangelium (Joh 8) und anderen verwandten Stellen im Evangelium, die sagen, dass gerade der Mensch, der nach weltlichen Maßstäben verloren ist, nicht verloren ist. Caravaggio hat auf seine Weise, mit seinem Malwerkzeug, Dostojewskij hat mit seinen Worten dieser frohen Botschaft ein Denkmal gesetzt und ist dadurch dem Evangelisten besonders verwandt. Jede Generation müsste ja ihr Evangelium weiterschreiben (Pasolini hat es gemacht).

Sünder waren es, deretwegen der Mann, der rechts oben in Caravaggios Bild zu sehen ist, gekommen war. Solche muss man sich vorstellen, die in oder vor der Zöllnerbaracke zusammensaßen, damals, als Jesus ankam und »Folgt mir nach!« sagte. Und solche saßen auch im Petersburger Kellerloch und hörten, wie Marmeladow seine Berufenheitsrede hielt: Und er wird sagen: Kommt her, Schweine seid ihr … Komm, auch du … Und das ist auch das Personal, das damals in Galiläa versammelt war, und dann wieder in

Rom, hier, auf diesem Bild, und deren Gesichter über die Augen des Malers zu uns kamen, dieses Malers, der zuerst ein Genie des Sehens gewesen sein muss, wie jeder große Maler bis zum heutigen grauen Tag. Das sind Menschen, wie es sie immer noch gibt, welche über die Augen und Hände des Malers an diese Wand kamen, von der wir mit unseren Augen nun ablesen und entziffern können. Damit wir sehen und verstehen und folgen.

Auch die Schriftsteller haben sich wie Dostojewskij an das Weiterschreiben des Buches gemacht. Das war jedoch nicht so einfach und überdies seltener. Das war Wortkonkurrenz. Stand unter dem Verdacht der Häresie. Das Buch der Bücher gab es doch schon, wozu also noch andere Bücher?

Die sogenannten Künstler hatten es dagegen einfach, nachdem einmal der Ikonoklasmus überwunden war. Sie waren zugleich Teil des Unterhaltungs- und Unterweisungsprogramms, die nach der Vorgabe *miscere utile dulci* (das Schöne mit dem Nützlichen verbinden) arbeiten und leben mussten. Sie – und nicht die Schriftsteller, die mit ihren Gedanken als Konkurrenz gelten mussten und eigenständig weiterschreiben und bald unter Zensur standen – waren bald die privilegierten Lieblinge kunstsinniger Päpste und Kirchenfunktionäre, die sich Kirchen und Paläste ausmalen ließen, hochbezahlte Auftragswerkexistenzen wie heute die Fußballer und Rennfahrer. Und doch zu unserem Glück, möchte ich sagen. Während man von einem Fußballspieler von heute in hundert Jahren höchstwahrscheinlich gar nichts mehr wissen wird, vielleicht nicht einmal mehr den Namen. Oder täusche ich mich? Kommen Sie in hundert Jahren wieder vorbei, dann sehen wir weiter!

8. Von Anfang in eine Kain-und-Abel-Welt hineingeboren

Über das »Du bist Petrus!«, das heute unter anderem in zwei Meter hohen Buchstaben in der Michelangelo-Kuppel zu Sankt Peter zu lesen ist und das »Folge mir nach!« hinaus ist dem ganzen Abschnitt von Mt 9,9–13 ein Denkmal gesetzt, den Sündern, die zusammensitzen und essen, aus deren Mitte Jesus einen wie sie berufen hat. Wie konnte er nur!

Die Berufung des Matthäus ist das Andachtsbild von einem, der das Leben über ein Sünder war, das Bild eines zukünftigen Mörders, das mit denselben Händen gemalt wurde, mit denen er wenige Jahre später einen Menschen umbrachte. Das Töten geschah damals in Rom nicht per Knopfdruck oder per Fernzündung. Es war nicht einmal die Distanz eines Schusses aus nächster Nähe dazwischen. Es war gar nichts dazwischen. (Manchmal ein Messer.) Es waren nur die Hände, seine. Oder war es ein Unfall, und seine Hände waren nur unglückliche Totschlaginstrumente? Aber die Bilder werden nicht deutlicher und auch nicht schöner, wenn ich weiß, wie es gewesen ist, so wenig wie der *Nachsommer* ein anderes Buch wird, wenn ich weiß, dass sich der Biedermann Stifter mit einem Messer den Hals aufgeschnitten hat.

Wir sind von Anfang an in die Kain-und-Abel-Welt hineingeboren. Dieser Matthäus wurde nach Begegnung mit Jesus ein anderer, schrieb das Evangelium der Kirche, nachdem er von diesem Tisch auf dem Bild des Caravaggio aufgestanden war; der Maler jedoch, nachdem er den Matthäus gemalt hatte, blieb der alte (der alte Adam). Ja, es wurde alles noch viel schlimmer in seinem Leben. Der Mord, von dem wir wissen, stand ja noch bevor.

Aber gerade deswegen konnte er sich als besonders berufen vorkommen.

Und die Beichte gab es schließlich auch, die Macht, von der Sünde zu lösen, wurde ja dem Petrus übertragen, wie wir, ebenfalls aus dem Matthäusevangelium, wissen.

Ein Kronbeleg für Jesu Umgang mit den sogenannten Sündern ist die von Caravaggio gemalte Bibelstelle. Selbst noch dem Mörder galt die besondere Liebe Jesu (siehe die Worte am Kreuz): Für die Umkehr ist es nie zu spät. Einer von ihnen, der alles bereute, würde der Erste im Paradies sein: »noch heute« (siehe Evangelium). Jesus kannte, anders als die modernen Strafgesetzbücher, noch keine Kriminellen. Für Jesus gab es nur Menschen, die immer wieder zu Sündern wurden – aber Menschen blieben. Das wusste Caravaggio. So eine Runde hat er gemalt.

Das Bild ist auch eines mit Humor: Er hat ganz verschiedene Ebenen, die eigentlich nicht zusammengehören, auf ein Bild gebracht. Denen habe ich es aber gezeigt! Die päpstliche mit der Unterwelt zusammengebracht hat er, so wie es im tatsächlichen römischen Leben zu seiner Zeit ja auch vorkam. Der Skandal war nicht, dass es so war, sondern dass Caravaggio es so gemalt hat.

Ihm, Jesus, war gegeben, was uns modernen Richtern verwehrt ist: zu vergeben und zu verzeihen und zu sagen: »Sündige in Zukunft nicht mehr.« Das war auch einem wie Caravaggio, einem Mörder, gesagt, und der wusste es.

»Folge mir nach!« war, so gesehen, eine wohl auch Caravaggio zu Herzen gehende Mitteilung. Anders kann es nicht sein: sonst hätte er nicht dieses Bild gemalt, sondern ein anderes, sonst hätte er dieses nicht so gemalt, sondern anders, nicht so alles vergegenwärtigend. Nicht derart nach unten gebeugt, nicht derart zögernd. Und dann: derart Ja! sagend. Ich kann in Matthäus durchaus ein weiteres Selbstbildnis Caravaggios sehen, ein inneres, ein Psychogramm.

Da wurde einer berufen, der so war wie er.

Über das Vorzeigen des Menschen wie du und ich hinaus hat das Bild auch diesen römisch-theologischen Aspekt: Es stellt die Bibel in den Mittelpunkt, ja einen Bibelvers in den Mittelpunkt und zeigt uns zugleich, wie wir sie zu lesen haben. Es ist ein Beitrag zur katholischen Reformationsgeschichte.

Petrus und Jesus, die Einheit der Kirche und die apostolische Sukzession: Das ist alles auf einem Bild zu sehen. Die kommen gleich zu zweit und sind schon fast eins. Und stehen. Als Einzige.

So bringt Caravaggio auf diesem Bild das Kunststück zustande, einerseits das römische Dogma zu bedienen (als wollten Jesus und Petrus zusammen nach dem sogenannten Rechten schauen) und sodann die auch Caravaggio zu Herzen gehende Botschaft des Bibelverses *Folge mir nach!* ins Bild zu setzen, und dies alles, indem er auch seine Lebenslust und Freude, das tatsächliche Leben und seine Menschen in seine Darstellung einbezieht, ungewiss, ob Stricher oder Heilige, die himmlische und irdische Liebe in friedlicher Koexistenz auf einem Bild vereint und beidem ein Denkmal setzt.

Das Bild verbindet Ekklesiastisches, die Kirchenstiftung mit Leuten von der Straße; und ein theologisches Programm wird mit dem römischen Leben verwoben, der Primatsanspruch mit dem Zöllnertisch, den Sündern von 1600.

9. Meine Augen, die auch ihre Geschichte haben

Die Berufung des Matthäus ist auch ein den römischen Primat konsolidierendes Kirchenbild.

Doch wenn ich das Bild allein mit meinen Augen, die auch ihre Geschichte haben, sehe: was ist das für ein Licht, was sind das für schöne Farben und Formen, von der Gestalt dieses Mannes bei der Tür angefangen, der mit seiner Hand, als wäre sie Licht, oder, ganz prosaisch gesagt, ein Lichtinstrument, eine Taschenlampe, bis hin in den hintersten Winkel zeigt und ihn und alles ausleuchtet, bis hin zum schläfrigen oder zögerlichen Mann, der eigentlich nichts anderes will, als dass alles bleibt, wie es ist. Dass das Leben weitergeht. Er will das Leben genießen, wie es ist. Das leuchtet mir ein.

Alle Bilder lassen sich als Spiegelungen des Lebens lesen: die Summe ergibt ein Psychogramm dieses Künstlers. Caravaggio war damit in Rom phänomenal erfolgreich, er schrieb sich in die Augen von Menschen, die vielleicht ähnliche Bilder im Kopf hatten, aber nicht so umsetzen konnten.

Die auffallende Präsenz von Gewalt sollte nicht nachträglich und von einem Menschen des 20. Jahrhunderts als Leiden an der Gewalt interpretiert werden. Eher darf man darin Faktizität und Realismusbezug erkennen: So ist eben die Welt und der Mensch – und für Caravaggio war das auch eine durch die lange Tradition der Martyrerverehrung in der Kirche gegebene Möglichkeit, einer eigenen gewalttätigen Neigung zu ihrem bildlichen Ausdruck zu verhelfen. Seiner eigenen Liebe zu frönen auf diese Weise.

Wenn man dazu all die Bacchus- und die Johannes-der-Täufer-Bilder betrachtet: all die Fressen aus dem römischen Milieu, die männlichen Stadtnutten um 1600 in der Papststadt, dann ist das auch Pasolini, zeitversetzt. Auch von Pasolini und seinem Programm, seinem Leben und Sterben von Caravaggio-artigem Zuschnitt und Ausmaß, waren die Römer fasziniert.

Die Heiligenbilder Caravaggios fördern auch meinen Glauben nicht unbedingt. Immer wenn ich nach Rom komme und speziell ein Bild dieses Malers sehe, stellt sich ein metaphysischer Zweifel ein, als wäre die Frage nach dem höheren Sinn eine rhetorische Frage. Es ist ein Wunder, dass diese Bilder noch immer in den Kirchen dieser Welt hängen.

Und doch die Bilder sprechen auch für das Erbarmen nicht nur Jesu Christi mit den armen und einfachen Menschen, den Sündern, sondern auch für das Erbarmen Caravaggios: wie er ihnen, den Seinen, ein Denkmal setzte. So, wie auch Pasolini seinen Menschen und seiner Zeit ein unvergessliches Denkmal setzte.

Selbst die Rosenkranzmadonna und ihr Personal sagen mehr über die tatsächlichen Nöte und Ängste aus als über die Wahrheit des Anspruchs der Kirche, mehr über die Faktizität der Sehnsucht nach einem Höheren und einer himmlischen Erklärung für die irdische Not als über die Wahrheit des Glaubens an eine höhere, metaphysische Begründung. So wie darüber hinaus auch die gewaltigsten Dinge, die die Religion geschaffen hat, zum Beispiel die Kuppel über dem Grab des heiligen Petrus, mehr die Sehnsucht des Menschen nach einer Begründung ihrer vagen Existenz belegen als die Wahrheit und mehr fromme Behauptung sind als irgendein Beweis.

Auch die *Berufung* ist ein solches Bild, auf dem Anspruch und Realität keine Einheit sind, sondern nebeneinander existieren, ko-existieren.

10. Wäre Matthäus Zöllner geblieben und Caravaggio nur Mörder gewesen, wüssten wir nichts mehr von den beiden

Wenn Caravaggio nur ein Mörder gewesen wäre, wüssten wir nichts mehr von ihm. Aber so! Zöllner waren Sünder, und ein Mörder ist es immer noch, nach Auffassung der katholischen Kirche.

Das Bild: *Die Berufung des Matthäus* wurde 1599/1600 gemalt, im Mai 1606 musste er wegen seiner Tat mit Todesfolge aus Rom fliehen. Das Thema war wie geschaffen für ihn. Als hätte er schon im Voraus, antizipatorisch, sich ein Ablassbild gemalt.

Matthäus war auch ein Sünder, fast so einer wie Caravaggio. Er war ein Kollaborateur mit den Römern.

Das Matthäusevangelium hat auch – das mochte schon Sündern vor Caravaggio sympathisch gewesen sein – einen Zöllner zum Verfasser, der also aus einer Berufsgruppe kommt, die damals als Sünder galten, sie galten zudem als geldgierig und korrupt. Und so einen hat sich Jesus erwählt, und zu nichts Geringerem als seinem Kronzeugen. Er sollte alles aufschreiben. – Auch das Bild des Caravaggio ist ein Stück Frohe Botschaft. Eine Botschaft, wie sie im Buche steht: Die Verlorenen sind nicht verloren.

So hat Caravaggio hier unter anderem das Kunststück fertiggebracht, die Sünder und Ganoven auf ein Bild mit den Heiligen zu bringen, das einfache Leben mit dem römischen Primatsanspruch. Seine Liebe gilt aber zweifellos diesem Jesus, der gekommen ist, um Leute wie Matthäus und die Seinen, zu denen sich Caravaggio selbst rechnen durfte, zu sich zu bitten. Sie waren seine Erwählten. »Denn ich bin gekommen, die Sünder zu rufen, nicht die Gerechten« (Mt 9,13). *Jesus in schlechter Gesellschaft*: Das wäre auch ein guter Titel für dieses Bild.

Da sitzt also der eine an seinem Geldtisch, und der andere kommt dazu, zeigt mit der Hand auf ihn und sagt: »Folge mir nach! Du bist gemeint! Es geht um dich!« – Der einzelne Mensch wird angesprochen, seiner erbarmt sich dieser Jesus, der da höchstpersönlich von außen hereinkommt und diesem Matthäus Licht bringt und mit ihm zugleich allen, wie sie leben und sind. Es geht hier nicht um den Menschen, wie er sein könnte, sondern um den Menschen, wie er nun einmal ist. – Nicht nur um den Menschen an sich, wie in den jeweiligen Gesellschaftstheorien zu den jeweiligen gesellschaftlichen Verhältnissen in einer jeweiligen Zeit geht es, sondern um jeden Einzelnen, um »dich und mich«.

Nicht zuerst die Gesellschaft ist im Blick dieses Jesus, der da, als wäre es plötzlich, erscheint, sondern der Mensch, der Zöllner und Sünder inmitten dieser Gesellschaft von Zöllnern und Sündern. An ihn, ganz konkret, ergeht das Wort, das sich ein im Sehen geübter und mit der Botschaft, mit den Grunddaten des Evangeliums vertrauter Mensch dazudenken muss, denn es ist eine unheimliche Stille um das Sichtbare, um alle Bilder dieser Welt, die an den Wänden dieser Welt hängen. Das Bild will zeigen, wie dieser Mensch zu einem anderen »Folge mir nach!« sagt. Und auf ihn, und auf keinen sonst, weist diese Hand. Dieser Kerl da ist aber einer wie du und ich. Er sitzt da für uns alle.

Paradox des Bildes: es vermag einen Augenblick für immer festzuhalten und stumm vermag es zu sprechen.

Und da sitzt er nun, für immer. Gerade im Augenblick, als er noch, sich duckend wegen des Eindringlings und seiner Aufforderung »Folge mir nach!« abtauchen wollte und sich unsichtbar machen. Gerade im Augenblick, als er schon dabei ist, aufzusehen und Ja! zu sagen, das heißt: Nein! zu seinem bisherigen Leben, gerade, als er dabei ist, aufzustehen und diesem Menschen, den er zum ersten Mal gesehen hat, hinterherzugehen und ihm zu folgen.

PS

Das Bild ist auch das Porträt eines Schriftstellers, und nicht irgendeines: Matthäus hat das erste Evangelium geschrieben und wurde schließlich wegen seines Buches umgebracht. Sein Stoff, das Evangelium, bringt die Botschaft, dass der Mensch nicht verloren, dass er gerettet ist, wenn er Jesus-Salvatore folgt. Diesen Schriftsteller hat Caravaggio gemalt im Augenblick seiner Berufung (zum Schriftsteller). Und Pasolini hat aus seinem Buch einen Film gemacht, und nicht irgendeinen. Seine Literatur war so brisant, dass er dafür sterben musste. Wenn wir der Überlieferung folgen wollen. Und ich wollte es. Schließlich aber hat sich sein Buch doch durchgesetzt und hat die Welt verändert. Das kann man nicht von jedem Buch sagen. Kein Wunder, dass dieser Schriftsteller später immer wieder gemalt wurde. Ein Wunder aber vielleicht doch – dieses Bild von Caravaggio, gemalt an der Wende eines Jahrhunderts und am Beginn einer neuen Malerei.